Das ferne Ufer

Ursula K. Le Guin

Das ferne Ufer

Aus dem Amerikanischen von Margot Paronis

CARLSEN

Drittes Buch: Das ferne Ufer

Die Eberesche

Im Brunnenhof schimmerte die Märzsonne durch das junge Grün der Eschen und Ulmen, und das Wasser des Springbrunnens stieg und fiel im Spiel des Lichtes und des Schattens. Der offene Innenhof war von vier hohen Steinmauern umgeben. Dahinter befanden sich Räume und andere Innenhöfe, Durchgänge, Flure, Türme und eine wuchtige Außenmauer, die das Großhaus von Rok umgab. Diese Mauer trotzte jedem feindlichen Angriff, jedem Erdbeben und jeder Meeresflut, denn sie war nicht nur aus Stein gebaut, sondern mit mächtigen, magischen Formeln verstärkt. Denn Rok ist die Insel der Weisen, wo die Kunst der Magie gelehrt wird, und das Großhaus ist Schule und zugleich Hauptzentrum der Magie; das Herz des Hauses aber ist dieser kleine Innenhof, der tief im Innern des Gebäudekomplexes verborgen liegt, wo der Brunnen plätschert und Bäume im Regen, in der Sonne und unter den Sternen wachsen.

Der Baum neben dem Brunnen war eine kräftige Eberesche, deren Wurzeln die Marmorplatten hochgedrückt und teils aufgebrochen hatten. Rasen umgab den Brunnen, und helles, grünes Moos zog sich, wie Adern, durch die Sprünge im Marmor. Ein Junge saß auf einer der niedrigen Erhöhungen aus Marmor und Moos, sein Blick ruhte auf dem aufsteigenden Strahl des Springbrunnens. Er war fast schon ein Mann, doch immer noch ein Knabe, schlank und kostbar gekleidet. Sein Gesicht war ruhig und glich einer fein ziselierten, vergoldeten Bronzemaske.

Ungefähr fünf Meter hinter ihm, unter den Bäumen auf der anderen Seite des Rasens, stand ein Mann, so schien es wenigstens. Im flimmernden Wechsel zwischen Licht und Schatten war er schwer zu erkennen. Doch er befand sich dort, ein weiß gekleideter, regungslos dastehender Mann. Während der Junge den Strahl des Brunnens beobachtete, sah der Mann ihn an. Keine Bewegung, kein Laut war zu vernehmen, nur das Spiel des Brunnens und der immer währende Gesang des Wassers.

Der Mann bewegte sich vorwärts. Ein Wind raunte in der Eberesche und brachte die jungen Blätter in Bewegung. Der Junge sprang überrascht mit einer federnden Bewegung auf. Er drehte sich dem Mann zu und verbeugte sich vor ihm. »Ehrwürdiger Erzmagier!«, sagte er.

Der Mann, eine aufrechte, kräftige, nicht allzu große Gestalt, in einen weißen Wollumhang mit Kapuze gehüllt, blieb vor ihm stehen. Über den Falten der zurückgelegten Kapuze erhob sich ein kupferbraunes Gesicht mit einer Adlernase; eine Wange zeigte die Spuren alter Narben. Die Augen blickten aufmerksam und durchdringend. Doch seine Stimme war sanft. »Im Brunnenhof sitzt es sich angenehm«, sagte er und nahm die Entschuldigung des Jungen vorweg. »Von weit her bist du gekommen und keine Rast war dir vergönnt. Setz dich wieder hin!«

Er kniete an dem weißen Rand der Brunnenschale und streckte seine Hand gegen den Kranz glitzernder Tropfen aus, die von der oberen Marmorschale fielen. Das Wasser glitt durch seine Finger. Der Junge setzte sich wieder auf die erhöhten Marmorplatten und beide schwiegen eine Weile.

»Du bist der Sohn des Prinzen von Enlad und der Inselgruppe der Enladen«, sagte der Erzmagier. »Du bist der Erbe des Fürstenreichs von Morred. In der ganzen Erdsee gibt es kein Haus, das älter und berühmter ist als dieses. Ich sah die Obstgärten von Enlad im Frühling und die goldenen Dächer von Berila. Wie heißt du?«

»Man nennt mich Arren.«

»Das Wort ist dem Dialekt deines Landes entnommen. Was bedeutet es in der allgemeinen Sprache?«

»Schwert«, antwortete der Junge.

Der Erzmagier nickte. Wieder schwiegen sie. Dann sprach der Junge, nicht kühn, doch auch nicht schüchtern: »Ich glaubte, dass der Erzmagier alle Sprachen kennen würde.«

Der Mann schüttelte den Kopf und betrachtete den Brunnen.

»Und alle Namen ...«

»Alle Namen? Nur Segoy, der das Erste Wort gesprochen und die Inseln aus der Tiefe des Meeres gehoben hat, nur er wusste alle Namen. Jedoch ...« – und der helle, durchdringende Blick richtete sich wieder auf Arrens Gesicht – »wenn es nötig wäre, deinen wahren Namen zu wissen, dann könnte ich ihn herausfinden. Doch es ist nicht nötig, ich werde dich Arren nennen, und ich bin Sperber. Erzähl mir, wie die Reise hierher war.«

»Zu lang.«

»Die See war stürmisch?«

»Die Winde bliesen sanft und stetig, doch bringe ich ungute Kunde, Meister Sperber!«

»Erzähle sie mir«, sagte der Erzmagier ernst, doch er sprach wie einer, der einem ungeduldigen Kind nachgibt; und während Arren redete, blickte er wieder auf den Kristallschleier der glitzernden Tropfen, der sich von dem oberen Becken in das untere ergoss, nicht um die Worte an sich vorbeigleiten zu lassen, sondern um mehr als nur die Worte des Knaben zu vernehmen.

»Sie wissen, ehrwürdiger Herr, dass mein Vater, der Prinz aus dem Hause Morred, erfahren in der Zauberkunde ist. In seiner Jugend hat er ein Jahr hier auf Rok verbracht. Er besitzt eine gewisse Macht und weiß einiges von der Magie, doch selten nur gebraucht er seine Künste. Er ist hauptsächlich mit dem Regieren und Verwalten seines Reiches, seiner Städte und mit dem Handelsverkehr beschäftigt. Unsere Schiffe segeln nach dem Westen, manche sogar in den Westbereich; von dort bringen sie Saphire, Ochsenhäute und Zinn. Zu Beginn des Winters kam ein

Kapitän nach Berila und erzählte eine Geschichte, die meinem Vater zu Ohren kam. Er ließ den Mann zu sich kommen und hörte sich seine Geschichte an.« Der Junge sprach fließend und ohne Stocken. Er war am Hofe aufgewachsen und von gebildeten, höflichen Menschen erzogen worden. Das übersteigerte Selbstbewusstsein eines Jugendlichen war ihm fremd.

»Der Kapitän erzählte, dass es auf Narveduen, einer Insel, die ungefähr vierhundert Meilen westlich von uns auf unseren Schiffsrouten liegt, keine Magie mehr gibt. Zauberformeln hätten dort ihre Macht verloren und die Worte der Zauberkunst wären dort vergessen. Mein Vater fragte, ob es daran läge, dass alle Zauberer und Hexen die Insel verlassen hätten, und er sagte, dass dem nicht so sei. Zwar gäbe es dort noch Zauberer, doch würden sie keine Magie mehr wirken, nicht einmal Kessel würden sie mehr flicken, noch würden sie versuchen verlorene Nadeln zu finden. Und mein Vater fragte, sind die Leute auf Narveduen nicht besorgt darüber? Und der Kapitän sagte, nein, das sei ihnen gleichgültig. Ja, es gäbe sogar Krankheiten unter ihnen und ihre Ernte wäre schlecht gewesen, doch auch das schien sie nicht zu kümmern. Er sagte – ich war dabei, als er mit dem Prinzen sprach –, er sagte: ›Sie kommen mir wie kranke Menschen vor, wie jemand, dem gesagt wurde, dass er nur noch ein Jahr zu leben hätte, und der sich einredet, dies sei nicht wahr und er würde ewig leben. So leben sie dahin‹, sagte er, ›ohne die Welt um sich herum wahrzunehmen.‹ Als andere Handelsschiffe zurückkehrten, bestätigten sie, was uns der Kapitän erzählt hatte, dass Narveduen ein armes Land geworden sei und die Kunst der Zauberei verloren gegangen wäre. Aber all das waren nur Geschichten aus dem Außenbereich, und die sind meist merkwürdig, und nur mein Vater machte sich Gedanken darüber.

Zu Beginn des neuen Jahres, am Lammfest, das wir in Enlad feiern, wenn die Frauen der Hirten in die Stadt kommen und die Erstgeborenen der Herde bringen, trug mein Vater dem Zauberer Wurzel auf, die Sprüche des Vermehrens und Gedeihens über die Lämmer zu sprechen. Doch Wurzel kam ganz verstört zurück in unseren Saal, legte seinen Stab vor uns nieder und sagte: ›Mein Fürst, ich kann die Worte der Formeln nicht sprechen!‹ Mein Vater stellte ihn zur Rede, aber er wiederholte nur immer wieder: ›Ich habe die Worte und die Formgebung vergessen.‹ Daraufhin ging mein Vater selbst auf den Markt und sprach die Zauberformeln, und das Fest konnte beendet werden. Aber als er am Abend zum Palast zurückkehrte, sah er düster und beunruhigt aus und sagte zu mir: ›Ich sprach die Worte, doch weiß ich nicht, ob sie wirken.‹ Und inzwischen haben wir vernommen, dass die Herden wirklich nicht gedeihen, dass manche Mutterschafe bei der Geburt sterben und dass viele Lämmer tot geboren werden und dass manche ... missgestaltet sind.« Die helle, ausdrucksvolle Stimme des Jungen wurde schwächer, er zuckte zusammen, als er dies sagte, und schluckte. »Ich habe einige gesehen«, sagte er.

Eine Pause trat ein.

»Mein Vater glaubt, dass diese Vorkommnisse und die Berichte aus Narveduen Anzeichen dafür sind, dass in dem Teil der Welt, den wir bewohnen, irgendeine böse Macht am Werke ist. Er sucht Rat bei den Weisen.«

»Dass er dich hersandte, beweist uns, wie dringend er den Rat sucht«, erwiderte der Erzmagier. »Du bist sein einziger Sohn. Und die Reise von Enlad nach Rok ist nicht unbeschwerlich. Hast du noch mehr zu erzählen?«

»Nur noch Altweibergeschichten aus den Bergen.«

»Was sagen die alten Weiber?«

»Dass die Zukunft, die sie im Rauch und aus stehenden Gewässern lesen, nichts Gutes verheißt und dass ihre Liebestränke fehlschlagen. Aber diese Frauen besitzen keine wahre Zauberkraft.«

»Wahrsagerei und Liebestränke bedeuten nicht viel, das stimmt. Doch was alte Frauen zu sagen haben, lohnt sich oft anzuhören. Nun, deine Botschaft wird von den Meistern hier auf Rok besprochen werden. Aber ich weiß nicht, welchen Rat sie deinem Vater erteilen werden, Arren. Denn Enlad ist nicht das erste Land, aus dem uns solche Kunde kommt.«

Die Fahrt aus dem Norden, an der großen Insel Havnor vorbei, durch das Innenmeer nach Rok, war Arrens erste große Reise gewesen. Während der vergangenen Wochen hatte er zum ersten Mal Länder gesehen, die nicht zu seiner eigenen Heimat gehörten, und er bekam einen Begriff von den Entfernungen und den Verschiedenartigkeiten, die es auf dieser Welt gab. Hinter den schönen Hügeln seiner Heimat hatte sich eine große Welt aufgetan, die angefüllt war mit Menschen. Er war noch nicht daran gewöhnt, so weit zu denken, und es dauerte eine Weile, bis er alles verstand. »Woher denn sonst noch?«, fragte er ein wenig enttäuscht, denn er hatte gehofft, versehen mit einem Patentrezept zur Behebung des Übels, sofort wieder zurückkehren zu können.

»Zuerst kamen sie aus dem Südbereich. Vor kurzem sogar aus dem Inselreich, aus Wathort. Man hat behauptet, dass auf Wathort keine Magie mehr geübt wird. Aber sicher ist nichts. Diese Gegend war schon immer aufrührerisch und der Piraterie zugetan, und, wie man so sagt, das Lügen ist den Händlern des Südens angeboren. Doch es ist immer die gleiche Geschichte: Die Quellen der Zauberkraft sind versiegt.«

»Aber hier auf Rok ...«

»Wir hier auf Rok haben nichts davon verspürt. Wir sind gegen Stürme, gegen Veränderungen, gegen alle Unbill geschützt, vielleicht zu gut geschützt. Was wirst du jetzt tun, Arren?«

»Ich werde wieder nach Enlad zurücksegeln, wenn ich meinem Vater den genauen Grund des Übels mitteilen und ihm sagen kann, wie es zu beheben ist.«

Wiederum sah ihn der Erzmagier an, und dieses Mal blickte Arren, trotz seiner guten Erziehung, zur Seite. Er konnte nicht sagen, warum, denn in dem Blick dieser dunklen Augen lag nicht die geringste Spur von Unfreundlichkeit. Sie schauten ihn offen, ruhig und verständnisvoll an.

Alle Leute in Enlad sahen zu seinem Vater auf, und er war der Sohn des Prinzen. Kein Mensch hatte je gewagt, ihn nur als Arren und nicht als den Prinzen von Enlad – Sohn des regierenden Prinzen – anzusehen. Der Gedanke, dass er nun dem Blick des Erzmagiers auswich, behagte ihm nicht, doch es gelang ihm nicht, den Blick zu erwidern. Es schien ihm, als ob sich die Welt um ihn wiederum erweitere, und nicht nur Enlad war jetzt ganz klein und unbedeutend geworden, sondern auch er. In den Augen des Erzmagiers war er nur eine winzige Gestalt in der ungeheuren Weite meerumspülter Länder, die von der Dunkelheit bedroht wurden.

Er saß und zupfte an dem hellgrünen Moos, das zwischen den Sprüngen der Marmorplatten wuchs, und nach einer Weile hörte er seine eigene Stimme, die erst in den letzten Jahren tiefer geworden war, sagen: »Ich werde tun, was Sie mir auftragen!«

»Du hast deine Pflicht deinem Vater, nicht mir gegenüber zu erfüllen«, erwiderte der Erzmagier.

Seine Augen ruhten noch immer auf Arren, doch jetzt blickte der Junge auf. Als die Worte der Unterwerfung unter eines anderen Willen gesprochen worden waren, hatte er sich selbst vergessen. Jetzt erst erblickte er den Erzmagier, den größten Zauberer der Erdsee, den Mann, der die Schwarze Quelle von Fundar verschlossen hatte, der den Ring von Erreth-Akbe aus den Gräbern von Atuan zurückgebracht und die tiefe Seemauer von Nepp erbaut hatte; er sah den Seefahrer, der das Meer von Astowell bis Selidor kannte, und er sah den noch einzig lebenden Drachenfürsten vor sich. Und dieser Mann kniete hier neben dem Brunnen, er war nicht sehr groß und nicht mehr jung, seine Stimme klang sanft und seine Augen waren so tief wie die Nacht.

Arren sprang hastig aus seiner sitzenden Stellung auf und sank demutsvoll vor ihm auf die Knie. »Ehrwürdiger Herr«, stammelte er, »erlaubt mir, Ihnen zu dienen!«

Seine Selbstsicherheit war verschwunden, sein Gesicht war gerötet und seine Stimme zitterte.

An seiner Hüfte trug er ein Schwert in einer Scheide aus neuem Leder mit roten und goldenen Verzierungen; das Schwert selbst war jedoch einfach und nicht verziert, die Griffstange aus versilberter Bronze war abgewetzt. Dieses Schwert zog er geschwind heraus und bot den Griff dar, wie es der Gefolgsmann tut, der sich seinem Prinzen unterwirft.

Der Erzmagier streckte seine Hand nicht aus, um den Schwertgriff zu erfassen. Er blickte ihn nur an und schaute dann auf Arren. »Das gehört dir, nicht mir«, sagte er, »und du bist keines Menschen Diener.«

»Aber mein Vater hat gesagt, dass ich auf Rok bleiben soll, bis ich herausgefunden habe, welche Bewandtnis es mit dem Übel auf sich hat, und vielleicht könnte ich selbst einige Künste lernen – ich kenne keine, und ich glaube nicht, dass ich Macht besitze, doch unter meinen Vorfahren gab es Magier … Vielleicht kann ich auf irgendeine Weise nützlich sein …«

»Deine Vorfahren waren Könige, bevor sie Magier wurden«, sagte der Erzmagier.

Er stand auf und kam in einigen kraftvollen, lautlosen Schritten auf Arren zu. Er nahm den Jungen bei der Hand und zog ihn hoch. »Ich danke dir für dein Angebot, das ich jetzt nicht annehmen kann, doch ist es möglich, dass ich später, nachdem wir über diese Angelegenheit beraten haben, darauf zurückkomme. Das Angebot einer großmütigen Seele darf nicht leichtfertig abgelehnt werden. Und auch das Schwert von Morreds Sohn darf nicht leichthin zur Seite geschoben werden … Geh jetzt! Der Junge, der dich hierher gebracht hat, wird dafür sorgen, dass du Essen bekommst, baden und dich ausruhen kannst. Geh!«, und er schubste Arren leicht an der Schulter, eine familiäre Geste, die sich noch niemand dem jungen Prinzen gegenüber erlaubt hatte und die er keinem gestattet hätte. Doch bei der Berührung des Erzmagiers erbebte er und war glücklich, denn eine tiefe Zuneigung hatte von ihm Besitz ergriffen.

Er war kein Stubenhocker; er war gewandt beim Spiel, und mit Stolz und Vergnügen hatte er Körper und Geist gestählt. Er hatte seine Pflichten bei Hofe und den Regierungsgeschäften wahrgenommen – sie waren nicht auf die leichte Schulter zu nehmen –, jedoch hatte er sich noch nie für eine Sache voll eingesetzt. Alles war ihm leicht gefallen und alles hatte er mit Leichtigkeit erledigt.

Für ihn war alles ein Spiel, selbst die Liebe. Doch jetzt war die in ihm schlummernde Tiefe erwacht, nicht durch ein Spiel, oder durch einen Traum, sondern durch die Gefahr, die Ehre, die Weisheit, durch ein vernarbtes Gesicht, eine ruhige Stimme, durch eine dunkle Hand, die, ihrer Macht nicht eingedenk, den Eibenstab leicht hielt, an dessen Griff die Verlorene Rune der Könige, Silber auf schwarzem Holz, eingelassen war.

Der erste Schritt aus der Kindheit heraus wird mit einem Mal getan, ohne vorheriges Rückwärts- oder Vorwärtsschauen, ohne Bedenken, rückhaltlos.

Ohne sich höflich zu verabschieden, eilte Arren zur Tür, strahlend, gehorsam, ungestüm. Und Ged der Erzmagier blickte ihm nach.

Ged blieb eine Weile beim Brunnen unter der Eberesche stehen. Dann hob er sein Gesicht zum sonnenklaren Himmel empor. »Ein sanfter Bote mit unheilvoller Kunde«, sagte er halblaut, zum Brunnen gewandt. Der hörte nicht, sondern fuhr fort, in seiner eigenen Silberstimme zu sprechen, und Ged lauschte ihm eine Weile. Dann ging er auf eine andere Tür zu, die Arren nicht gesehen hatte, die nur wenigen Augen sichtbar war, ganz gleich, wie genau man hinschaute, und sagte: »Meister Türhüter!«

Ein kleiner Mann unbestimmten Alters erschien. Jung war er nicht mehr, man hätte ihn als alt bezeichnen müssen, doch alt schien auch nicht passend. Sein Gesicht war eingefallen und hatte die Farbe von Elfenbein angenommen. Er hatte ein ansprechendes Lächeln, das lange Furchen in seine Wangen grub. »Was ist los, Ged?«, fragte er.

Sie waren allein, und er gehörte zu den sieben Menschen auf der Welt, die des Erzmagiers wahren Namen kannten. Die anderen waren der Meister Namengeber auf Rok; und Ogion der Schweigsame, der Zauberer von Re Albi, der Ged vor langer Zeit seinen Namen auf dem Berg Gont gegeben hatte; und die Weiße Dame von Gont, Tenar mit dem Ring; und ein Dorfzauberer auf Iffisch, der Vetsch genannt wurde; und ebenfalls auf Iffisch die Frau eines Zimmermanns, die Mutter von drei Mädchen, die der Zauberei unkundig, doch weise in anderen Dingen war, und die Jarro hieß; und schließlich, auf der anderen Seite der Erdsee, im äußersten Westen, zwei Drachen: Orm Embar und Kalessin.

»Wir müssen heute Abend zusammenkommen«, sagte der Erzmagier. »Ich werde zum Formgeber gehen. Und ich werde es Kurremkarmerruk wissen lassen, damit er seine Listen zur Seite legt und seinen Schülern einen Abend freigibt und hier bei uns sein kann, wenn auch nicht körperlich. Benachrichtigst du bitte die andern?«

»Gewiss«, erwiderte der Türhüter lächelnd und verschwand, auch der Erzmagier war verschwunden. Nur der Springbrunnen redete im Sonnenlicht des jungen Frühlings heiter und ohne Pause mit sich selbst.

Irgendwo westlich vom Großhaus auf Rok, manchmal auch südlich, liegt der Innere Hain. Auf Karten ist er nicht verzeichnet. Kein Weg führt dorthin und nur diejenigen finden ihn, die den Weg wissen. Selbst Novizen, Städter und Bauern können den Hain sehen, aber immer nur aus der Entfernung: eine Gruppe hoher Bäume, deren grüne Blätter selbst im Frühling golden flimmern. Daraus schlossen sie – die Novizen, Städter und Bauern –, dass der Hain in geheimnisvoller Weise beweglich sei. Doch darin täuschen sie sich, denn der Hain ändert seinen Ort niemals. Seine Wurzeln sind die Wurzeln des Seins. Die Welt um ihn herum ist beweglich.

Ged verließ das Großhaus und schritt über die Felder. Er nahm seinen weißen Umhang ab, denn die Sonne stand im Zenit. Ein Bauer, der am braunen Hang pflügte, hob grüßend die Hand. Ged erwiderte den Gruß. Kleine Vögel hoben sich jubilierend in die Luft. In den Ackerfurchen und entlang dem Wege blühte das Funkenkraut. Hoch am Himmel kreiste ein Falke in weitem Bogen. Ged schaute kurz hinauf und hob wieder grüßend die Hand. Der Vogel schoss pfeilschnell herunter und ließ sich mit gelben Krallen auf dem angebotenen Handgelenk nieder. Es war kein Sperber, sondern ein großer Enderfalke, heimisch auf Rok, dessen Gefieder braunweiß gemustert war. Er blickte von der Seite her auf den Erzmagier, dann klapperte er mit seinem gekrümmten Schnabel und blickte Ged von vorne an, mit seinen runden, hellgoldenen Augen. »Furchtlos«, sagte der Erzmagier in der Sprache des Schöpfers.

Der große Vogel hielt sich fest und schlug mit seinen Schwingen. Er blickte unentwegt auf Ged.

»Erhebe dich wieder, du furchtloser Geselle!«

Weit oben am Hügel, unter dem klaren Himmel, hatte der Bauer seine Arbeit unterbrochen und schaute herüber. Im vergangenen Herbst hatte er einmal beobachtet, wie ein wilder Falke sich auf das Handgelenk des Erzmagiers niedergelassen hatte – und im nächsten Augenblick war der Erzmagier nicht mehr zu sehen gewesen und zwei Falken stiegen hoch in den Himmel.

Dieses Mal trennten sie sich: Der Vogel schwang sich in die Luft, der Mann ging weiter über die schlammigen Felder.

Er erreichte den Pfad, der zum Inneren Hain führte, ein Pfad, der immer gerade verläuft, gleichgültig, wie Zeit und Welt sich ändern. Ihm folgend gelangte er bald in den Schatten der Bäume.

Die Stämme mancher Bäume waren gewaltig. Wer sie sah, glaubte nicht mehr, dass der Hain sich von Ort zu Ort bewegte. Sie sahen aus wie Türme, die, grau an Jahren, schon seit undenklichen Zeiten stehen; ihre Wurzeln waren den Wurzeln der Berge gleich. Doch unter den allerältesten gab es manche, deren Laub spärlich und deren Äste schwach waren. Die Bäume waren nicht unsterblich. Unter den Riesen gab es junge, kräftige Bäume, mit dicht belaubten, hellgrünen Kronen, und Schösslinge, zarte, belaubte Stängel, nicht größer als ein Kind.

Der Boden unter den Bäumen war weich und federnd, ein dunkler, durch die verwesten Blätter vieler Jahre fruchtbarer Boden. Farne und andere Waldpflanzen gediehen, doch nur eine Art von Bäumen wuchs hier, für die es keinen Namen in der hardischen Sprache der Erdsee gab. Die Luft unter den Bäumen war frisch und roch nach Erde; sie rief den Geschmack frischen Quellwassers im Mund hervor.

Auf einer Lichtung, die vor Jahren durch den Sturz eines riesenhaften Baumes geschaffen wurde, stieß Ged auf den Meister der Formgebung, der selten diesen Hain verließ. Sein Haar war blond wie Weizen; er war kein Mann aus dem Inselreich. Seitdem der Ring von Erreth-Akbe wieder heil war, unternahmen die Bewohner von Kargad keine Raubzüge mehr. Es herrschte Frieden und mit den Innenländern waren einige Handelsabkommen geschlossen worden, doch war es kein freundlicher Menschenschlag, sie hielten sich abseits. Nur hin und wieder, getrieben von Abenteuerlust oder dem Verlangen, die Zauberkunst zu erlernen, kamen junge Krieger oder Kaufmannssöhne nach dem Westen. So hatte es sich auch mit dem Meister der Formgebung zugetragen. An einem regnerischen Morgen, zehn Jahre waren seither verflossen, stand ein schwertgegürteter, junger Wilder, mit rotem Federbusch auf dem Helm, vor der Tür des Großhauses auf Rok und sprach zu Meister Türhüter in befehlendem, fehlerhaftem Hardisch: »Ich komme, um zu lernen!« Und heute stand er im grüngoldnen Licht unter den Bäumen, ein großer, schlanker Mann, mit hellem, langem Haar und seltsamen grünen Augen: der Meister der Formgebung von Erdsee.

Es war möglich, dass auch er Geds wahren Namen kannte. Doch selbst wenn er ihn wusste, gebraucht hatte er ihn noch nie. Sie begrüßten sich schweigend.

»Was betrachtest du?«, fragte der Erzmagier, und der andere antwortete: »Eine Spinne.«

Zwischen zwei großen Grashalmen der Lichtung hatte die Spinne ein Netz gesponnen, eine Spirale, die kunstvoll an ihren Stützen befestigt war. Das Sonnenlicht fing sich in den feinen Silberfäden. In der Mitte wartete die Spinne, ein schwarzgrauer Fleck, nicht größer als eine Pupille.

»Auch sie ist eine Formgeberin«, meinte Ged und schaute auf das zarte Gewebe.

»Was ist das Böse?«, fragte der junge Mann.

Das runde Netz mit seinem schwarzen Mittelpunkt schien sie beide zu beobachten.

»Ein Netz, von Menschen gewoben«, antwortete Ged.

In diesem Wald sang keine Vogelstimme. Es war still und jetzt in der Mittagszeit auch heiß. Um sie herum Bäume und Schatten.

»Aus Narveduen und Enlad kam uns Kunde: Die Botschaft ist die gleiche.«

»Südlich und südwestlich; nördlich und nordwestlich«, sagte der Formgeber, und seine Augen ruhten auf dem runden Netz.

»Wir kommen heute Abend hier zusammen. Dies hier ist der beste Ort, um Rat zu suchen.«

»Ich weiß keinen Rat.« Der Formgeber blickte Ged fest an, seine grünlichen Augen waren kalt. »Ich habe

Angst«, sagte er. »Die Angst ist da; die Angst sitzt an den Wurzeln.«

»Gewiss«, sagte Ged. »Wir müssen in die tiefsten Quellen schauen, glaube ich. Zu lange erfreuten wir uns des Sonnenlichtes, wärmten uns an dem Frieden, den der geheilte Ring gebracht hat. Unbedeutende Dinge nur haben wir vollbracht, wir fischten im seichten Wasser. Heute Abend müssen wir die Tiefe befragen.« Und er ließ den in die Betrachtung einer Spinne versunkenen Meister der Formgebung im sonnigen Gras zurück.

Am Rande des Haines, wo die Zweige der Bäume überhängen und gewöhnlichen Boden beschatten, ließ sich Ged nieder und lehnte seinen Rücken an eine mächtige Wurzel. Sein Stab lag quer über seinen Knien. Er schloss die Augen, als ob er schliefe, doch sein Geist wanderte über die Felder und Hügel von Rok nach Norden, bis an das meerumwogte gischtbesprühte Vorgebirge, wo der Einsame Turm stand.

»Kurremkarmerruk«, sagte er im Geist, und der Meister Namengeber blickte von dem dicken Buch auf, aus dem er seinen Schülern die wahren Namen von Wurzeln, Kräutern, Blüten, Samen und Blättern vorgelesen hatte, und erwiderte: »Ich bin hier, mein Gebieter.«

Dann hörte der große, hagere, alte Mann, dessen weißes Haar unter der schwarzen Kapuze verborgen war, zu, und die Schüler im Turmzimmer blickten von ihren Schreibtafeln auf und warfen sich erstaunte Blicke zu.

»Ich werde kommen«, sagte Kurremkarmerruk und,

sich wieder über das Buch beugend, sprach er: »Das Blütenblatt des Moly hat einen Namen, und zwar heißt es *Jebera*, und ebenso das Kelchblatt, und zwar heißt es *Partonath*, und der Stängel und das Blatt und die Wurzel haben ihre eigenen Namen ... «

Doch Erzmagier Ged, der all die Namen des Moly kannte, rief seinen Geistboten wieder zurück; er hielt seine Augen geschlossen, streckte seine Beine bequem aus und schlief in dem durch die Blätter fallenden Sonnenlicht bald ein.

Die Meister auf Rok

Auf Rok werden die Künste der Hohen Magie gelehrt, und Knaben, denen die Gabe der Zauberei angeboren ist, kommen aus allen Ländern der Erdsee hierher zur Schule. Sie werden mit den verschiedensten Arten der Zauberei vertraut gemacht, studieren Namen, Runen, Formeln und Bannsprüche, lernen, was man tun darf und was man unterlassen muss und die Gründe dafür. Und hier werden sie, nach langer Übung, wenn Geist, Verstand und Handfertigkeit Schritt halten, zum Zauberer ernannt und erhalten einen Stab als Zeichen ihrer Macht. Die wahren Zauberer kommen alle aus Rok.

Da es auf allen Inseln Zauberer und Hexen gibt und die Magie den Menschen so wichtig ist wie Brot und so ergötzlich wie Musik, wird die Schule der Zauberkunst mit Ehrfurcht betrachtet. Die neun Magier, die Meister der Schule, genießen das gleiche Ansehen wie die mächtigsten Prinzen des Inselreichs. Ihr Meister, der Hüter von Rok, der Erzmagier, ist keinem Menschen verpflichtet außer dem König aller Inseln, doch selbst an diesen bindet ihn nur ein Treueeid, der aus freiwilligem Herzen gegeben wurde, denn selbst ein König ist nicht stark genug, diesen mächtigsten aller Magier den allgemeinen Gesetzen zu unterwerfen, wenn er sich dagegen sträuben würde. Doch selbst in den Jahrhunderten ohne König blieben die Erzmagier ihrem Eid treu und dienten dem Gemeinen Recht. Auf Rok nimmt alles, schon seit Jahrhunderten, unverändert seinen Lauf. Auf Rok, so schien es, war man sicher vor aller Unbill, hier hallte das Lachen der Jungen durch die breiten, kalten Flure des Großhauses und fand sein Echo in den Innenhöfen des Gebäudes.

Der Junge, der Arren die Schule zeigte, war ein kräftiger, untersetzter Bursche, dessen Umhang am Hals mit einer Silberbrosche geschlossen war, ein Zeichen, dass er nicht mehr Novize, sondern bereits Zauberer war und jetzt studierte, um seinen Stab zu erlangen. Er wurde »Spiel« genannt, »denn«, so erklärte er, »meine Eltern hatten sechs Mädchen, und mein Vater sagte, das siebte Kind war ein gewagtes Spiel mit dem Schicksal.« Er war ein unterhaltsamer Geselle, schlagfertig und gescheit. Zu jeder anderen Zeit hätte Arren großen Gefallen an seinem Humor gefunden, doch heute war sein Herz zu voll. Er gab nicht viel Acht auf das, was ihm Spiel erzählte. Und Spiel, der das natürliche Verlangen hatte, dass man Notiz von ihm nehme, fing an, die Geistesabwesenheit des Fremden auszunutzen. Zuerst begann er allerhand merkwürdige Dinge über die Schule zu erzählen, dann trumpfte er mit Lügen auf, und Arren sagte zu allem immer nur

»Ach ja?« und »Wirklich?«, bis Spiel davon ausgehen musste, dass er ein königlicher Idiot war.

»Hier wird natürlich nicht gekocht«, sagte er, als sie an der Küche vorbeikamen, in der es laut zuging, wo riesige Kupferkessel glänzten und wo mit großen Messern geschnitten und zerkleinert wurde und der Duft von Zwiebeln Tränen in die Augen trieb. »Das ist alles nur zum Anschauen. Wir essen im Refektorium und jeder zaubert sich herbei, was er essen will. Dann braucht man natürlich auch nachher kein Geschirr zu spülen.«

»Ich verstehe«, meinte Arren höflich.

»Novizen, die noch keine Zauberformeln kennen, die werden natürlich sehr mager in den ersten Monaten hier, aber sie lernen schnell. Da ist zum Beispiel ein Junge aus Havnor, der dauernd versucht gebratene Hähnchen herbeizuzaubern und immer nur Hirsebrei bekommt. Er bleibt mit seiner Formel immer am Hirsebrei hängen. Doch gestern hat er einen geräucherten Schellfisch dazubekommen.« Spiel wurde heiser vor Anstrengung, um die Leichtgläubigkeit des Gastes zu erschüttern. Er gab es schließlich auf und sagte überhaupt nichts mehr.

»Aus welchem ... aus welchem Land kommt der Erzmagier?«, fragte der Gast und warf nicht einen einzigen Blick auf die eindrucksvolle Galerie, durch die sie gerade schritten, deren Wände und Decke ein einziges Schnitzwerk war, das den Baum der Tausend Blätter darstellte.

»Gont«, sagte Spiel. »Er war dort Ziegenhirte.«

Als er diese einfache und wohl bekannte Tatsache vernahm, blieb der Junge aus Enlad stehen und starrte ihn ungläubig an: »Ein Ziegenhirte?«

»Auf Gont hüten die meisten Leute Ziegen, oder es sind Zauberer oder Piraten. Ich habe ja nicht gesagt, dass er jetzt Ziegenhirte ist.«

»Aber wie kann ein Ziegenhirte Erzmagier werden?«

»Auf die gleiche Art und Weise wie ein Prinz! Indem er nach Rok kommt und besser ist als alle Meister und den Ring aus Atuan stiehlt und zu den Dracheninseln segelt und der größte Zauberer seit Erreth-Akbe ist – wie denn sonst?«

Sie verließen die Galerie durch die Nordtür. Die Nachmittagssonne lag warm auf den bestellten Hügeln, den Dächern von Thwil und auf der dahinter liegenden Bucht. Hier hielten sie an und redeten miteinander. Spiel sagte: »Das ist alles natürlich schon lange her. Seit er Erzmagier ist, hat er nicht viel getan. Die tun gewöhnlich wenig. Die sitzen hier auf Rok und passen auf das Gleichgewicht der Dinge auf, nehme ich an. Und er ist ja auch schon ziemlich alt.«

»Alt? Wie alt?«

»Oh, vierzig oder fünfzig.«

»Haben Sie ihn gesehen?«

»Natürlich habe ich ihn gesehen«, erwiderte Spiel kurz angebunden. Der königliche Idiot schien auch ein königlicher Affe zu sein.

»Oft?«

»Nein. Er bleibt meist für sich. Aber als ich nach Rok kam, habe ich ihn im Brunnenhof gesehen.«

»Ich habe auch dort mit ihm gesprochen«, sagte Arren.

Beim Ton seiner Stimme blickte ihn Spiel an und sagte ernsthaft: »Das war vor drei Jahren. Und ich war so verschüchtert, ich habe ihn gar nicht richtig angeschaut. Ich war natürlich auch noch ziemlich jung. Aber dort drinnen ist es schwierig, klar zu sehen. Ich erinnere mich hauptsächlich noch an seine Stimme und an den plätschernden Brunnen.« Nach einer Weile fügte er hinzu: »Er hat einen gontischen Akzent.«

»Wenn ich mit Drachen in ihrer eigenen Sprache reden könnte, dann würde mir mein Akzent nichts ausmachen.«

Als er das sagte, blickte ihn Spiel wohlgefällig an und fragte: »Sind Sie hierher gekommen, um in der Schule zu bleiben?«

»Nein. Ich brachte dem Erzmagier eine Botschaft von meinem Vater.«

»Enlad gehört zu den königlichen Fürstentümern, nicht wahr?«

»Enlad, Ilien und Weg. Havnor und Éa waren es einmal, aber in beiden Ländern starb die königliche Linie aus. Ilien geht auf Gemal Seeborn zurück und setzt sich über Maharion, der König aller Inseln war, fort; Weg geht auf Akamber und das Haus Scheließ zurück; und Enlad, das älteste Fürstentum, geht direkt auf Morred zurück und setzt sich über seinen Sohn Serriadh und das Haus Enlad fort.«

Arren sagte die genealogischen Fakten mit einem abwesenden Ausdruck auf wie ein gelehriger Schüler, dessen Gedanken anderswo sind.

»Glauben Sie, dass zu unserer Zeit noch ein König in Havnor regieren wird?«

»Darüber habe ich mir nie Gedanken gemacht.«

»Ich komme aus Ark, und dort denken die Leute oft daran. Jetzt, seit dem Frieden, gehören wir zum Fürstentum Ilien, wie Sie wissen. Wie lange ist das jetzt schon her? Siebzehn oder achtzehn Jahre, seit der Ring mit der Königsrune zum Königsturm in Havnor zurückgebracht wurde. Dann wurde es eine Weile besser, aber jetzt ist es schlimmer als zuvor. Es wird Zeit, dass ein König den Thron der Erdsee besteigt und unter dem Friedenszeichen regiert. Die Leute haben die Nase voll von Krieg und Raubzügen und von Kaufleuten, die zu viel verlangen, und von Fürsten, deren Steuern zu hoch sind, und von den dauernden Streitigkeiten, Rok kann den Weg weisen, aber es kann nicht regieren. Die Balance liegt hier, doch die Macht sollte in den Händen eines Königs liegen.«

Spiel sprach mit Überzeugung, und aller Unsinn war vergessen. Arrens Aufmerksamkeit war endlich erwacht. »Enlad ist ein reiches und friedfertiges Land«, sagte er langsam. »Es hat sich nie an diesen Streitereien beteiligt. Wir hören nur, was in den anderen Ländern vor sich geht. Aber seit Maharion gestorben ist, steht der Thron in Havnor leer: Achthundert Jahre sind seither vergangen! Würden die Länder einen König annehmen?«

»Wenn er als Friedenskönig kommt und mächtig ist, wenn Rok und auch Havnor ihn als legitim betrachten, dann ja.«

»Gibt es nicht eine Prophezeiung, die sich erfüllen muss? Hatte Maharion nicht gesagt, dass der nächste König ein Magier sein wird?«

»Der Meister der Lieder kommt aus Havnor, und er interessiert sich dafür. Drei Jahre bemüht er sich schon, uns einzutrichtern, was Maharion gesagt hat. Die Worte lauten: ›*Der wird Erbe meines Thrones, der das dunkle Land lebend durchschreitet und die fernen Ufer des Tages erreicht.*‹«

»Also ein Magier.«

»Ja, denn nur ein Zauberer oder Magier kann das Totenreich betreten und wieder zurückkehren. Aber *durchschreiten* können selbst Magier es nicht! Außerdem sagt man, dass es nur eine Grenze habe und auf der anderen Seite grenzenlos sei. Und was bedeutet dann *die fernen Ufer des Tages*? So lautet wenigstens die Prophezeiung des letzten Königs, und deswegen wird eines Tages einer geboren werden, der sie erfüllen kann. Und Rok wird ihn anerkennen, und die See- und Landmächte und alle Völker werden zu ihm strömen. Dann wird im Mittelpunkt der Welt, im Königsturm von Havnor, das Königreich wiederhergestellt, und ich würde auch dorthin kommen, und mit Herz und Hand würde ich diesem wahren König dienen und mit all meinen Künsten«, sagte Spiel, und dann lachte er und zuckte die Achseln, um bei Arren nicht den Eindruck der Gefühlsduselei zu erwecken. Doch Arren blickte ihn verständnisvoll an und dachte: Er würde für den König das Gleiche empfinden, das ich für den Erzmagier empfinde. Laut sagte er: »Ein König würde Leute wie Sie wohl um sich haben wollen.«

Sie schwiegen und jeder hing seinen eigenen Gedanken nach, ohne sich am andern zu stören, bis hinter ihnen aus dem Großhaus ein lauter Gong ertönte.

»Aha«, sagte Spiel, »heute gibt es Linsen und Zwiebelsuppe. Kommen Sie!«

»Ich dachte, man kocht hier nicht?«, sagte Arren geistesabwesend und folgte ihm.

»Ach manchmal ... aus Versehen ...«

Das Essen enthielt nichts Magisches, doch viel Nahrhaftes. Nach dem Essen wanderten sie hinaus über die Felder in die blaue Dämmerung hinein.

»Das ist der Hügel von Rok«, sagte Spiel, als sie einen runden Hügel emporstiegen. Das taufeuchte Gras berührte ihre Beine, und drunten am Thwilbach begrüßte ein Chor kleiner Frösche die erste Frühlingswärme und die kürzer werdenden sternklaren Nächte.

Der Boden hier schien ein Geheimnis zu haben, und Spiel sagte leise: »Dieser Hügel war der allererste, der aus dem Meer ragte, als das Erste Wort gesprochen wurde.«

»Und er wird als Letztes versinken, wenn alles wieder vergeht«, sagte Arren.

»Hier stehen wir also ziemlich sicher«, sagte Spiel und schüttelte die Ehrfurcht ab, die ihn überkommen hatte; doch dann rief er aufgeregt aus: »Schauen Sie! Der Hain!«

Wie bei einem Mondaufgang verbreitete sich südlich des Hügels ein strahlendes Licht auf der Erde, doch der

Neumond war bereits westlich hinter dem Hügel verschwunden, auch war in dieser flimmernden Helle eine Bewegung wahrnehmbar, wie windbewegte Blätter an den Ästen von Bäumen.

»Was ist das?«

»Das kommt aus dem Hain – die Meister müssen sich dort versammelt haben. Man sagt, dass es damals, vor fünf Jahren, als sie den Erzmagier gewählt hatten, die ganze Nacht über so hell leuchtete wie der Vollmond. Aber warum treffen sie jetzt zusammen? Ist es wegen der Botschaft, die Sie brachten?«

»Das mag sein«, sagte Arren.

Spiel war aufgeregt und beunruhigt und wollte ins Großhaus zurück, um herauszufinden, was das Konzil der Meister wohl bedeuten könne. Arren folgte ihm, doch er blickte immer wieder zurück auf die seltsame strahlende Helle, bis der Hügel sie verbarg und nur noch der untergehende Neumond und die Sterne einer Frühlingsnacht zu sehen waren.

Mit offenen Augen lag Arren in der Dunkelheit der steinernen Zelle, die man ihm als Schlafraum zugewiesen hatte. Sein ganzes Leben lang hatte er in einem Bett unter weichen Pelzen geschlafen; selbst auf der zwanzig Ruder starken Galeere, die ihn hierher gebracht hatte, gab es mehr Komfort; als dieses Lager hier bot – eine Strohmatratze auf einem Steinboden und eine alte Decke aus Filz. Aber all dies nahm der Prinz nicht wahr. »Ich befinde mich im Herzen der Welt«, dachte er. »Die Meister sind an diesem heiligen Platz versammelt. Was werden sie beschließen? Werden sie einen großen Zauber ins Werk setzen, um die Magie zu retten? Ist es wahr, dass die Zauberkraft aus der Welt verschwindet? Wird selbst Rok bedroht? Ich will hier bleiben. Ich werde nicht heimfahren. Lieber fege ich *sein* Zimmer aus, als Prinz in Enlad zu sein. Ob er mich als Novize behält? Aber vielleicht wird die Kunst der Magie nicht mehr gelehrt, die wahren Namen der Dinge nicht mehr gelernt. Mein Vater besitzt die Macht zur Zauberkunst, doch ich nicht, vielleicht stirbt sie wirklich aus! Aber ich will *ihm* trotzdem nahe bleiben, auch wenn er seine Macht und Kunst verliert. Selbst wenn ich ihn nie mehr zu Gesicht bekomme, selbst wenn er kein Wort mehr mit mir spricht!« Doch seine lebhafte Fantasie riss ihn fort und er sah sich wieder im Brunnenhof unter der Eberesche, dem Erzmagier gegenüber, doch jetzt war der Himmel dunkel, der Baum kahl, und der Brunnen schwieg, und er sprach: »Mein Gebieter, der Sturm ist gekommen, doch ich will hier bleiben und Ihnen dienen.« Und der Erzmagier lächelte ihn an ... Aber hier versagte seine Fantasie, denn er hatte kein Lächeln auf dem dunklen Gesicht gesehen.

Am Morgen erhob er sich und hatte das Gefühl, dass er am Abend zuvor noch ein Junge gewesen war, doch jetzt nicht mehr. Über Nacht war er zum Mann gereift. Er sah dem Tag mit Zuversicht entgegen. Doch als es dann so weit war, traf es ihn unvermittelt. »Der Erzmagier wünscht Sie zu sprechen, Prinz Arren«, sagte ein junger Novize, der zu seiner Tür gekommen, kurz stehen geblieben war und dann wieder davonrannte, bevor Arren Zeit hatte, etwas darauf zu antworten,

Er ging die Turmtreppe hinunter und durchquerte die Steingänge, die zum Brunnenhof führten, denn er wusste nicht, wo er sonst hingehen sollte. Im Gang traf er auf einen alten Mann, der ihm zulächelte. Tiefe Furchen zogen sich von der Nase bis hin zum Kinn. Es war derselbe, der ihm tags zuvor die Tür zum Großhaus aufgemacht hatte, als er vom Hafen heraufgestiegen war, und der von ihm verlangt hatte, dass er seinen wahren Namen sage, bevor er eintrete. »Komm mit mir!«, sagte Meister Türhüter.

Die Räume und Flure in diesem Teil des Gebäudes waren ruhig und still. Keine Jungen lärmten und lachten hier, niemand rannte die Korridore entlang. Hier spürte man das hohe Alter dieses Gemäuers. Der Zauber, der in den uralten Steinen verborgen war und sie schützte, lag fast greifbar in der Luft. In bestimmten Abständen waren Runen tief in die Wände geritzt, manche waren mit Silber eingelegt. Arren hatte die hardischen Runen von seinem Vater gelernt, doch diese hier waren ihm unbekannt, obwohl die Bedeutung mancher ihm vertraut schien, so als ob er sie schon einmal gekannt, doch inzwischen wieder vergessen hätte.

»Hier hinein, mein Junge«, sagte der Türhüter, der sich nicht um Titel kümmerte, sei es Prinz oder Fürst. Arren folgte ihm in einen langen, niederen Raum mit mächtigen Deckenbalken. Ein Feuer brannte in einem aus Stein gefügten Kamin und spiegelte sich im polierten Eichenboden; von der gegenüberliegenden Wand fiel das trübe Licht des nebligen Morgens durch hohe Spitzbogenfenster. Vor dem Kamin stand eine Gruppe Männer, doch unter ihnen nahm er nur einen wahr: den Erzmagier. Er hielt in seiner Bewegung inne, verbeugte sich und stand da, ohne zu reden.

»Arren, dies sind die Meister von Rok; sieben der insgesamt neun. Der Meister der Formgebung verlässt seinen Hain nicht, und der Meister Namengeber befindet sich in seinem Turm, ungefähr zwanzig Meilen nördlich von hier. Sie alle kennen deine Botschaft. Meine Herren, dies hier ist Morreds Sohn.«

In Arren rief diese Bezeichnung keinen Stolz hervor, im Gegenteil, er war bestürzt. Gewiss, er war stolz auf seine Familie, doch sah er sich nur als einen Nachfolger seines Vaters, als einen Prinzen aus dem Hause Enlad. Morred, der Stammvater des Hauses, war schon seit 2000 Jahren tot. Seine Taten waren Gegenstand von Legenden, nicht Teil der heutigen Welt. Es war Arren, als hätte der Erzmagier ihn als Sohn eines Mythos, als einen Erben von Träumereien, vorgestellt.

Er wagte nicht, seinen Blick zu heben und die acht Magier anzusehen, er hielt seine Augen auf den mit Eisen beschlagenen Stab des Erzmagiers gerichtet und fühlte, wie ihm das Blut in den Ohren rauschte.

»Kommt, frühstücken wir miteinander«, sagte der Erzmagier und führte sie an Tische, die an den Fenstern standen. Es gab Milch, saures Bier, Brot, frische Butter und Käse. Arren saß unter ihnen und aß.

Sein ganzes Leben hatte Arren unter Adligen, Großgrundbesitzern und reichen Kaufleuten verbracht. Seines Vaters Thronsaal in Berila war immer voll gewesen von Männern, die viel besaßen, die kauften und verkauften, die viel von den Schätzen dieser Welt in ihrem Besitz hatten. Sie aßen Fleisch, tranken Wein und redeten laut; viele erregten sich beim Sprechen, viele schmeichelten seinem Vater oder anderen Männern, die ihnen eine Gunst erweisen konnten, denn alle waren auf Gewinn aus. Trotz seiner Jugend hatte Arren die menschliche Natur studiert und hatte die Verstellungen, die Scheinheiligkeiten und die Falschheit im Umgang der Menschen beobachtet. Noch nie hatte er unter Männern wie diesen hier geweilt. Sie aßen Brot, redeten wenig und ihre Gesichter waren ruhig. Wenn sie etwas suchten, so taten sie das niemals für sich selbst. Und doch waren es Männer, die große Macht besaßen: Auch das nahm Arren wahr.

Sperber, der Erzmagier, saß oben am Tisch und schien zuzuhören, was um ihn herum gesprochen wurde. Ihn selbst umgab Stille, und niemand sprach ihn an. Auch Arren ließ man in Ruhe, und er hatte Zeit, seine Gedanken zu sammeln. Links neben ihm saß der Türhüter, rechts von ihm saß ein grauhaariger Mann mit freundlichen Zügen, der schließlich zu ihm sprach: »Wir sind Landsleute, Prinz Arren. Ich komme aus dem Osten von Enlad, aus der Nähe des Waldes von Aol.«

»In dem Wald habe ich schon gejagt«, erwiderte Arren, und sie sprachen über die Wälder und Städte der Mytheninsel, und beim Gedanken an seine Heimat wurde es Arren wohl ums Herz.

Als das Mahl beendet war, kamen sie wieder vor dem Kamin zusammen, manche saßen, andere standen, und eine Weile blieb alles still.

Der Erzmagier sprach schließlich: »Gestern Abend hielten wir ein Konzil. Wir diskutierten lange. Wir beschlossen nichts. Im Licht des Morgens möchte ich von Ihnen hören, ob Sie an Ihrem Urteil festhalten oder es widerrufen.«

»Dass wir nichts beschlossen haben«, sagte der Meister der Kräuterkunde, ein untersetzter, dunkelhäutiger Mann mit ruhigen Augen, »das allein ist schon ein Beschluss. Denn im Hain wird die Form gegeben. Doch wir fanden dort nichts als Argumente.«

»Weil wir ganz einfach die Form nicht sehen können«, sagte der grauhaarige Magier von Enlad, der Meister der Verwandlung. »Wir wissen nicht genug: Gerüchte von Wathort, eine Botschaft aus Enlad. Beunruhigende Nachrichten, gewiss, die näher untersucht werden sollten. Aber es scheint mir nicht ratsam, so große Furcht zu wecken, die auf so wenig beruht. Unsere Macht ist doch nicht bedroht, nur weil ein paar Zauberer ihre Formeln vergessen haben.«

»Dem stimme ich bei«, sagte Meister Windschlüssel, ein hagerer Mann mit scharfen, weit spähenden Augen.

»Haben wir denn nicht alle noch unsere Macht? Wachsen die Bäume denn nicht alle im Hain und schlagen neu aus? Und die Winde des Himmels, gehorchen die denn nicht unseren Worten? Wer fürchtet da um unsere Zauberkunst, die älteste Kunst der Menschheit?«

»Niemand«, ließ sich eine tiefe Stimme vernehmen, die dem Meister des Gebietens gehörte, einem jungen, großen Mann mit einem dunklen, edel geschnittenen Gesicht. »Kein Mensch, keine Macht kann Zauberkunst verhindern oder die Worte der Macht zum Verstummen bringen. Denn es sind Worte des Schöpfens, und wer diese zum Schweigen bringen kann, der kann die Welt zunichte machen.«

»Stimmt, und wer das tun kann, der geht nicht nach Narveduen oder Wathort«, sagte der Meister der Verwandlung. »Der stünde hier, an den Türen von Rok, und das Ende der Welt wäre nahe! Und so weit sind wir noch nicht!«

»Und doch stimmt etwas nicht«, sprach eine Stimme, die alle aufhorchen ließ. Sie kam aus einem mächtigen Brustkorb und gehörte einer kräftigen Gestalt; schwer wie eine eichene Tonne saß sie beim Feuer, und die Stimme klang wie eine Glocke, so klar und voll. Der Meister der Lieder fuhr fort: »Wo ist der König, der nach Havnor gehört? Rok liegt nicht im Herzen der Welt. Der Turm, der mit dem Schwert von Erreth-Akbe gekrönt ist, der Turm, der den Thron von Serriadh, Akamber und Maharion birgt, dieser Turm steht im Herzen der Welt! Achthundert Jahre lang steht er schon leer! Wir haben die Krone, doch uns fehlt der König, der sie trägt. Wir haben die Verlorene

Rune, die Königsrune, die Friedensrune, doch haben wir Frieden? Säße ein König auf dem Thron, dann hätten wir Frieden, und Zauberer könnten selbst in den entferntesten Bereichen ungehindert ihre Künste praktizieren. Das Gleichgewicht wäre hergestellt und alles fände seinen rechtmäßigen Platz.«

»Das stimmt«, sagte Meister Hand, ein schlanker, mittelgroßer, lebendiger Mann mit hellen Augen, die jeden in ihren Bann schlugen. »Ich stimme mit Ihnen überein, Meister der Lieder. Warum wundert man sich, dass die Zauberei misslingt, wenn alles andere aus dem Gefüge ist? Wenn die Herde wandert, wird das schwarze Schaf dann im Gehege bleiben?«

Der Türhüter musste bei diesem Vergleich lachen, doch er sagte nichts.

»Ihnen allen scheint es also«, sprach der Erzmagier, »dass kein Grund zur Besorgnis vorliegt, und wenn, dann nur der, dass unsere Länder nicht regiert oder schlecht regiert werden und dass die Künste und Hohen Wissenschaften vernachlässigt werden. Damit stimme ich überein. Im Süden ist schon fast kein friedlicher Handel mehr möglich, und von dort erreichen uns nur schlimme Gerüchte, und wer weiß etwas Zuverlässiges aus dem Westen, außer dieser Nachricht von Narveduen? Wenn Schiffe, so wie früher, ungehindert überallhin segeln könnten und sicher zurückkämen, wenn unsere Länder in der Erdsee so eng wie früher verbunden wären, dann wüssten wir, wie es um die entfernten Gebiete steht, dann könnten wir entsprechend handeln. Und wir würden handeln! Denn wenn ein Prinz von Enlad Worte der Formgebung in einer Zauberformel spricht und sich dabei nicht mehr an ihre Bedeutung erinnern kann, und wenn der Meister der Formgebung uns sagt, dass Angst an den Wurzeln nagt, doch nicht mehr sagen will, ist das etwa kein Grund zur Beunruhigung? Klein ist die Wolke, die den mächtigen Sturm ankündigt.«

»Sperber, Sie konnten schon immer das Dunkle fühlen«, sagte der Türhüter. »Schon immer! Sagen Sie uns jetzt, dass Ihre Ahnungen nicht zutreffen!«

»Ich weiß es nicht. Die Macht wird schwächer. Unsere Entschlusskraft lässt nach. Die Sonne selbst scheint nicht mehr so hell. Es ist mir, meine Herren – es ist mir, als wären wir, die wir hier sitzen und reden, tödlich verletzt, und während wir reden und reden, fließt das Blut langsam aus unseren Adern ...«

»Und Sie würden etwas unternehmen? Sie würden handeln?«

»Ja, ich würde handeln«, sagte der Erzmagier.

»Nun ja«, der Türhüter nickte. »Können Eulen den Falken am Fliegen hindern?«

»Doch wohin wollen Sie sich wenden?«, fragte der Meister der Verwandlung, und der Meister der Lieder antwortete: »Er sucht den König und er führt ihn auf seinen Thron.«

Der Erzmagier blickte ihn durchdringend an, doch er sagte nur: »Ich werde mich dorthin wenden, wo das Übel sitzt.«

»Gegen Süden oder Westen«, sagte der Meister Windschlüssel.

»Gegen Norden oder Osten, wenn es sein muss«, fügte der Türhüter hinzu.

»Doch Sie werden hier gebraucht«, sagte der Meister der Verwandlung. »Anstatt sich blind auf eine Suche unter unfreundliche Völker zu begeben und fremde Meere zu befahren, wäre es nicht weiser, hier zu bleiben, wo die Magie stark ist, und durch Zauberkraft allein herauszufinden, was es mit diesem Übel, dieser Störung auf sich hat?«

»Meine Kunst hilft mir nicht weiter«, sagte der Erzmagier. Ein Ton lag in seiner Stimme, der alle aufhorchen ließ, und sie blickten ihn fragend an. »Ich bin der Hüter von Rok. Ich verlasse Rok nicht leichten Herzens. Ich wünschte, dass Ihr Rat und mein eigner übereinstimmten. Doch darauf kann ich jetzt nicht hoffen. Der Entschluss liegt bei mir: Ich muss gehen.«

»Wir beugen uns diesem Entschluss«, sagte der Meister des Gebietens.

»Und ich gehe allein. Sie sind das Konzil von Rok und das Konzil muss vollständig bleiben. Doch einen nehme ich mit, wenn er kommen will.« Er blickte auf Arren. »Gestern hast du mir deine Dienste angeboten. Gestern Abend sagte der Meister der Formgebung: ›Der Zufall führt keinen Menschen nach Rok. Der Zufall ist es nicht, der Morreds Sohn mit dieser Botschaft hierher bringt.‹ Er sprach kein anderes Wort mehr zu uns, den ganzen Abend lang. Und nun frage ich dich, Arren: Willst du mit mir kommen?«

»Ja, mein Gebieter«, sprach Arren, und seine Kehle war trocken.

»Der Prinz, Ihr Vater, würde Sie gewiss nicht in diese Gefahr ziehen lassen«, sagte der Meister der Verwandlung ziemlich scharf und wandte sich dann zum Erzmagier: »Der Knabe ist noch jung und in der Zauberkunst ganz unbewandert.«

»Ich habe Jahre und Formeln genug für uns beide«, antwortete der Erzmagier trocken. »Arren, was würde dein Vater dazu sagen?«

»Er würde mich ziehen lassen.«

»Woher wissen Sie das?«, fragte der Meister des Gebietens.

Arren wusste nicht, wohin die Reise gehen würde, noch wann sie starten würde, noch warum er mitgehen sollte. Diese ernsten, aufrechten, gestrengen Männer verwirrten und verschüchterten ihn. Hätte er Zeit zum Überlegen gehabt, so hätte er wahrscheinlich gar nichts gesagt. Aber er hatte keine Zeit, und der Erzmagier hatte ihn gefragt: »Willst du mit mir kommen?«

»Als mich mein Vater hierher sandte, sagte er zu mir: ›Ich fürchte, dass eine dunkle Zeit über diese Welt einbricht, eine gefährliche Zeit. Aus diesem Grunde schicke ich dich anstelle eines anderen Boten, denn du kannst beurteilen, ob wir um die Hilfe der Insel der Weisen ansuchen oder ob wir ihnen die Hilfe von Enlad anbieten sollen.‹ Wenn ich also gebraucht werde, so stehe ich Ihnen zur Verfügung.«

Als er dies sagte, sah er den Erzmagier lächeln; es war ein kurzes Lächeln, doch eine tiefe Wärme lag darin. »Seht Ihr wohl?«, wandte der sich zu den sieben Magiern. »Könnten Alter oder Zauberkunst diese Worte verbessern?«

Arren hatte das Gefühl, dass sie ihn jetzt etwas wohlgefälliger musterten, doch wägten sie noch immer ab.

Der Meister des Gebietens sprach jetzt, und seine missmutig zusammengezogenen Brauen bildeten eine waagerechte Linie auf seiner Stirn. »Ich kann es nicht begreifen, Erzmagier! Dass Sie gehen wollen – nun ja, fünf Jahre waren Sie hier eingesperrt! Doch bisher gingen Sie immer allein. Warum nun plötzlich in Begleitung?«

»Bis jetzt brauchte ich nie Hilfe«, sagte Sperber, und in seiner Stimme lag ein drohender oder ironischer Unterton. »Und ich habe einen passenden Gefährten gefunden.« Etwas Gefährliches ging von ihm aus, und der Meister des Gebietens stellte keine weiteren Fragen mehr, doch seine Stirn blieb gerunzelt.

Der Meister der Kräuterkunde, ein verschlossener Mann mit ruhigem Blick, der wie ein weiser und geduldiger Ochse aussah, erhob sich von seinem Sitz und stand wuchtig auf. »Gehen Sie«, sagte er, »und nehmen Sie den Jungen mit. Sie haben unser volles Vertrauen!«

Einer nach dem andern gab seine Zustimmung, und einzeln oder zu zweit verließen sie den Raum, bis von den sieben nur noch der Meister des Gebietens blieb. »Sperber«, sagte er, »ich will Ihren Entschluss nicht in Frage stellen. Doch das muss ich Ihnen sagen: Wenn Sie Recht haben und das Gleichgewicht gestört ist, wenn Unheil diese Welt bedroht, dann wird eine Reise nach Wathort, in den Westbereich, ja selbst ans Ende dieser Welt nicht weit genug sein. Können Sie dort, wo Sie hingehen müssen, Ihren Gefährten mitnehmen? Und ist es rechtens, ihn dorthin mitzunehmen?«

Sie standen abseits von Arren, und der Meister sprach mit verhaltener Stimme, doch der Erzmagier antwortete offen: »Ja, es ist rechtens.«

»Sie sagen mir nicht alles, was Sie wissen.«

»Wenn ich etwas Sicheres wüsste, dann würde ich es sagen. Aber ich weiß nichts, doch ich ahne viel.«

»Lassen Sie mich mitkommen.«

»Einer muss hier bleiben, um die Tore zu bewachen.«

»Das tut der Türhüter.«

»Nicht nur die Tore von Rok. Bleiben Sie hier und beobachten Sie, ob die Sonne hell am Morgen aufgeht, und passen Sie auf, wer über die Steinmauer kommt und in welche Richtung er blickt. Eine Bresche, ein Bruch, eine Wunde ist irgendwo entstanden, und die, Thorion, die suche ich. Wenn ich nicht wiederkehre, dann gehen Sie, vielleicht werden Sie es finden. Doch warten Sie ab. Ich bitte Sie, warten Sie auf mich!« Er sprach jetzt in der Ursprache und in der Sprache des Schöpfens, in der Zauberformeln gewirkt und Handlungen der Magie vollbracht werden. Sehr selten unterhält man sich in dieser Sprache, nur unter Drachen ist sie geläufig. Der Meister des Gebietens erhob keine Einwände mehr. Er verbeugte seine hohe Gestalt vor dem Erzmagier und vor Arren und verließ den Raum.

Das Feuer prasselte im Kamin. Kein anderer Laut war zu vernehmen. Der Nebel presste sich formlos und undurchsichtig gegen die Fenster.

Der Erzmagier starrte in die Flammen. Es schien, als habe er Arren vergessen. Der Junge stand etwas abseits am Kamin. Unentschlossen und verloren sah er aus, er hatte wieder das Gefühl, nur eine winzige Gestalt in einer dunklen, grenzenlosen Weite zu sein.

»Zuerst gehen wir nach Hort«, sagte Sperber unvermittelt und drehte seinen Rücken gegen das Feuer. »Dort laufen die Neuigkeiten aus dem Süden zusammen, und vielleicht finden wir einen Anhaltspunkt. Dein Schiff wartet noch in der Bucht. Sprich mit dem Kapitän. Er soll deinem Vater Nachricht geben. Ich glaube, wir sollten bald gehen. Morgen früh, bei Sonnenaufgang. Komm zu den Stufen am Bootshaus!«

»Ehrwürdiger Erzmagier, was ...«, seine Stimme versagte. »Was suchen Sie?«

»Ich weiß es nicht, Arren.«

»Aber wie ...«

»Aber wie kann ich es dann suchen? Das weiß ich auch nicht. Vielleicht wird es mich suchen.« Er lächelte Arren kurz an, doch im grauen Licht, das durch die Fenster fiel, hatte sein Gesicht die Farbe von Eisen.

»Ehrwürdiger Magier«, sagte Arren, und seine Stimme hatte sich wieder gefangen, »es stimmt, dass ich ein ferner Nachkomme von Morred bin – wenn man einer Ahnenreihe, die so alt wie diese ist, überhaupt trauen kann. Und ich rechne es mir als die höchste Ehre meines Lebens an, wenn ich Ihnen dienen kann. Es gibt nichts auf der Welt, was ich lieber täte. Doch fürchte ich, dass Sie mehr in mir sehen, als ich wirklich bin.«

»Vielleicht«, meinte der Erzmagier.

»Ich bin weder außerordentlich begabt noch besonders geschickt. Ich kann mit dem kurzen und mit dem edlen Schwert kämpfen. Ich kann segeln. Ich kenne die höfischen und die ländlichen Tänze. Ich kann einen Streit unter Höflingen schlichten. Ich kann ringen. Mit Pfeil und Bogen kann ich nicht gut umgehen, doch ich bin gut im Netzballspiel. Ich kann singen und Harfe und Laute spielen. Und das ist alles. Mehr kann ich nicht. Wie kann ich Ihnen von Nutzen sein? Der Meister des Gebietens hatte Recht ...«

»Aha, du hast das also verstanden? Er ist eifersüchtig. Er pocht auf ältere Privilegien.«

»Und auf größere Fähigkeiten ...«

»Hättest du es lieber, wenn er mich begleiten würde und du hier bliebest?«

»Nein! Ich fürchte nur ...«

»Was fürchtest du?«

Tränen traten in die Augen des Jungen. »... dass ich Sie enttäusche«, sagte er.

Der Erzmagier wandte sich wieder gegen das Feuer. »Setz dich hin, Arren«, sagte er sanft, und der Junge kam zum Feuer und setzte sich auf den steinernen Ecksitz beim Kamin. »Ich mache nicht den Fehler, dich als einen Zauberer oder Krieger oder als irgendetwas Vollkommenes anzusehen. Wer du wirklich bist, das weiß ich nicht, obwohl ich froh bin, dass du ein Boot segeln kannst ... Was aus dir einmal wird, das weiß niemand. Doch eines ist gewiss, du bist der Sohn von Morred und Serriadh.«

Arren schwieg. Dann sagte er: »Das stimmt. Doch ...« Der Erzmagier sagte nichts, und er musste seinen Satz allein zu Ende bringen. »Doch bin ich nicht Morred. Ich bin nur Arren.«

»Bist du nicht stolz auf deine Herkunft?«

»O doch, ich bin stolz darauf – ihr danke ich es, dass ich ein Prinz bin, es ist eine Verantwortung, deren ich mich würdig zeigen muss.«

Der Erzmagier nickte kurz. »Das meinte ich. Wer die Vergangenheit verneint, der verneint die Zukunft. Kein Mensch schafft sein eigenes Geschick: Er bejaht es oder er verneint es. Wenn die Wurzeln einer Eberesche nicht tief reichen, dann trägt sie keine Krone.« Arren blickte überrascht auf, als er das vernahm, denn sein wahrer Name war Lebannen, der wahre Name der Eberesche, und vor dem Erzmagier hatte er seinen wahren Namen nie ausgesprochen. »Deine Wurzeln reichen tief«, sagte Sperber. »Du bist stark und du brauchst Platz, um zu wachsen. Deswegen biete ich dir anstelle einer sicheren Fahrt zurück nach

Enlad eine unsichere an, deren Ende niemand kennt. Du brauchst nicht mitzukommen. Du hast die Wahl. Aber ich biete dir die Wahl an, und ich bin der Sicherheit, der Decken und der Wände um mich herum satt.« Er brach ab und blickte sich um, ohne dabei von den Gegenständen Notiz zu nehmen. Arren sah die große Rastlosigkeit des Mannes und fühlte Furcht. Doch Furcht erhöht das Lebensgefühl, und sein Herz schlug schneller. Er antwortete: »Ich habe gewählt, ich gehe mit Ihnen.«

Arren verließ das Großhaus, und sein Herz und seine Sinne waren erfüllt mit all dem Außergewöhnlichen, das sich zugetragen hatte. Er sagte sich, dass er glücklich sei, doch das Wort schien nicht zu passen; er sagte sich, dass ihn der Erzmagier als stark bezeichnet hatte, dass kein gewöhnliches Geschick auf ihn warte und dass er stolz auf diese Auszeichnung sei, doch er war nicht stolz. Warum nicht? Der mächtigste Zauberer der Welt hatte zu ihm gesagt: »Morgen segeln wir an den Rand des Untergangs«, und er hatte genickt und war gefolgt, sollte er darauf nicht stolz sein? Nein, er war nicht stolz. Staunen erfüllte sein Herz.

Er schritt die steilen, engen Straßen von Thwil hinunter zu der Anlegestelle, wo der Kapitän auf ihn wartete, und er sagte zu ihm: »Morgen segle ich mit dem Erzmagier nach Wathort und in den Südbereich. Sag dem Prinzen, meinem Vater, dass ich nach Berila zurückkehre, wenn der Erzmagier mich aus seinem Dienst entlässt.«

Der Schiffskapitän schaute missmutig drein. Er konnte sich vorstellen, wie eine derartige Botschaft vom Prinzen in Enlad entgegengenommen werden würde. »Ich muss das schriftlich von Ihnen haben, Prinz«, sagte er. Arren sah ein, dass der Mann Recht hatte, und eilte – er hatte das Gefühl, dass alles sofort erledigt werden musste – und fand ein merkwürdiges, kleines Geschäft, in dem er ein Tintenfass, eine Feder und ein Stück weiches Papier, so dick wie Filz, erstand. Dann eilte er zurück zum Hafen und setzte sich auf die Kaimauer, um seinen Eltern zu schreiben. Der Gedanke an seine Mutter, wie sie dieses Papier in Händen halten und die Zeilen lesen würde, bereitete ihm Unbehagen. Sie war eine heitere, nachsichtige Frau, doch Arren wusste, dass er der Fels war, auf der ihr Friede ruhte, und dass sie auf seine schnelle Rückkehr wartete. Nichts gab es, das sie über diese lange Trennung hinwegtrösten würde. Sein Brief war kurz und trocken. Er unterschrieb mit der Schwertrune und versiegelte ihn mit einem kleinen Tropfen Pech aus einem Fass, das in der Nähe stand. Er gab das Schreiben dem Kapitän. Dann rief er: »Warte!«, als ob das Schiff im gleichen Augenblick absegeln würde, und rannte das Kopfsteinpflaster hinauf, zurück zu dem kleinen Geschäft. Er hatte Mühe, es wiederzufinden, denn mit den Straßen von Thwil schien es nicht ganz geheuer zu sein. Es kam ihm vor, als ob sich die Straßenecken ständig veränderten und verschoben. Endlich fand er die richtige Gasse und eilte durch die roten Perlenschnüre, die den Eingang zu dem Geschäft verzierten. Als er die Tinte kaufte, hatte er auf einem Tablett mit Schmuckstücken die Brosche einer wilden Rose aus Silber gesehen. Der Name seiner Mutter war Rose. »Ich möchte das hier kaufen«, sagte er in schroffem, prinzenhaftem Ton.

»Eine sehr alte, feine Silberschmiedearbeit von der Insel O. Ich sehe, Sie wissen etwas Altes zu schätzen«, sagte der Ladenbesitzer und blickte auf den Griff – nicht auf die schmucke Lederscheide – von Arrens Schwert. »Das macht vier aus Elfenbein.«

Arren zahlte den ziemlich hohen Preis ohne zu fragen. Sein Beutel enthielt eine Menge der Elfenbeinstücke, die in den Innenländern als Geld gebraucht werden. Der Gedanke eines Geschenkes für seine Mutter machte ihn froh, und auch der Einkauf gefiel ihm. Als er den Laden verließ, ruhte seine Hand fast etwas großspurig auf dem Schwertknauf.

Am Abend vor seiner Abreise aus Enlad hatte ihm sein Vater dieses Schwert gegeben. Er hatte es mit Ehrfurcht empfangen und seither, als sei es seine Pflicht, getragen, selbst an Bord des Schiffes. Er war stolz auf das Gewicht an seiner Hüfte, stolz auf das Gewicht seines hohen Alters auf seiner Seele. Denn es war das Schwert von Serriadhs gewesen, Morreds und Elfarrans Sohn; auf der ganzen Welt gab es kein älteres, außer dem Schwert von Erreth-Akbe, das sich oben auf dem Königsturm in Havnor befand. Serriadhs Schwert war nie zur Seite gelegt oder verwahrt worden, immer wurde es getragen, doch die Jahrhunderte konnten ihm nichts anhaben, es war ungeschwächt, denn es war mit mächtiger Zauberkraft geschmiedet worden. Man sagte, dass es seinen eigenen Willen hätte: Es ließe sich nur aus der Scheide ziehen, wenn es der Verteidigung des Lebens gelte; geht es um Rache, um Gier, um Blutdurst oder einen Krieg, der um der Beute willen gefochten wird, dann könne keine Macht der Erde es aus der Scheide bringen. Von ihm, dem größten Familienschatz, hatte Arren seinen Namen erhalten: Arrendek, wie man ihn als Kind gerufen hatte, »das kleine Schwert«.

Er hatte es noch nie gebraucht, auch sein Vater und Großvater nicht, denn eine lange Zeit schon herrschte Friede auf Enlad.

Doch jetzt, auf der Straße einer fremden Stadt, auf der Insel der Zauberer, fühlte sich der Griff des Schwertes seltsam an. Er passte sich nicht richtig seiner Hand an und er war kalt. Das Schwert selbst war schwer und hinderte ihn am Gehen. Das Staunen, das er in sich gefühlt hatte, war noch in ihm, doch es wärmte ihn nicht mehr. Er ging hinunter zur Anlegestelle und gab dem Kapitän die Brosche für seine Mutter. Er verabschiedete sich und wünschte ihm eine gute Heimfahrt. Im Umdrehen schlug er unwirsch seinen Umhang über die alte, ungefüge Waffe, das tödliche Ding, das er geerbt hatte. Er ging nicht mehr großspurig. »Was mache ich eigentlich?«, fragte er sich, als er die engen Straßen, nicht eilends jetzt, zu dem festungsartigen Bau des Großhauses, der über der Stadt aufragte, hinaufstieg. »Wie kommt es, dass ich nicht heimkehre? Warum ziehe ich aus, um etwas zu suchen, das ich nicht verstehe, mit einem Mann, den ich nicht kenne?«

Doch er fand keine Antworten auf seine Fragen.

Die Stadt Hort

In der Dunkelheit, noch vor Anbruch des Morgens, zog Arren die einfache, getragene, doch reinliche Kleidung eines Schiffsjungen an, die man ihm gegeben hatte, und eilte durch die Flure des Großhauses zur Osttür, die aus Horn und dem Zahn eines Drachen geschnitzt war. Der Türhüter öffnete ihm die Tür und wies ihm lächelnd den Weg. Er ging die höchste Straße der Stadt entlang und folgte dann einem Pfad, der hinunter zu den Bootsschuppen der Schule führte und sich dann südlich entlang der Bucht von Thwil hinzog. Er konnte den Pfad in der Dunkelheit gerade noch ausmachen. Bäume, Dächer und Hügel waren nur verschwommene Schatten. Die Luft war kalt und unbeweglich. Alles verhielt sich still, alles hatte sich in sich selbst zurückgezogen. Nur ganz weit im Osten, über der dunklen See, war ein schwacher heller Streifen zu erkennen, der Horizont, der sich der unsichtbaren Sonne entgegenwölbte.

Er erreichte die Stufen des Bootsschuppens. Kein Mensch war zu sehen, nichts rührte sich. Der dicke

Mantel und die Wollmütze waren warm, und doch fröstelte er, als er in der Dunkelheit wartend auf den Stufen stand.

Der Schuppen saß wie ein großer schwarzer Schatten auf dem schwarzen Wasser. Plötzlich ertönte ein dumpfer, hohl klingender Ton, ein dröhnender Schlag, der dreimal wiederholt wurde. Arren fühlte, wie sich seine Nackenhaare vor Erregung sträubten. Ein langer Schatten glitt lautlos hinaus aufs Wasser.

Es war ein Boot, das sich geräuschlos zur Anlegestelle hin bewegte. Arren rannte hinunter zum Steg und sprang ins Boot.

»Übernimm die Ruderpinne«, sagte der Erzmagier, eine behände schattenhafte Gestalt im Bug des Schiffes, »und steuere geradeaus, während ich das Segel setze.«

Sie waren bereits weit draußen auf dem Wasser, als sich das Segel wie ein großer weißer Flügel vom Mast weg entfaltete und das immer heller werdende Licht einfing. »Aha, ein Westwind, der uns das Rudern aus der Bucht erspart. Zweifellos ein Abschiedsgeschenk von Meister Windschlüssel. Pass auf, Junge, das Boot steuert sich sehr leicht! So ist es gut. Ein Westwind und ein klarer Sonnenaufgang, heute, wo sich der Tag und die Nacht die Waage halten.«

»Ist das die *Weitblick*?« Arren hatte in Liedern und Geschichten von diesem Boot gehört.

»Aber gewiss«, sagte der andere, der mit den Tauen beschäftigt war. Das Boot schlingerte und schwankte, als der

Wind an Stärke zunahm. Arren biss die Zähne zusammen und versuchte geraden Kurs zu halten.

»Es lässt sich leicht steuern, aber es ist etwas eigenwillig, ehrwürdiger Meister!«

Der Erzmagier lachte. »Lass ihm seinen Willen. Das Boot ist auch weise. Hör zu, Arren!« Er hielt inne, und auf der Ruderbank kniend wandte er sich dem Jüngling zu. »Ich bin jetzt weder Herr noch Meister und du bist kein Prinz. Ich bin ein Händler und heiße Falk, und du bist mein Neffe und lernst bei mir den Seehandel. Du heißt Arren und wir kommen von Enlad. Aus welcher Stadt? Es muss eine große sein, falls wir auf einen ihrer Bürger treffen.«

»Temere, an der Südküste? Die treiben Handel mit allen Ländern.«

Der Erzmagier nickte. »Aber«, sagte Arren zaghaft, »Sie haben nicht ganz den Akzent von Enlad.«

»Ich weiß. Ich habe einen gontischen Akzent«, sagte sein Gefährte lachend und blickte gegen den immer heller werdenden Osten. »Aber ich glaube, ich kann mir von dir leihen, was ich brauche. Also, wir kommen von Temere, in unserem Boot *Delfin*, und ich bin kein Herr, kein Magier und nicht Sperber, sondern – wie heiße ich?«

»Falk, ehrwürdiger Herr!«

Arren biss sich auf die Lippen.

»Übung, Neffe«, sagte der Erzmagier, »Übung macht den Meister. Du warst noch nie etwas anderes als ein Prinz, während ich schon alles Mögliche war und zuletzt, vielleicht für immer, der Erzmagier ... Wir sind auf der Fahrt in den Süden und suchen etwas, dieses blaue Zeug, aus dem sie Anhänger schnitzen. Ich weiß, das wird in Enlad sehr geschätzt. Sie machen Amulette daraus gegen Rheuma, Verstauchungen, steifen Hals und unüberlegtes Gerede!«

Arren schwieg, dann lachte er, und als er den Kopf hob, erklomm das Boot eine hohe Welle, und er sah den Rand der Sonne, der über dem Meer sichtbar wurde: eine goldene Flamme, die direkt vor ihm lag.

Das kleine Boot tanzte im leichten Seegang munter auf und ab. Sperber hielt sich mit einer Hand am Mast fest und blickte in den Sonnenaufgang, der Tag und Nacht in gleiche Teile teilte, und sang. Arren verstand die Ursprache, die Sprache von Zauberern und Drachen, nicht, doch er vernahm Lob und Preis in dem Gesang, und er spürte den mächtigen Rhythmus, der wie Ebbe und Flut, wie Tagundnachtgleiche ewig und immer wiederkehrte. Möwen schrien im Wind, die Küste der Thwilbucht glitt links und rechts an ihnen vorbei, und die langen, lichtdurchfluteten Wogen trugen sie hinaus aufs Innenmeer.

Von Rok nach Hort ist es nicht weit, doch sie verbrachten drei Tage auf See. Der Erzmagier hatte es eilig gehabt fortzukommen, aber jetzt, auf der Fahrt, ließ er sich Zeit. Der Wind wandte sich gegen sie, sobald sie die verzauberten Gewässer von Rok verlassen hatten, doch Sperber rief keinen magischen Wind in ihre Segel, wie es jeder Wettermacher tun konnte, sondern er brachte Stunden damit zu, Arren zu lehren, wie man bei starkem Gegenwind in der mit Felsriffen übersäten See östlich von Issel das Boot handhabt. In der zweiten Nacht begann es zu regnen, ein heftiger, kalter Märzregen, doch der Erzmagier wirkte keinen Bann, um ihn abzuhalten. In der folgenden Nacht, die sie außerhalb des Hafens von Hort in der nebligen, kalten und stillen Dunkelheit zubrachten, dachte Arren darüber nach, dass der Erzmagier in der kurzen Zeit, die er ihn kannte, noch keinen einzigen Zauber gewirkt hatte.

Jedoch was das Segeln anbetraf, so konnte sich keiner mit ihm messen. Arren hatte während der drei Tage, die er mit ihm fuhr, mehr gelernt als während der zehn Jahre in Berila, wo er oft in der Bucht gesegelt war und an Bootsrennen teilgenommen hatte. Und Magier und Segler waren im Grund nicht allzu verschieden, beide arbeiteten mit Meer und Himmel, beide zwangen sie die mächtigen Winde, ihren Händen zu gehorchen, beide brachten sie nahe, was ferne lag. Ob Erzmagier oder Falk der Händler, es lief letzten Endes auf das Gleiche hinaus.

Er war nicht gesprächig, doch sehr geduldig und verständnisvoll. Arrens gelegentliche Ungeschicklichkeiten machten ihn nicht nervös, er war nachsichtig und rücksichtsvoll, man konnte sich kaum einen besseren Reisegefährten wünschen, dachte Arren. Doch manchmal war er so in Gedanken versunken, dass er stundenlang schwieg, und wenn er dann endlich wieder redete, war seine Stimme rau, und er schien durch Arren hindurchzublicken.

Dies tat der Zuneigung, die Arren für ihn empfand, keinen Abbruch, doch vielleicht verringerte es das Gefallen, das er an ihm fand, denn es flößte ihm Furcht ein.

Sperber spürte dies vielleicht, denn in dieser nebligen Nacht vor der Küste der Insel Wathort begann er, ziemlich stockend, von sich selbst zu erzählen. »Ich will nicht unter Menschen gehen«, sagte er. »Ich versuche mir einzureden, dass ich frei bin … dass alles in Ordnung ist auf der Welt, dass ich kein Erzmagier, nicht einmal ein Zauberer bin, sondern Falk von Temere, ohne Verpflichtungen, ohne Privilegien, dass ich niemandem etwas schulde …« Er hielt inne und fuhr dann fort: »Wähle sorgfältig, Arren, wenn du dich entscheiden musst. Als ich jung war, musste ich zwischen einem beschaulichen Leben und einem tätigen Leben wählen. Und ich schnappte nach dem Letzteren wie eine Forelle nach einer Fliege. Doch jede Handlung, jede Tat bindet dich an sich selbst und an ihre Folgen und zwingt dich immer wieder zu weiterem Handeln. Selten geschieht es, dass du eine Zeitspanne zur Verfügung hast, so wie jetzt, wo du innehalten und ganz einfach nur da sein kannst, wenn du dir überlegen kannst, wer du nun eigentlich bist.«

Wie konnte solch ein Mann, dachte Arren, sich fragen, wer oder was er sei? Er hatte geglaubt, dass Zweifel dieser Art nur jungen Menschen vorbehalten waren, die noch nichts geleistet hatten.

Das Boot schaukelte hin und her in der großen kalten Dunkelheit.

»Daher liebe ich das Meer«, drang Sperbers Stimme aus der Dunkelheit an sein Ohr.

Arren verstand ihn, doch seine Gedanken eilten ihm voraus, wie sie es die vergangenen drei Tage und Nächte getan hatten, der Fahrt und dem Ziel ihrer Reise zu. Und da sein Gefährte endlich in einer redseligen Stimmung schien, packte er die Gelegenheit beim Schopfe: »Glauben Sie, dass wir in Hort das finden, was wir suchen?«

Sperber schüttelte den Kopf, entweder verneinend oder sein Nichtwissen ausdrückend.

»Kann es sich um eine Krankheit, eine Seuche handeln, die von Land zu Land getrieben wird und die Ernte, die Herden und die Gemüter der Menschen zerstört?«

»Eine Seuche ist nur eine Störung des Gleichgewichts der Dinge. Dies jedoch ist etwas anderes. Daran haftet der Geruch des Bösen. Unter einer Seuche würden wir leiden, doch wir würden nicht die Hoffnung verlieren und die Künste aufgeben und die Worte des Schöpfens vergessen. Die Natur wendet sich nicht wider sich selbst. Jetzt aber handelt es sich nicht um eine Wiederherstellung des Gleichgewichts, eher um eine permanente Störung. Nur eine Kreatur kann dies verursachen.«

»Ein Mensch?«, fragte Arren zögernd.

»Wir Menschen.«

»Wie?«

»Durch einen grenzenlosen Durst nach dem Leben.«

»Nach dem Leben? Aber es ist doch nicht falsch, leben zu wollen?«

»Nein. Aber wenn wir einen Willen zur Macht in uns verspüren, der über das Leben triumphieren möchte – wenn wir grenzenlosen Reichtum, uneingeschränkte Sicherheit, Unsterblichkeit erstreben – dann wird der Wunsch zur Gier. Und wenn sich Wissen zu dieser Gier gesellt, dann kommt das Unheil, das Böse. Dann wird das Gleichgewicht der Welt gestört, und der Ruin drückt die Waage nach unten.«

Arren grübelte eine Weile über diese Worte nach, dann fragte er: »Sie glauben also, dass wir einen Menschen suchen?«

»Einen Menschen und einen Magier. Ja, das glaube ich.«

»Aber ich hatte geglaubt, nach dem, was mir mein Vater und meine Lehrer beigebracht haben, dass die hohen Künste der Magie auf dem Gleichgewicht aller Dinge beruhen und daher nicht zu bösen Zwecken verwendet werden können.«

»Das«, sagte Sperber leise seufzend, »das ist ein umstrittener Punkt. *Immer wird es Auseinandersetzungen zwischen Magiern geben* ... Jedes Land der Erdsee kennt Hexen, die schwarze Zauberkünste praktizieren, und Zauberer, die ihre Kunst dazu benutzen, um sich selbst zu bereichern. Aber es gibt noch Schlimmeres. Der Feuerfürst, der die Dunkelheit abschaffen und die Sonne am Mittag festhalten wollte, war ein großer Magier, und selbst Erreth-Akbe konnte ihn nur mit äußerster Anstrengung bezwingen. Morreds Feind war ähnlich. Er war so mächtig, dass sich die Städte vor ihm beugten, wo immer er hinkam, und Armeen kämpften für ihn. Der Zauber, den er gegen Morred ausgesprochen hatte, war so stark, dass er des Zauberers Tod überdauerte; die Insel Soléa wurde vom Meer verschlungen und alle, die dort wohnten, gingen unter. Das alles waren Männer gewesen, die große Macht und großes Wissen besaßen, die aber dem Willen des Bösen dienten und durch ihn stark wurden. Ob die Zauberkraft, die dem Guten dient, letzten Endes die stärkere ist, das wissen wir nicht. Wir hoffen es nur.«

Es ist bitter, wenn man dort, wo man Sicherheit erwartet hat, nur Hoffnung findet. Arren war nicht gewillt, die bittere Pille zu schlucken. Nach einer Weile meinte er: »Ich glaube, jetzt verstehe ich, was Sie meinten, als Sie sagten, dass nur Menschen Böses tun können. Selbst Haifische sind unschuldig. Sie töten, weil sie müssen.«

»Deswegen kann uns Menschen keine Schranke gesetzt werden. Eine einzige Macht nur kann einem bösen Menschen widerstehen: ein anderer Mensch. In unserer Tiefe liegt auch unsere Größe. Nur in unserem menschlichen Willen, der des Bösen mächtig ist, liegt gleichzeitig auch die Macht, Böses zu überwinden.«

»Aber die Drachen«, sagte Arren, »tun die nichts Böses? Sind die unschuldig?«

»Die Drachen? Die Drachen sind goldgierig, unersättlich, hinterlistig, erbarmungslos und kennen keine Reue. Doch sind sie böse? Ich, ein Mensch, wie kann ich mich unterstehen, Drachen zu beurteilen? – Sie sind weiser als wir. Sie sind wie Träume, Arren. Wir Menschen, wir träumen, wir wirken Magie. Wir tun Gutes und wir tun Böses. Doch Drachen träumen nicht. Sie sind selbst Träume. Sie wirken keine Magie: Magie ist ihr Wesen, ihr Sinn. Sie handeln nicht, sie sind.«

»In Serilune«, sagte Arren, »befindet sich die Haut von Bar Oth, der vor dreihundert Jahren von Keor, einem Prinzen von Enlad, getötet wurde. Von diesem Tag an sind keine Drachen mehr nach Enlad gekommen. Ich habe die Haut von Bar Oth gesehen. Sie ist so schwer wie Eisen, und man sagt, sie sei so groß, dass sie, ausgebreitet, den ganzen Marktplatz von Serilune bedecken würde. Die Zähne sind so lang wie mein Unterarm. Und Bar Oth, so sagt man, war noch nicht voll ausgewachsen, er war noch ein junger Drache.«

»Du hegst den Wunsch«, sagte Sperber, »selbst Drachen zu sehen.«

»Ja.«

»Ihr Blut ist kalt und giftig. Man darf nie in ihre Augen blicken. Sie sind viel älter als die Menschen.« – Er verstummte und fuhr dann fort: »Und doch, wenn ich alles, was ich in meinem Leben getan habe, vergessen oder bedauern müsste, wenn mir dies eine Bild bliebe – Drachen, die, vom Winde getragen, sich über die Inseln im Westen erheben –, dann wäre ich zufrieden.«

Beide schwiegen; alles war still, nur das Wasser flüsterte gegen das Boot; kein Licht blinkte. Und endlich schliefen sie ein, an der Küste Warhorts, über dem tiefen Wasser des Meeres.

Im hellen Dunst des Morgens liefen sie in den Hafen von Hort ein. Hundert oder mehr Schiffe waren teils noch verankert, teils schon unterwegs: Fischkähne, Schleppkähne, einfache Ruderboote, Lastschiffe, zwei Galeeren mit je zwanzig Rudern, eine große Galeere mit sechzig Rudern in schlechtem Zustand und einige lange, schlanke Segelschiffe mit hohen dreieckigen Segeln, die dazu bestimmt waren, die Höhenwinde in den warmen Gewässern des Südbereiches aufzufangen.

»Ist das ein Kriegsschiff?«, fragte Arren, als sie an dem Zwanzigruderer vorbeikamen, und sein Gefährte antwortete: »Ein Sklavenschiff, nach den Kettenringen im Laderaum zu schließen. Im Süden wird noch immer Menschenhandel getrieben.«

Arren überlegte kurz, dann stand er auf, ging zu dem Gerätekasten und nahm sein Schwert heraus, das er am Morgen seiner Abreise gut eingewickelt und dort verwahrt hatte. Er packte es aus. Er stand unentschlossen da und hielt das in der Scheide steckende Schwert, an dem der Gürtel baumelte, mit beiden Händen.

»Es ist kein Seemannsschwert, die Scheide ist zu reich verziert.«

Sperber, der mit dem Steuern beschäftigt war, warf ihm einen kurzen Blick zu: »Trag es, wenn du willst.«

»Ich dachte, es wäre vielleicht ganz weise ...«

»Was Schwerter anbelangt, so ist dieses weise«, sagte sein Gefährte. »Es widersetzt sich dem Gebrauch, nicht wahr?«

Arren nickte. »Ja, so wird behauptet. Es hat aber trotzdem schon getötet. Menschen hat es getötet.« Er blickte auf den schmalen, von vielen Händen abgenutzten Griff. »Ja, es hat getötet, aber ich habe nicht getötet. Ich komme mir vor wie ein Narr. Es ist viel älter als ich ... Ich nehme lieber mein Messer«, schloss er, und nachdem er das Schwert wieder sorgfältig eingewickelt hatte, vergrub er es tief unten im Gerätekasten. Er sah verdutzt und ärgerlich drein. Sperber schwieg, dann sagte er: »Würdest du jetzt rudern, Junge? Wir halten auf den Anlegesteg dort bei den Stufen zu.«

Hort, eine der sieben großen Hafenstädte des Inselreiches, erhob sich farbenprächtig hinter dem lärmenden Hafen auf drei steilen Hügeln. Die Häuser waren aus Lehm gebaut und rot, orange, gelb und weiß verputzt; die Dächer waren mit violetten Ziegeln bedeckt; blühende Pendickbäume ließen die oberen Straßen wie dunkelrote Wälle erscheinen. Bunt gestreifte Sonnendächer waren zwischen den Dächern gespannt und überdeckten enge Marktplätze. Die Piers lagen im hellen Sonnenlicht, die Straßen, die sich vom Hafen in die Stadt hinein erstreckten, sahen wie schmale, dunkle Schlitze voll Leuten und Schatten aus. Der Straßenlärm drang zu ihnen über das Wasser.

Als sie das Boot festgebunden hatten, beugte sich Sperber hinunter zu Arren und tat so, als ob er den Knoten nachprüfe. Er flüsterte ihm zu: »Arren, hier in Hort gibt es eine Menge Leute, die mich ziemlich gut kennen. Pass also auf, dass du mich wiedererkennst.« Als er sich aufrichtete, war die Narbe auf seinem Gesicht verschwunden. Sein Haar war grau; seine Nase war dick und etwas knollig, und anstelle seines hohen Stabes aus Eibenholz hielt er ein Elfenbeinstäbchen, das er in seinem Hemd versteckte. »Kennst mich wohl gar nicht, he?«, fragte er mit einem breiten Lächeln im Dialekt von Enlad. »Hast wohl deinen Onkel noch nie vorher gesehen?«

Arren hatte am Hof von Enlad Zauberer gesehen, die ihre Gesichter veränderten, wenn sie die *Taten von Morred* mimten. Er wusste, dass es nur Illusion war, und er verlor seine Fassung nicht ganz und antwortete: »O doch, Onkel Falk!«

Doch während der Magier mit einem Hafenposten um die Gebühren für das Festmachen und Bewachen feilschte, betrachtete Arren ihn aufmerksam, um sicher zu sein, dass er ihn auch erkennen würde. Aber je länger er ihn anschaute, desto unbehaglicher wurde ihm zumute. Die Verwandlung war zu vollkommen, nichts war vom Erzmagier übrig geblieben. Das hier war kein weiser Führer und Lehrer ... Die Gebühr des Postens war hoch, und Sperber schimpfte vor sich hin, als er zahlte, und entfernte sich mit Arren, immer noch schimpfend. »Das ist doch die Höhe«, brummte er. »Da muss ich diesem voll gefressenen Dieb Gold geben, um auf mein Boot aufzupassen! Ein halber Zauberspruch wäre zweimal so sicher! Aber was bleibt mir schon übrig, ich muss eben zahlen wegen meiner Verwandlung, na ja! ... Und anständig reden tu ich auch nimmer, he, Neffe?«

Sie gingen in eine enge, kunterbunte, übel riechende Straße hinauf, die voll gestopft war mit Menschen. Links und rechts gab es kleine Geschäfte, nicht viel größer als Buden, deren Inhaber unter den Türen zwischen Bergen von Waren standen und laut die Schönheit und Preisgünstigkeit ihrer Töpfe, Unterwäsche, Hüte, Spaten, Nadeln, Taschen, Kessel, Körbe, Haken, Messer, Seile, Schrauben, Bettwäsche und alles Erdenkliche an Haushaltsgeräten und Werkzeugen anpriesen.

»Ist heute Markt?«

»Wie?«, fragte der Mann mit der Knollennase und legte seinen Kopf schief.

»Ist heute Markt, Onkel?«

»Markt? Nein, nein, so geht's hier das ganze Jahr über zu. Behalt deine Bratfische, Alte. Ich hab schon gefrühstückt!«

Arren versuchte, einen Mann mit einem Tablett voll kleiner Messingbehälter abzuschütteln, der ihm auf den Fersen folgte und mit weinerlicher Stimme rief: »Kaufen Sie, versuchen Sie es, junger Herr, Sie werden nicht enttäuscht sein, ein Hauch, so süß wie die Rosen von Numina, er bezaubert die Frauen, versuchen Sie es, junger Seefürst, junger Prinz ...«

Doch plötzlich war Sperber zwischen ihm und dem Trödler und sagte: »Was für Amulette sind das?«

»Keine Amulette!«, wimmerte der Mann und schreckte vor ihm zurück. »Ich verkaufe keine Amulette, Seemeister! Nur einen Sirup, der den Atem nach Alkoholgenuss und dem der Haziawurzel versüßt – nur ein Sirup, mächtiger Prinz!« Er kauerte auf den Pflastersteinen, sein Tablett mit den kleinen Krügen klapperte und klirrte, einige waren umgefallen, und ein paar Tropfen der zähen süßen Flüssigkeit waren herausgeflossen und tropften rosa und lila über den Rand des Tabletts.

Sperber wandte sich um und ging mit Arren weiter seines Weges. Die Menge lichtete sich, die Geschäfte wurden noch armseliger, es waren meist nur noch Verschläge, vor denen Waren ausgebreitet lagen, eine Hand voll krummer Nägel, ein zerbrochenes Messer, eine alte Wolldecke. Arren fand die Armut hier weniger abstoßend als vorher; das reichere Ende der Straße hatte ihm den Atem genommen, Ekel war in ihm aufgestiegen vor der Menschenmasse, vor der Aufdringlichkeit der Trödler, vor den Stimmen, die von allen Seiten auf ihn eindrangen: *Kaufe! Kaufe!* Und die Aufdringlichkeit der Bettler hatte ihn abgestoßen. Er dachte an die kühlen breiten Straßen seiner Heimatstadt im Norden. Kein Mensch in Berila hätte sich so vor einem anderen Menschen erniedrigt. »Das ist ein verachtenswertes Volk!«, sagte er.

»Hier entlang, Neffe!«, war die Antwort seines Gefährten. Sie betraten eine enge Gasse, die sich zwischen hohen, roten, fensterlosen Hauswänden am Hügel entlangzog und am Ende unter einem Torbogen, an dem uralte, zerfetzte Fahnen hingen, hinaus ins Sonnenlicht auf einen weiteren viereckigen Marktplatz führte, der voll mit Buden und Tischen stand, wo sich Fliegen in

Schwärmen einfanden und die Menschen sich drängten.

Am Rand des Platzes lagerten teilnahmslos Gestalten, Männer und Frauen, manche saßen, manche lagen regungslos auf dem Rücken. Ihre Münder waren merkwürdig schwärzlich, es sah aus, als ob sie Blutergüsse hätten, und Fliegenschwärme, wie Hände voll Korinthen, hatten sich auf ihre Lippen niedergelassen.

»So viele«, sagte Sperber, und seine Stimme war unterdrückt und atemlos, als ob er zutiefst erschrocken wäre. Doch als ihn Arren anblickte, sah er nur das grobe, gutmütige Gesicht von Falk dem Händler, das keine Anteilnahme zeigte.

»Was ist mit den Leuten hier los?«

»Hazia. Es betäubt und befriedigt und befreit den Körper vom Geist. Und der Geist schweift umher. Doch wenn er zum Körper zurückkehrt, dann braucht er mehr Hazia ... Und das Verlangen wächst und das Leben ist kurz, denn das Zeug ist Gift. Es beginnt mit einem Zittern, später tritt eine Lähmung ein, am Ende wartet der Tod.«

Arren blickte auf eine Frau, die sich mit dem Rücken an die sonnenwarme Wand lehnte. Sie hatte ihre Hand erhoben, um die Fliegen von ihrem Mund wegzuscheuchen, doch ihre Hand beschrieb nur eine ruckhafte, kreisförmige Bewegung in der Luft, so als ob sie den Grund ihrer Bewegung schon wieder vergessen hätte und als würde sie von einer spastischen Kontraktion der Muskeln gelenkt.

Die Geste sah aus wie die Handbewegung, die eine Zauberformel begleitet, doch sie wurde ziellos und leer in die Luft hinein gewirkt.

Auch Falks Blick ruhte auf ihr, doch sein Gesicht blieb ausdruckslos.

»Komm!«, sagte er.

Er führte Arren quer über den Marktplatz zu einer von bunten Markisen beschatteten Bude. Grünes, orangefarbenes, zitronengelbes, hellblaues und rotes Sonnenlicht fiel auf Stoffe, Umhänge und geflochtene Gürtel, die auf dem Tisch ausgebreitet lagen, und tanzte in den vielen kleinen Spiegeln, die kunstvoll einen Federbusch bedeckten, der sich auf dem Kopf der Frau türmte, die ihre Waren feilbot. Sie war korpulent und pries ihre Ware mit lauter Stimme an: »Seide, Damast, Leinwand, Felle, Filz, Wollstoffe, Felldecken von Gont, Gaze von Schoul, Seide von Lorbanery! Ihr Männer aus dem Norden dort, zieht eure Wintermäntel aus, merkt ihr denn nicht, dass die Sonne am Himmel steht? Wie wär's mit diesem Stück feiner Seide? Ein passendes Geschenk für Mädchen in Havnor! Schaut her, Seide aus dem Süden, so zart wie ein Schmetterlingsflügel!« Geschickt, mit einem eleganten Schwung, hatte sie einen Ballen feiner rosa Seide, mit Silberfäden durchwirkt, auf dem Ladentisch halb aufgeworfen und hielt den Stoff hoch.

»Nee, Frau, wir sind nicht mit Königinnen verheiratet«, sagte Falk, und die Stimme der Frau erhob sich schrill: »Sooo, was gebt ihr denn dann euren Frauen zum Anziehen? Segeltuch? Leinwand? Geizkragen! Eure Frauen frieren dort oben in dem ewigen Schnee, und ihr könnt ihnen nicht mal ein bisschen Seide mitbringen! Aber wie wär's damit? Eine Felldecke aus Gont, das hält warm in den Winternächten!« Sie warf ein großes, braun und hellbeige kariertes Viereck über die Ladentheke, das aus feinem Ziegenhaar gewebt war und von den nördlichen Inseln kam. Der angebliche Seemann streckte seine Hand danach aus und befühlte es. Er lächelte.

»Oho, ihr seid aus Gont?«, fragte die keifende Stimme, und der Kopfputz bewegte sich und streute tausend kleine Pünktchen über die Stoffe und die Markisen.

»Das hier kommt aus Andrad, schau! Nur vier Kettfäden auf einer Fingerbreite! In Gont nehmen sie sechs und noch mehr. Doch sag, warum machst du keine Zauberkunststückchen mehr? Warum verkaufst du jetzt Ramschwaren? Als ich 's letzte Mal hier war, 's ist schon ein paar Jahre her, da hab ich gesehen, wie du Feuer aus den Ohren von Männern gezogen hast, und dann hast du Vögel aus dem Feuer gemacht und goldene Glocken! Das war ein feineres Geschäft, als was du jetzt tust!«

»Das war gar kein Geschäft«, sagte die dicke Frau, und Arren sah, ganz kurz nur, Augen, die so kalt und hart wie Achate blickten und die ihn und Falk unter dem Funkeln und Glitzern ihres wippenden Federbüschels und ihrer funkelnden Spiegel scharf musterten.

»Das hat mir gefallen, das Feuer, das du aus den Ohren gezogen hast«, fuhr Falk unbeirrt in seiner langsamen, breiten Sprechweise fort. »Ich hab's meinem Neffen zeigen wollen.«

»Ach weißt du«, sagte die Frau, jetzt weniger laut, und sie legte ihre prallen, braunen Arme und ihre schwere Brust auf die Theke. »Wir hier machen solche Tricks nicht mehr. Die Leute wollen das nicht mehr sehen. Die haben das durchschaut. Da schau dir meine Spiegel an – an die erinnerst du dich doch noch, nicht wahr?« – und sie warf ihren Kopf zurück, dass die bunten Punkte tanzten und sich mit Schwindel erregender Geschwindigkeit um sie herumdrehten. »Siehst du, Spiegelgefunkel genügt, damit kann man den Menschen den Kopf verdrehen, auch mit Worten und mit Tricks, wie, kann ich dir nicht verraten, bis die Menschen glauben, was sie sehen, was sie aber gar nicht sehen, weil es das gar nicht gibt! Wie das Feuer oder wie die goldenen Glocken oder wie die Kleider, mit denen ich die Seeleute herausgeputzt habe, goldene Anzüge mit Diamanten, so groß wie Aprikosen, und sie sind darin fortstolziert wie der König aller Inseln ... Das waren alles nur Tricks, nur Narrenzeug, weißt du. Menschen kann man leicht zum Narren halten. Die sind wie Hühner, die man mit einer Schlange oder mit einem Finger, den man ihnen vorhält, verhexen kann. Ja, ja, die Menschen sind wie Hühner! Aber dann finden sie doch irgendwann einmal heraus, dass sie zum Narren gehalten wurden, und dann werden sie böse und wollen nichts mehr davon wissen. Und deswegen hab ich halt das Geschäft hier angefangen, und vielleicht ist nicht alle Seide reine Seide und nicht alle Felldecken kommen aus Gont, aber die halten sich trotzdem gut – o ja, die halten sich gut! Die sind nämlich wirklich da, es sind keine Lügen und nicht bloß Luft, wie die Kleider aus Goldstoff!«

»So, so«, sagte Falk langsam, »dann ist also niemand mehr da, der Feuer aus Ohren ziehen oder sonst irgendeine Magie wirken kann?«

Als sie die letzten Worte vernahm, runzelte sie die Stirn. Sie richtete sich auf und faltete die Decke sorgfältig zusammen. »Die Leute, die Lügen und Luftbilder wollen, die kauen Hazia«, sagte sie. »Geh und red mit denen, wenn du willst!« Sie deutete mit einer Kopfbewegung auf die regungslosen Gestalten am Rande des Platzes.

»Aber es gab Zauberer, und die haben uns mit dem Wind geholfen und unsere Ladungen mit ihren Sprüchen festgemacht. Sind die jetzt alle Händler?«

Jetzt wurde sie böse und ihre Stimme überschlug sich: »Dort drüben hockt einer, wenn du einen suchst, sogar ein großer, einer mit einem Stab und alldem – siehst du ihn dort drüben? Der ist mit Egre selbst gesegelt, um Wind zu machen und um fette Galeeren zu finden, aber es war alles verloren, und Kapitän Egre gab ihm den verdienten Lohn: Er hat ihm die rechte Hand abgehackt! Und jetzt hockt er hier herum, den Mund voll Hazia, das Maul voll Fliegen und den Bauch voller Luft. Luft und Lügen! Luft und Lügen! Das ist die ganze Zauberei, Kapitän Ziegenbart!«

»Schon gut, schon gut, Frau«, sagte Falk beschwichtigend mit milder Stimme. »Ich hab ja bloß gefragt.« Sie drehte ihnen ihren breiten Rücken zu und schwenkte ihren Kopfputz, dass die Spiegelchen leise klirrten und Decke und Wände mit tausend Farbtupfen übersäten, und Falk ging gemächlichen Schrittes mit Arren an seiner Seite davon. Sein Weg führte ihn wie zufällig in die Nähe des Mannes, den sie ihnen gezeigt hatte. Er saß mit dem Rücken gegen eine Wand gelehnt und starrte apathisch ins Leere. Das dunkle bärtige Gesicht musste einst gut ausgesehen haben. Der runzlige Armstummel lag schmachvoll neben ihm auf dem Pflaster in der heißen, hellen Sonne.

In den Buden hinter ihnen musste etwas vorgefallen sein, man hörte laute keifende Stimmen, doch Arren konnte seine Augen nicht von dem Mann lassen. Sein Anblick war abstoßend und doch faszinierte er ihn, und er konnte seinen Blick nicht abwenden. »War er wirklich ein Zauberer?«, fragte er ganz leise.

»Es gab einen hier, der sich Hase nannte, einen Wettermacher, der mit dem Piraten Egre segelte, vielleicht ist er das. Die beiden waren bekannt für ihre Piraterie ... Pass auf, Arren, geh zur Seite!« Ein Mann kam in vollem Lauf zwischen den Buden herausgerannt, fast wäre er mit ihnen zusammengestoßen. Ein anderer kam hinterhergelaufen, langsamer, denn er balancierte ein großes Tablett, überhäuft mit Kordeln, Bändern und Spitzen. Eine Bude fiel mit lautem Krach zusammen. Markisen wurden hurtig zusammengerollt und abgenommen. Menschen schoben und drängten sich über den Marktplatz. Laute Stimmen und Geschrei erfüllten die Luft. Alles wurde übertönt von der

Trompetenstimme der Frau mit dem Spiegelkopfputz. Arren erhaschte durch das Menschengewühl einen Blick auf sie, wie sie sich mit einem Stock oder einer Stange gegen eine Gruppe von Männern wehrte und sie mit wuchtigen Schlägen, wie ein geübter Kämpfer, in Schach hielt. Ob ein Streit entstanden war, der sich ausgebreitet hatte, oder ob eine Diebesbande einen Angriff gewagt hatte oder ob sich zwei rivalisierende Trödlergruppen bekriegten, war nicht festzustellen. Leute rannten an ihnen vorbei, die Arme voller Waren, die gestohlen oder ihr Eigentum sein konnten. Es wurde mit Messern und Fäusten gekämpft, mit allem, was nicht niet- und nagelfest war, schlugen sie aufeinander ein. »Hier«, Arren deutete auf eine Seitenstraße, die aus dem Marktplatz herausführte. Er ging voran, denn sie hatten keine Zeit zu verlieren, wenn sie heil hier herauskommen wollten, doch sein Gefährte hielt ihn am Arm fest. Arren schaute zurück und sah, wie der Mann Hase sich bemühte, auf die Beine zu kommen. Als er endlich schwankend stand, ging er, ohne sich umzublicken, um den Marktplatz herum und tastete mit seiner verbliebenen Hand an den Mauerwänden entlang, entweder um sich zu stützen oder um seinen Weg zu finden. »Behalte ihn im Auge«, sagte Sperber, und sie folgten ihm. Niemand belästigte sie oder den Mann, dem sie folgten, und bald lag der Marktplatz hinter ihnen und sie gingen eine enge gewundene Straße den Berg hinunter.

Die Häuser waren vorgebaut und die obersten Stockwerke berührten sich fast. Nur ein schmaler Streifen Himmel war zu sehen. Die Straße lag im Dunkeln. Das Pflaster unter ihren Füßen war nass und glitschig vom Abfall. Hase schritt rüstig aus, doch er ging wie ein Blinder, seine Hand verließ keinen Augenblick lang die Mauerwände. Sie mussten ihm ziemlich dichtauf folgen, um ihn nicht an einer Straßenkreuzung zu verlieren. Die Freude an der Jagd überkam Arren plötzlich; seine Sinne waren geschärft wie auf einer Hirschjagd in den Wäldern von Enlad; er nahm die Gesichter wahr, die ihm begegneten, und sie prägten sich ihm ein; er atmete den süßlichen Geruch um sich ein und wusste, dass er sich aus Abfall, Duftkerzen, Aas und Blumen zusammensetzte. Als sie sich ihren Weg über eine breite Straße voller Menschen bahnten, hörte er eine Trommel und sah, ganz kurz, eine Reihe nackter Männer und Frauen, die an Händen und Taille aneinander gekettet waren und deren Gesichter von verfilzten Haaren bedeckt waren. Er erhaschte nur einen flüchtigen Blick auf die Gruppe, denn sie verschwand aus seinem Blickfeld, als er, von Hase unbemerkt, diesem geschwind eine Treppe hinunterfolgte, die auf einen engen Platz mündete. Der Platz war verlassen bis auf einige Frauen, die am Brunnen miteinander schwatzten.

Sperber holte Hase hier ein und legte ihm die Hand auf die Schulter. Hase zuckte zusammen und krümmte sich, als hätte er eine Verbrennung erlitten; er verzog sich in den Schutz eines massiven steinernen Portals. Hier blieb er zitternd stehen und schaute sie mit blicklosen, gehetzten Augen an.

»Nennt man dich Hase?«, fragte Sperber mit seiner eigenen rauen Stimme, doch der Tonfall war behutsam. Der Mann erwiderte nichts, er schien entweder nichts wahrzunehmen oder nichts zu verstehen. »Ich will etwas von dir«, sagte Sperber. Wieder erhielten sie keine Antwort. »Ich zahle dafür.«

Langsam begann sich etwas in ihm zu regen. »Elfenbein oder Gold?«

»Gold.«

»Wie viel?«

»Der Zauberer weiß, wie viel sein Zauberspruch wert ist.«

Das Gesicht von Hase verzog sich, veränderte sich, belebte sich ganz kurz, dann kehrte der blicklose, stumpfe Ausdruck wieder zurück. »Das ist alles vorbei, alles vorbei.« Ein Hustenanfall überfiel ihn, schwarzer Schleim rann ihm aus dem Mundwinkel. Als er sich aufrichtete, stand er teilnahmslos da, er schien vergessen zu haben, worüber sie sprachen.

Arren beobachtete ihn fasziniert. Das Portal, in dem er stand, war von zwei riesenhaften Figuren flankiert, Statuen, deren Nacken sich unter dem Gewicht eines Giebels beugten und deren muskulöse Körper nur halb aus der Wand herausragten; es sah aus, als hätten sie sich aus dem Stein herausringen wollen, doch war ihnen dies nur halbwegs gelungen. Das Tor, das sie bewachten, hing schief in verrosteten Angeln. Das Haus, das früher ein Palast gewesen sein musste, war verfallen. Die düsteren, vorspringenden Gesichter der Riesen waren an manchen Stellen abgebröckelt und von Flechten überwachsen. Zwischen diesen wuchtigen Figuren stand Hase, schlaff und zerbrechlich, mit Augen, so dunkel wie die Fenster des leeren Hauses hinter ihm. Er hob seinen Armstumpf in die Höhe und wimmerte: »Eine kleine Gabe für einen Krüppel, Herr ...«

Der Magier runzelte die Stirn, vielleicht aus Schmerz, vielleicht aus Scham, und Arren glaubte, einen flüchtigen Augenblick lang sein wahres Gesicht wahrzunehmen. Er legte wieder seine Hand auf die Schulter von Hase und sprach leise in der Zaubersprache auf ihn ein, die Arren nicht verstand.

Doch Hase verstand. Er ergriff Sperber mit seiner einen Hand, und ihn festhaltend stammelte er: »Du kannst noch sprechen ... Komm mit mir, komm ...!«

Der Magier blickte auf Arren und nickte.

Sie gingen die steilen Gassen hinunter und kamen in eines der schmalen Täler zwischen Horts drei Hügeln. Je weiter sie hinunterschritten, desto enger, dunkler und ruhiger wurde es. Der Himmel war kaum mehr zwischen den vorstehenden Dachgeschossen zu sehen, und die Hauswände waren feucht. Ganz unten in der Schlucht floß ein stinkendes Rinnsal. Zwischen geschwungenen Brücken drängten sich Häuser am Ufer entlang. Hase betrat den dunklen Eingang eines dieser Häuser und verschwand wie eine erlöschende Kerze. Sie folgten ihm.

Die Stufen der unbeleuchteten Treppe knarrten und bogen sich unter ihren Füßen. Am Ende der Treppe angelangt, stieß Hase eine Tür auf und sie erkannten, wo sie sich befanden: Ein leerer Raum lag vor ihnen, mit einer Strohmatratze in einer Ecke und einem unverglasten, mit einem Laden verschlossenen Fenster, durch das ein staubiger, schmaler Lichtstreif fiel.

Hase blickte auf Sperber und griff wieder nach seinem Arm. Seine Lippen bewegten sich. Mühsam, mit großer Anstrengung, stammelte er: »Drachen ... Drachen ...«

Sperber blickte ihn unverwandt an, sagte aber nichts.

»Ich kann nicht mehr sprechen«, sagte Hase. Er ließ Sperbers Arm los und kauerte sich auf dem nackten Boden nieder.

Der Magier kniete sich neben ihn und sprach leise in der Ursprache auf ihn ein. Arren stand an der geschlossenen Tür mit seiner Hand am Messergriff. Das graue Licht und das schmutzige Zimmer, die beiden knienden Gestalten, der seltsame, verhaltene Ton in der Stimme des Magiers, der in der Drachensprache redete, all dies war wie in einem Traum, der keinen Bezug zur wirklichen Welt hatte oder der außerhalb der Zeit selbst lag.

Hase erhob sich langsam. Er klopfte den Staub von seinen Knien und verbarg seine verstümmelte Hand hinter dem Rücken. Er schaute sich um, blickte auf Arren. Jetzt nahm er wahr, was er sah. Schließlich wandte er sich um und setzte sich auf seine Matratze. Arren blieb wachsam stehen. Sperber jedoch, mit der Selbstverständlichkeit eines Menschen, der in seiner Jugend keine Möbel gekannt hatte, setzte sich mit überkreuzten Beinen auf den nackten Boden.

»Sag mir, wie du deine Kunst und die Sprache deiner Kunst verloren hast!«

Hase antwortete nicht sofort. Er schlug mit seinem verstümmelten Arm in ruheloser, fahriger Weise gegen seinen Oberschenkel und sagte endlich mit Anstrengung und langen Pausen: »Sie haben meine Hand abgehackt. Ich kann keine Formeln mehr wirken. Sie haben mir die Hand abgehackt. Das Blut lief heraus, alles Blut lief heraus ...«

»Aber das geschah, nachdem du deine Macht verloren hattest, Hase, sonst hätten sie es ja nicht getan.«

»Macht ...?«

»Macht über Wind und Wellen und Menschen. Du hast sie bei ihrem Namen gerufen, und sie haben dir gehorcht.«

»Ja, ich erinnere mich, ich habe gelebt«, sagte der Mann mit rauer leiser Stimme. »Und ich kannte die Worte und die Namen ...«

»Bist du jetzt tot?«

»Nein, lebendig, lebendig. Nur – ich war einmal ein Drache ... Ich bin nicht tot. Manchmal schlafe ich. Schlaf ist dem Tod nah verwandt, das weiß jeder. Die Toten gehen in den Träumen um, das weiß jeder. Sie kommen zu dir und sagen dir Dinge. Sie kommen aus dem Tod in deine Träume. Es gibt einen Weg. Und wenn du weit genug gegangen bist, dann gibt es auch einen Weg zurück. Ganz zurück. Du kannst ihn finden, wenn du weißt, wo er ist. Und wenn du bereit bist, den Preis dafür zu zahlen.«

»Welchen Preis?« Sperbers Stimme schwebte in der trüben Luft wie der Schatten eines fallenden Blattes.

»Leben – was denn sonst? Womit kannst du Leben kaufen? Mit Leben.« Hase wiegte seinen Oberkörper hin und her auf der Matratze. Ein lauerndes, unheimliches Glitzern trat in seine Augen. »Siehst du«, sagte er, »sie können mir die Hand abhacken; auch meinen Kopf können sie abhauen. Das macht nichts. Ich finde den Weg zurück. Ich weiß, wo er ist. Nur ein Mensch mit Macht kann dorthin.«

»Zauberer meinst du?«

»Ja.« Hase zögerte, versuchte wiederholt, das Wort herauszubringen, und gab es dann auf. »Menschen mit Macht«, wiederholte er. »Und sie müssen – sie müssen es aufgeben. Bezahlen.«

Dann schwieg er verdrossen. Vielleicht hatte das Wort »Bezahlen« Gedankengänge in ihm wachgerufen, und er merkte, dass er Information verschenkte, anstatt sie zu verkaufen. Kein weiteres Wort war mehr aus ihm herauszubekommen, auch kein Stammeln und Stottern über den »Weg zurück«, für den sich Sperber so zu interessieren schien.

Der Magier erhob sich. »Na ja, halbe Antworten sind besser als keine«, sagte er, »und das Gleiche gilt für Bezahlung«, und geschickt wie ein Taschenspieler warf er eine Goldmünze in die Höhe, die direkt vor Hase auf der Matratze landete.

Hase hob sie auf. Er blickte sie an und schaute dann mit einer fahrigen Kopfbewegung auf Sperber und Arren.

»Warte«, stotterte er. Doch die Situation hatte sich geändert, und er hatte Mühe, jetzt etwas zu sagen. Er quälte sich und endlich kam es stoßweise: »Heut Abend«, und nach einer weiteren qualvollen Pause: »Warte! Heute Abend. Ich habe Hazia.«

»Ich brauche kein Hazia.«

»Ich zeig dir ... Ich zeig dir den Weg. Heute Abend. Ich nehme dich mit. Ich zeig es dir. Du kannst dorthin gehen, denn du ... du bist ...«

Er suchte vergeblich nach dem Wort, bis Sperber sagte: »Ich bin ein Zauberer.«

»Ja! Daher können wir ... können wir dorthin gehen. Zu dem Weg ... wenn ich träume ... Im Traum ... Verstehst du? Ich nehme dich mit. Du gehst mit mir zu dem ... zu dem Weg.«

Sperber stand bewegungslos und nachdenklich inmitten des düsteren Zimmers. »Vielleicht«, sagte er endlich. »Wenn wir kommen, dann werden wir bei Einbruch der Dunkelheit hier sein.« Dann wandte er sich zu Arren, der sofort die Tür öffnete, froh, endlich hier herauszukommen.

Die feuchte, halb überdachte, schattige Straße war ein heller Garten im Vergleich zu Hasens Zimmer. Sie nahmen den kürzesten Weg in die Oberstadt über eine steile Treppe zwischen efeubewachsenen Hauswänden hindurch. Arren atmete tief ein und aus wie ein junger Seelöwe, der nach frischer Luft schnappt. »Puh!! – Gehen Sie wieder dorthin zurück?«

»Nun, das werde ich. Außer ich finde eine weniger riskante Quelle, wo ich die gleiche Information herbekommen kann. Es ist ihm zuzutrauen, dass er uns in einen Hinterhalt lockt.«

»Aber sind Sie nicht gegen Diebe und solches Gesindel gefeit?«

»Gefeit?«, sagte Sperber. »Wie meinst du das? Glaubst du, ich wickle mich in Zauberformeln ein wie ein altes Weib, das Angst vor Rheuma hat? Dazu habe ich keine Zeit. Ich verberge mein Gesicht, um unsere Suche geheim zu halten, weiter nichts. Wir können uns gegenseitig beschützen. Denn das steht fest: Diese Fahrt ist gefährlich.«

»Natürlich«, sagte Arren steif und ärgerlich; sein Stolz war verletzt. »Das habe ich auch erwartet.«

»Dann ist es gut«, erwiderte der Magier unbeirrt, und doch lag Freundlichkeit in seiner Stimme, die Arrens Ärger verfliegen ließ. Sein Ärger hatte ihn sowieso erschüttert, denn nie hätte er es für möglich gehalten, dass er in diesem Ton zum Erzmagier sprechen würde. Doch dann, es war und es war auch wieder nicht der Erzmagier, der neben ihm einherging, dieser Mann Falk mit der Knollennase und dem eckigen, unrasierten Kinn, dessen Stimme einmal so und dann wieder anders klang: Er war ein Fremder, man konnte sich nicht auf ihn verlassen.

»Haben Sie das verstanden, was er geredet hat?«, fragte Arren, dem der Gedanke, wieder in das düstere Zimmer über dem stinkenden Fluss zurückkehren zu müssen, schwer auf dem Herzen lag. »Dieses Gequassel vom Leben und vom Totsein und von dem Zurückkehren mit abgehauenem Kopf?«

»Ich bin nicht sicher, ob ich es verstanden habe. Ich wollte mit einem Zauberer reden, der seine Macht verloren hat. Er sagte, dass er sie nicht verloren – sondern hergegeben, eingetauscht hat. Wofür? Leben für Leben, hat er gesagt, Macht für Macht. Nein, ich habe ihn nicht verstanden, aber es lohnt sich, ihm zuzuhören.«

Sperbers ruhige, vernünftige Worte beschämten Arren noch mehr. Er kam sich verzogen und ungeduldig vor wie ein kleines Kind. Der Mann Hase hatte ihn fasziniert, doch jetzt, nachdem die Faszination verflogen war, fühlte er nur noch Abscheu in sich aufsteigen, wie wenn er etwas Ekelhaftes gegessen hätte. Er nahm sich vor, nicht mehr zu sprechen, bis er seine Verstimmung überwunden hatte. Im nächsten Augenblick rutschte er auf den abgetretenen, glitschigen Stufen aus, fing sich und zerkratzte sich die Hände an den Steinen. »O verflucht, diese dreckige Stadt!«, brach es aus ihm heraus. Der Magier erwiderte trocken: »Ich glaube, es ist nicht nötig, sie zu verfluchen.«

Und er hatte Recht. Etwas stimmte nicht mit der Stadt Hort. Es lag fast greifbar in der Luft, und man war versucht, von einem Fluch zu sprechen, und doch war es weniger die Anwesenheit von etwas als mehr das Fehlen, eine Schwächung der Welt, die wie eine Seuche bald jeden Besucher ergriff. Selbst die Nachmittagssonne schien krank zu sein, sie brannte viel zu heiß am Märzenhimmel. Auf den Plätzen und Straßen drängten sich die Menschen, die Geschäfte schienen zu blühen, doch herrschte weder Ordnung noch Wohlstand, nur Hektik und Missgunst. Die Waren waren schlecht, die Preise zu hoch, weder Käufer noch Verkäufer waren sicher vor Diebstahl und Raubüberfall, die Banden trieben sich ungehindert auf den Straßen herum. Man sah nur wenige Frauen in der Öffentlichkeit, und wenn, traten sie meistens in Gruppen auf. Es war eine Stadt ohne Gesetz und Ordnung, eine Stadt ohne Verwaltung, ohne Oberhaupt. Und als sie sich mit einigen Einwohnern unterhalten hatten, erfuhren sie, dass es tatsächlich keinen Stadtrat, keinen Bürgermeister und keine Fürsten mehr in Hort gab. Manche waren gestorben, manche hatten sich zurückgezogen und einige waren ermordet worden. Sie erfuhren, dass Bandenführer jetzt die verschiedenen Stadtteile tyrannisierten, dass im Hafenviertel die früheren Hafenwächter herrschten und unverschämte Abgaben forderten, und dass alle nur darauf aus waren, ihre eigenen Taschen zu füllen.

Die Stadt hatte kein geistiges Zentrum mehr. Die Leute, die so geschäftig umhereilten, schienen kein bestimmtes Ziel zu verfolgen. Die Handwerker setzten ihren Stolz nicht mehr darein, gute, solide Arbeit zu liefern, selbst die Diebe stahlen nur, weil sie nichts anderes tun konnten. All die Geschäftigkeit und der Glanz einer großen Hafenstadt war da, doch es war nur schöner Schein, denn an jeder Ecke lungerten erstarrt die Haziasüchtigen herum. Das ganze Leben in Hort hatte etwas Unwirkliches an sich, die

Gesichter, die Geräusche, die Düfte erschienen und verschwanden so plötzlich, wie sie gekommen waren.

Sperber und Arren wanderten an diesem heißen, langen Nachmittag durch die Straßen und unterhielten sich mit diesem und jenem und es kam vor, dass die bunt gestreiften Markisen, das schmutzige Pflaster, die bemalten Wände, alles Farbige plötzlich verschwanden, und nichts blieb zurück, nur eine Geisterstadt, die leer und verschlafen im bleichen Sonnenlicht lag.

Nur hoch oben über der Stadt, wo sie sich eine Weile am Spätnachmittag ausruhten, ließ dieses krankhafte Gefühl eines Tagtraumes eine Zeit lang nach. »Das ist keine Stadt, die Glück verheißt!«, hatte Sperber vor einigen Stunden gesagt und jetzt, nachdem sie stundenlang ziellos herumgelaufen waren und viele ergebnislose Unterhaltungen mit Fremden geführt hatten, jetzt blickte er müde und düster vor sich hin. Seine Verwandlung war nicht mehr so vollkommen wie am Morgen. Etwas Dunkles, Hartes lag hinter den gutmütigen Zügen des seefahrenden Handelsherrn Falk. Arren hatte die Verstimmung, die ihn am Morgen überkommen hatte, noch nicht überwunden. Sie saßen auf dem spärlichen Gras hoch am Hügel, beschattet von den dunklen Blättern einer Gruppe von Pendickbäumen, die mit roten Knospen übersät waren, von denen einige sich schon zur Blüte geöffnet hatten. Von hier oben sahen sie nur die Ziegeldächer der Stadt, die sich vielfältig und zahlreich gegen die See hin staffelten. Die Arme der Bucht, schieferblau im Dunst des Frühlingshimmels, waren weit geöffnet und streckten sich bis an den Rand des Himmels. Keine festen Grenzen, keine deutlichen Linien waren sichtbar. Sie saßen und blickten hinaus auf die unendliche blaue Weite. Arren atmete tief aus und sein Geist wurde wieder frei. Er blickte um sich und fühlte sich wieder eins mit der Welt.

An einem Bach, der in einem der fürstlichen Gärten hinter ihnen entsprungen war und klar und munter über braune Steine davoneilte, nahm Arren einen tiefen Schluck und steckte dann den ganzen Kopf in das kalte Wasser. Dann stand er auf und deklamierte laut aus den *Taten von Morred*:

Preis sei den Brunnen von Scheließ, den silbernen
Harfen des Wassers,
Doch ich segne von Herzen den Fluss hier, der den
Durst meiner Kehle gestillt hat.

Sperber lachte ihn an und auch er musste lachen und schüttelte den Kopf wie ein Hund, dass die Tropfen sprühten und hinaus ins letzte, goldene Sonnenlicht flogen.

Sie mussten die Baumgruppe verlassen und wieder hinunter in die Stadt gehen, und als sie an einer Bude gebratene, von Fett triefende Fische gegessen hatten, senkte sich die Dunkelheit schwer und dicht auf die Stadt. Es wurde schnell dunkel in den engen Gassen. »Komm, wir gehen, Junge!«, sagte Sperber, und Arren fragte: »Zum Boot?«, doch er wusste, dass sie nicht zum Boot, sondern zu dem Haus am Fluss, in das leere, schmutzige, schreckliche Zimmer gehen würden.

Hase wartete im Hauseingang auf sie.

Er zündete eine Ölfunzel an und leuchtete ihnen voran auf der dunklen Treppe. Die kleine Flamme zitterte unaufhörlich in seiner Hand und warf riesige, huschende Schatten gegen die Wand.

Er hatte einen zweiten Strohsack für seine Besucher besorgt, doch Arren zog den nackten Boden nahe der Tür vor. Die Tür öffnete sich nach außen, und um sie zu bewachen, hätte er eigentlich draußen sitzen müssen, doch der stockdunkle Gang war mehr, als er ertragen konnte, und außerdem wollte er Hase im Auge behalten. Sperbers Aufmerksamkeit, und vielleicht auch seine Macht, waren auf das gerichtet, was er ihm zu sagen oder vielleicht auch zu zeigen hatte. Es blieb Arren überlassen, wach zu bleiben und aufzupassen.

Hase sah besser aus als am Morgen. Er saß aufrecht und hatte seinen Mund und seine Zähne gereinigt. Er sprach zunächst auch ganz vernünftig, war aber ziemlich aufgeregt. Im Licht der Lampe waren seine Augen so dunkel wie die eines Tieres: Das Weiße war nicht zu sehen. Er sprach eindringlich auf Sperber ein und versuchte diesen zum Genuss von Hazia zu überreden. »Ich will dich mitnehmen, mit mir nehmen. Wir müssen miteinander gehen. Wenn du noch länger wartest, bin ich schon fort, ob du bereit bist oder nicht. Du musst Hazia nehmen, um mir folgen zu können.«

»Ich glaube, dass ich dir folgen kann.«

»Nicht dorthin, wohin ich gehe. Das sind keine ... Beschwörungen.« Er schien nicht in der Lage zu sein, das Wort »Zauberer« oder »Zauberei« auszusprechen. »Ich weiß, dass du zu dem ... dem Ort gelangen kannst – du weißt schon, was ich meine, die Mauer. Aber es ist nicht dort. Es ist ein anderer Weg.«

»Wenn du gehst, werde ich dir folgen.«

Hase schüttelte den Kopf. Sein hübsches, verwüstetes Gesicht war gerötet. Sein Blick glitt öfter zu Arren, und er schloss ihn in seine Rede ein, obwohl er nur zu Sperber sprach. »Hör zu: Es gibt zwei Arten von Menschen, stimmt's? Wir und die anderen. Die ... die Drachen und die anderen. Menschen ohne Macht existieren nur, sie leben nicht so wie wir. Die zählen nicht. Die wissen nicht, was sie träumen. Die haben Angst vor dem Dunkel. Aber die anderen, die Gebieter der Menschen, die haben keine Angst, ins Dunkel zu gehen. Wir haben Macht.«

»Solange wir die Namen der Dinge wissen.«

»Namen spielen dort überhaupt keine Rolle – das ist es ja gerade! Es kommt nicht darauf an, was du tust oder was du weißt. Beschwörungen haben keine Wirkung. Das musst du alles vergessen, das lässt du alles zurück. Deswegen hilft es, Hazia zu essen; du vergisst die Namen, die Form der Dinge spielt keine Rolle mehr, du berührst die Wirklichkeit direkt. Ich gehe jetzt gleich, und wenn du wissen willst, wohin, dann musst du tun, was ich dir sage. Ich gehorche ihm. Du musst ein Gebieter über Menschen sein, wenn du dem Leben gebieten willst. Du musst das Geheimnis finden. Ich könnte dir seinen Namen sagen, doch was bedeutet ein Name? Ein Name ist nicht wirklich, auf ewig und immer wirklich. Drachen können nicht dorthin gehen. Drachen sterben. Sie sterben alle. Sie sterben aus. Heute Abend habe ich so viel genommen, dass du nicht mit mir Schritt halten kannst. Kein Makel ist an mir. Wo ich verloren gehe, dort kannst du mich führen. Erinnerst du dich an das Geheimnis? Erinnerst du dich? Kein Tod. Kein Tod – nein! Kein verschwitztes Bett mehr und kein verschimmelter Sarg, nie mehr. Das Blut trocknet aus wie ein versiegender Fluss – es ist verschwunden. Keine Furcht. Kein Tod. Namen sind verschwunden und die Worte und die Furcht, alles ist fort. Zeig mir, wo ich verloren gehe, zeig mir, Gebieter ...«

So fuhr er fort, halb erstickt, in Trance, mit Worten, die wie eine Beschwörung klangen und doch sinnlos waren, die sich nicht zu einem Ganzen schlossen. Arren hörte aufmerksam zu und versuchte, alles zu verstehen. Wenn er das nur könnte! Sperber sollte tun, was ihm gesagt wurde, er sollte die Droge nehmen, nur dieses eine Mal, um herauszufinden, was Hase zu sagen hatte, dieses Geheimnis, von dem er sprach und das er nicht beschreiben konnte. Wozu waren sie denn sonst gekommen? Doch vielleicht – Arren blickte von Hasens verzücktem Gesicht zum Profil des andern – verstand der Magier bereits ... Wie aus Stein gemeißelt war es, dieses Profil. Wo war die Knollennase, der gutmütige Ausdruck? Falk der Handelsherr war verschwunden, hier saß der Magier, der Erzmagier von Rok.

Die Stimme von Hase war in einen Singsang übergegangen, auf seinen untergeschlagenen Beinen sitzend, wiegte er seinen Oberkörper unaufhörlich hin und her. Sein Gesicht war eingefallen, sein Mund schlaff. Ihm gegenüber, in dem schwachen, ruhigen Licht der Öllampe, die auf dem Boden zwischen ihnen stand, saß schweigend der Erzmagier. Er hatte die Hand von Hase ergriffen und hielt sie fest. Arren hatte nicht gesehen, wie er danach gegriffen hatte. Es gab Lücken in der Abfolge der Ereignisse, die wohl daher stammten, dass er eingenickt war! Stunden mussten schon verstrichen sein, Mitternacht war bestimmt längst vorbei. Wenn er einschliefe, würde er Hase in seinen Träumen auch folgen können und zu dem geheimnisvollen Ort gelangen? Vielleicht. Jetzt schien es gar nicht so unmöglich zu sein. Aber er musste die Tür bewachen. Sperber und er hatten es kaum erwähnt, aber beide waren sich bewusst, dass Hase, als er sie bat, am Abend zurückzukehren, etwas im Schilde führte. Er war Pirat gewesen, er kannte die Diebesbanden und Mordbrenner. Sie hatten nicht darüber gesprochen, doch Arren wusste, dass er aufzupassen hatte, denn während der Magier seinen Geist auf die seltsame Reise schickte, war er schutzlos. Und er, Arren, hatte in seiner Dummheit sein Schwert auf dem Boot gelassen, was würde ihm sein Messer viel helfen, wenn nun plötzlich die Tür hinter ihm auffliegen würde? Aber das würde nicht passieren, er hatte gute Ohren. Hase redete nicht mehr. Beide Männer waren totenstill, das ganze Haus war still. Niemand konnte die knarrenden Stiegen lautlos heraufkommen. Wenn er etwas vernehmen würde, dann würde er Krach schlagen. Laut schreien würde er, und die Träume würden unterbrochen werden, und Sperber würde sich umwenden und sich selbst und Arren mit dem ganzen erschreckenden, blitzenden Zorn eines Zauberers verteidigen …

Als Arren an der Tür Posten bezog, hatte Sperber ihn ganz kurz angeblickt, und Zustimmung hatte in diesem Blick gelegen, Zustimmung und Vertrauen. Er war der Wachtposten. Solange er aufpasste, bestand keine Gefahr. Aber es war schwer, sehr schwer, diese beiden Gesichter zu betrachten und die Flamme, die wie eine kleine Perle zwischen ihnen brannte, diese beiden schweigenden Männer, die unbeweglich mit offenen Augen dasaßen, die weder Licht noch den Schmutz des Zimmers, noch die Welt um sich herum wahrnahmen, die in einer anderen Welt, der Welt des Traumes oder des Todes, sich befanden … Es war schwer, sie zu betrachten und nicht zu versuchen, ihnen zu folgen …

Hier, in der weiten, trockenen Finsternis, stand einer und winkte ihn zu sich. *Komm!,* sagte er, der große Gebieter des Schattenreiches. In seiner Hand hielt er eine Flamme, nicht viel größer als eine Perle, er bot sie Arren an, versprach ihm Leben. Und Arren machte benommen einen zögernden Schritt auf ihn zu und folgte ihm.

Das magische Licht

Trocken, ganz trocken war sein Mund. Er konnte Staub schmecken. Seine Lippen waren mit Staub bedeckt.

Er beobachtete das Schattenspiel, ohne den Kopf vom Boden zu heben. Die großen Schatten streckten und beugten sich, die kleineren, undeutlicheren eilten hurtig, wie neckend, über Decke und Wände. In der Ecke befand sich ein Schatten und auf dem Boden lag ein Schatten. Beide waren regungslos.

Sein Hinterkopf begann zu schmerzen. Ganz plötzlich klärte sich das Bild vor seinen Augen; es durchlief ihn eiskalt. Hase saß zusammengekrümmt in einer Ecke, sein Kopf lag auf seinen Knien. Sperber lag auf dem Rücken, ein Mann kniete auf ihm, ein anderer warf Goldstücke in einen Beutel und ein dritter sah zu. Der dritte Mann hielt in der einen Hand eine Laterne und in der anderen einen Dolch, Arrens Dolch.

Selbst wenn sie miteinander sprachen, hörte er nichts. Er hörte nur seine eigenen Gedanken, die ihm sofort und ohne Umschweife diktierten, was er zu tun habe. Er gehorchte im gleichen Augenblick. Langsam, ganz langsam, kroch er einen halben Meter nach vorne, dann streckte er flink seine Hand aus und ergriff den Beutel mit dem Gold. Er sprang auf und rannte, einen heiseren Ruf ausstoßend, hinaus auf den Gang und die Stufen hinunter. Sicheren Fußes, ohne eine Stufe auszulassen, flog er die stockfinstere Treppe hinunter. Er stürmte auf die Straße hinaus und warf sich in vollem Lauf in die Dunkelheit.

Die Häuser hoben sich wie große schwarze Klumpen vom sternklaren Himmel ab. Das Licht der Sterne spiegelte sich schwach im Fluss, der rechts neben ihm dahinströmte. Obgleich er nicht sah, wohin die Straßen führten, erkannte er doch die Straßenkreuzungen, und manchmal schlug er eine entgegengesetzte Richtung ein, um seine Verfolger irrezuleiten. Sie waren ihm dicht auf den Fersen, er hörte sie ganz in der Nähe. Sie waren barfuß, und ihr keuchender Atem war lauter als das Geräusch ihrer Füße. Er hätte aufgelacht, wenn er Zeit dazu gehabt hätte; endlich wusste er, was es hieß, der Gejagte und nicht der Jäger, die Beute und nicht der Führer der Meute zu sein. Allein war er, frei war er! Er bog rechts ab, rannte geduckt über eine Brücke mit hoher Brüstung, schlüpfte in eine dunkle Gasse, um eine Ecke herum, zurück zur Straße am Fluss, dort entlang, dann über eine andere Brücke. Seine Schuhe schlugen hart auf das Kopfsteinpflaster; es war das einzige Geräusch in der stillen Stadt. Er hielt an einem Brückenpfeiler an, um seine Schnürsenkel aufzumachen, doch sie waren fest verknotet, und seine Verfolger hatten ihn nicht verloren. Die Laterne glitzerte kurz im Wasser des Flusses, das leise, schwere Getrappel der Füße war nahe. Er konnte ihnen nicht entkommen, er konnte ihnen nur davonlaufen; lauf weiter, lauf geradeaus, führ sie weg von dem staubigen Zimmer, weit weg ...

Sie hatten ihm seinen Mantel und sein Messer weggenommen. Er trug nur ein Hemd, es war dünn, und doch war ihm heiß. In seinem Kopf drehte sich alles, der Schmerz im Hinterkopf nahm zu. Er stach bei jedem Schritt mehr, doch er rannte, rannte immerfort ... Der Beutel hinderte ihn am Laufen. Er schleuderte ihn von sich, und ein Goldstück flog heraus und klirrte auf die Steine. »Hier habt ihr euer Gold!«, schrie er, seine Stimme war heiser und er rang nach Atem. Er rannte weiter. Und plötzlich hörte die Straße auf. Keine Querstraße, keine Sterne waren mehr zu sehen; er war in eine Sackgasse geraten. Ohne seinen Lauf zu unterbrechen, wandte er sich um und lief seinen Verfolgern entgegen. Die Laterne schwang hin und her. Sie blendete ihn, doch er warf sich mit einem trotzigen, herausfordernden Ruf auf den Lippen gegen seine Feinde.

Eine Laterne pendelte hin und her. Ein schwaches Licht in einer großen grauen Leere. Lange hielt er seine Augen darauf gerichtet. Es wurde immer schwächer, und schließlich schob sich ein Schatten davor und das Licht verschwand. Er trauerte ihm nach, vielleicht trauerte er um sich selbst, denn er wusste, dass er jetzt aufwachen musste.

Die erloschene Laterne pendelte weiter an dem Mast, an dem sie festgemacht war. Das erste Licht des Tages lag auf dem Meer, das sie auf allen Seiten umgab. Eine Trommel schlug den Takt. Ruder knarrten, langsam, gleichmäßig; das Holz des Schiffes schrie und knirschte mit Hunderten kleiner Stimmen; ein Mann, am Bug stehend, rief den Männern hinter sich etwas zu. Die Männer, die mit Arren im hinteren Laderaum gefesselt beisammensaßen, schwiegen. Jeder von ihnen trug einen Eisengürtel und Handschellen, von beiden führten Eisenketten zum Nachbarn links und rechts; der Eisengürtel war außerdem noch durch eine Kette mit einem Eisenring an Deck verbunden, sodass die Männer sitzen oder kauern, aber nicht stehen oder liegen konnten. Sie waren sowieso so dicht zusammengepfercht, dass Liegen ausgeschlossen war. Arren befand sich an der vorderen Ecke an der Backbordseite. Wenn er den Kopf hochreckte, waren seine Augen auf einer Höhe mit dem Deck, das zwischen Laderaum und Reling nicht mehr als einen halben Meter breit war.

Von den Geschehnissen der vergangenen Nacht war ihm nur noch die Jagd durch die Straßen und die Sackgasse gegenwärtig. Er hatte sich gewehrt und war überwältigt, dann gefesselt und fortgetragen worden. Ein Mann mit einer merkwürdig flüsternden Stimme hatte gesprochen, dunkel erinnerte er sich an eine Art Schmiede, an ein loderndes Feuer in einer Esse ... Es war alles verschwommen. Doch er wusste, dass er sich auf einem Sklavenschiff befand, dass er gefangen war und verkauft werden würde.

Es war ihm ziemlich gleichgültig. Er war viel zu durstig. Sein Körper und sein Kopf schmerzten. Die Strahlen der aufgehenden Sonne bohrten sich wie schmerzende Pfeile in seine Augen.

Später am Morgen bekam jeder von ihnen das Viertel eines Brotlaibes und durfte einen tiefen Schluck aus einer Lederflasche nehmen, die von einem Mann mit harten, scharfen Zügen an ihre Lippen gehalten wurde. Um seinen Hals trug er ein breites, mit Goldnägeln verziertes Lederhalsband, wie ein Hundehalsband sah es aus, und als Arren ihn sprechen hörte, erkannte er die seltsam schwache, flüsternde Stimme.

Der Trunk und die Nahrung verminderten sein körperliches Unbehagen für eine Weile; er konnte wieder klar denken. Zum ersten Mal schaute er die Gesichter seiner Leidensgenossen an, der drei, die neben, und der vier, die hinter ihm saßen. Einige hatten die Knie hochgezogen und ließen den Kopf darauf ruhen; einer war vornübergefallen und hing leblos an seinen Ketten, vielleicht war er seekrank, vielleicht hatte man ihm Drogen gegeben. Neben Arren saß ein ungefähr zwanzigjähriger Bursche mit einem breiten, flachen Gesicht. »Wo bringen sie uns hin?«, fragte Arren.

Der Bursche blickte ihn an – ihre Gesichter waren nur ein paar Zentimeter voneinander entfernt – und grinste, dann zuckte er die Achseln, und Arren nahm an, dass er es nicht wusste. Doch dann bewegte er seine gefesselten Hände und versuchte ihm etwas zu zeigen; er öffnete seinen noch grinsenden Mund weit – und wo eine Zunge hätte sein sollen, war nur noch ein schwarzer Stummel.

»Wahrscheinlich nach Schoul«, sagte ein Mann hinter Arren, und ein anderer fügte hinzu: »Oder auf den Markt nach Amrun.« Doch der Mann mit dem Halsband, dem nichts auf dem Schiff zu entgehen schien, zischte: »Ruhe, kein Wort, oder ich werfe euch den Haifischen als Futter vor«, und alle schwiegen.

Arren versuchte sich diese Orte, Schoul und Amrun, vorzustellen. Dort wurden Sklaven verkauft. Sie wurden den Käufern vorgeführt wie Ochsen oder Schafböcke auf dem Markt von Berila. Er würde dort in Ketten stehen. Irgendjemand würde ihn kaufen und nach Hause führen und ihm einen Befehl erteilen, und er würde den Gehorsam verweigern. Oder er würde gehorchen und versuchen zu entfliehen. So oder so, er würde getötet werden. Es war keine Empörung, die bei dem Gedanken an Sklaverei in seinem Herzen aufwallte, dazu fühlte er sich viel zu elend und war zu verwirrt. Er wusste ganz einfach, dass er es nicht tun konnte, dass er innerhalb einer oder zweier Wochen sterben oder getötet werden würde. Obgleich er dies voraussah und als Tatsache hinnahm, erschütterte ihn der Gedanke, und er versuchte, nicht weiter an die bevorstehenden Tage zu denken. Er starrte auf die verfaulten, schwarzen Planken des Laderaums zwischen seinen Füßen. Die Sonne brannte auf seine nackten Schultern und er fühlte, wie der Durst seinen Mund austrocknete und seine Kehle zuschnürte.

Die Sonne ging unter. Die Nacht war klar und kalt. Die Sterne hoben sich scharf vom dunklen Himmel ab. Die Trommel schlug langsam, gleichmäßig wie ein Herzschlag. Das Rudern wurde nicht unterbrochen, denn es regte sich kein Wind. Die Kälte wurde unerträglich. Arren bekam ein wenig Wärme von den hochgezogenen Beinen des Mannes hinter ihm und an seiner linken Seite von dem Verstümmelten, der zusammengekauert saß und ununterbrochen einen einzigen Ton vor sich hin summte. Die Ruderer lösten sich ab, die Trommel fing wieder von neuem an. Arren hatte auf die Dunkelheit gewartet, doch jetzt konnte er nicht schlafen. Seine Muskeln schmerzten ihn, und er konnte seine Stellung nicht ändern. Er saß und zitterte vor Kälte. Mit schmerzenden Gliedern und ausgetrockneter Kehle starrte er hinauf zu den Sternen, die sich bei jedem Ruderschlag heftig bewegten, dann wieder an ihren gewohnten Platz zurückrutschten, stillstanden, sich dann wieder bewegten, zurückrutschten, stillstanden ...

Der Mann mit dem Halsband und ein anderer Mann standen zwischen dem hinteren Laderaum und dem Mast. Die kleine, pendelnde Laterne am Mast warf einen schwachen Schein und zeichnete die Umrisse ihrer Köpfe und Schultern ab. »Nebel, verfluchte Schweinerei«, erklang die schwache, hasserfüllte Stimme des Mannes mit dem Halsband. »Was hat ein Nebel zu dieser Jahreszeit in den südlichen Gewässern zu suchen? Verflucht!«

Die Trommel dröhnte weiter. Die Sterne bewegten sich, rutschten zurück, standen still. Der Mann ohne Zunge, der neben Arren saß, schauderte plötzlich zusammen, hob den Kopf und stieß einen durchdringenden Angstschrei aus, einen furchtbaren, formlosen, unmenschlichen Schrei. »Ruhe!«, brüllte der andere Mann am Mast. Der Stumme schauderte wieder zusammen und setzte sein monotones Summen und die unaufhörlich kauende Bewegung seines Unterkiefers fort.

Die Sterne glitten verstohlen vorwärts und verschwanden im Nichts.

Der Mast schwankte und verschwand. Eine feuchtkalte graue Decke schien sich auf Arrens Schultern zu legen. Die Trommel stockte kurz und fuhr dann in langsamerem Rhythmus fort.

»Wie Sauermilch so dick!«, zischelte die heisere Stimme irgendwo über Arren. »Rudert! Es gibt keine Untiefen im Umkreis von zwanzig Meilen!« Ein horniger, vernarbter Fuß tauchte aus dem Nebel auf, hielt kurz vor Arrens Gesicht an und verschwand mit dem nächsten Schritt.

Der Nebel löschte jede Empfindung des Vorwärtsbewegens aus, nur das Ziehen der Ruder war zu spüren. Der Schlag der Trommel klang dumpf und erstickt. Die feuchte Kälte drang bis in die Knochen. Der Nebel schlug sich in Arrens Haaren nieder und die Tropfen rannen ihm in die Augen. Arren versuchte, die Tropfen mit seiner Zunge aufzufangen, um seinen Durst zu stillen, doch seine Zähne klapperten zu stark. Das kalte Metall einer Kette schlug gegen seinen Schenkel und brannte wie Feuer auf der Haut. Die Trommel schlug und schlug – und verstummte.

Es war totenstill.

»Schlag weiter! Was ist los?«, zischte die heisere, pfeifende Stimme vom Bug des Schiffes. Alles blieb still.

Das Schiff rollte ein wenig auf dem stillen Wasser. Hinter der kaum sichtbaren Reling lag nichts, nur Leere. Irgendetwas rieb an der Schiffswand. Das Geräusch klang laut in dieser unheimlichen Stille und Dunkelheit. »Wir sind aufgelaufen«, flüsterte einer der Gefangenen, doch die Stille erstickte seine Stimme.

Der Nebel leuchtete hell, als ob ein Licht in ihm erblühte. Arren konnte die Köpfe der Männer, die um ihn herum gefesselt saßen, klar erkennen, er sah die winzigen Wassertropfen in ihrem Haar glitzern. Wiederum rollte das Schiff, und Arren streckte sich so weit hoch, wie seine Ketten es erlaubten, er reckte den Hals, um in das Vorderteil des Schiffes sehen zu können. Der Nebel lag hell auf dem Deck wie eine vom Mond erleuchtete, dünne Wolke und schimmerte kalt. Die Ruderer saßen regungslos wie aus Stein gemeißelt. Die Besatzung stand in der Mitte des Schiffes, nur ihre Augen glitzerten schwach. An Steuerbord stand ein Mann, und das Licht ging von ihm aus. Sein Gesicht, seine Hände, sein Stab glänzten wie geschmolzenes Silber.

Zu seinen Füßen kauerte ein unförmiger, dunkler Schatten.

Arren versuchte zu sprechen, doch kein Laut kam über

seine Lippen. Der Erzmagier, umstrahlt von diesem majestätischen Licht, näherte sich ihm und kniete nieder auf dem Deck. Arren fühlte, wie er seine Hand auf ihn legte, und hörte seine Stimme. Er spürte, wie sich die Ketten an seiner Hüfte und an seinen Handgelenken lösten und von ihm abfielen; durch den ganzen Laderaum hörte man das Rasseln von Ketten. Doch keiner bewegte sich. Nur Arren versuchte aufzustehen, doch es gelang ihm nicht, seine Glieder waren steif von dem langen, unbeweglichen Sitzen. Der Erzmagier hielt ihn am Arm fest, und mit seiner Hilfe gelang es ihm, aus dem Laderaum zu klettern; er erreichte das Deck und ließ sich erschöpft nieder.

Der Erzmagier schritt durch das Schiff, und die neblige Pracht erhellte die Gesichter der regungslosen Ruderer. Er blieb bei dem Mann stehen, der sich an der Reling niedergeduckt hatte.

»Ich strafe nicht«, sprach die klare, harte Stimme, kalt wie das magische Licht, das ihn umgab. »Aber im Namen der Gerechtigkeit, Egre, nehme ich es auf mich: Möge deine Stimme stumm bleiben, bis zu der Stunde, wo ein Wort, das wert ist, gesprochen zu werden, über deine Lippen kommt!«

Er kehrte zu Arren zurück und half ihm auf die Beine. »Komm, Junge!«, sagte er, und mit seiner Hilfe humpelte Arren nach vorne und halb fallend, halb kletternd erreichte er die *Weitblick*, das Boot, das unten, neben dem Schiff, auf den Wellen schaukelte; seine Segel sahen im Nebel wie die Flügel einer Motte aus.

Langsam erlosch das magische Licht in der unwirklichen Stille und Ruhe der Nacht, das Boot wendete und glitt davon. Fast im gleichen Augenblick waren die Galeere, die schwach glühende Laterne am Mast, die regungslosen Ruderer und die hohe, schwarze Schiffswand verschwunden. Arren glaubte, Stimmen zu vernehmen, die in Schreie übergingen, doch das Geräusch war fern und verlor sich bald. Nach einer Weile hob sich der Nebel, zerriss in Fetzen, und die Schwaden trieben vorbei und verschwanden in der Dunkelheit. Bald wölbte sich der weite, sternenübersäte Himmel über ihnen, und so geräuschlos wie ein Nachtfalter flog die *Weitblick* durch die klare Nacht über die See davon.

Sperber hatte Arren in Decken gepackt und ihm Wasser zu trinken gegeben, er saß bei ihm, und seine Hand lag auf der Schulter des Jungen, als Arren plötzlich zu schluchzen begann. Sperber sagte nichts, doch die Berührung seiner Hand war lindernd und beruhigend. Langsam kehrten Frieden, Wärme und Ruhe wieder zurück in Arrens Herz.

Er schaute zu seinem Gefährten auf. Kein unwirklicher Glanz umgab mehr dessen dunkles Gesicht. Er konnte es kaum vor dem Sternenhimmel erkennen.

Das Boot flog dahin, von Zauberwinden geleitet. Die Wellen flüsterten, wie überrascht, an den Seiten des Bootes.

»Wer ist der Mann mit dem Halsband?«

»Lieg still. Ein Seeräuber, Egre. Er trägt das Halsband, um eine Narbe zu verbergen, wo seine Kehle einmal durchgeschnitten wurde. Es scheint, als ob er die Piraterie mit dem Sklavenhandel vertauscht hätte. Doch dieses Mal vergriff er sich. Er nahm das Junge des Bären.« In der trockenen, ruhigen Stimme lag ein Ton der Befriedigung.

»Wie haben Sie mich gefunden?«

»Zauberei, Bestechung ... Ich habe Zeit vergeudet. Ich wollte nicht, dass überall herumerzählt wurde, der Erzmagier und Hüter von Rok treibt sich in den Slums von Hort herum. Es wäre mir immer noch lieb, wenn ich meine Verwandlung hätte aufrechterhalten können. Aber ich musste diesen und jenen aufspüren, und als ich endlich erfuhr, dass das Sklavenschiff schon vor Sonnenaufgang ausgelaufen war, riss mir die Geduld. Ich machte die *Weitblick* los und rief einen Wind in die Segel, gerade als sich in der ganzen Bucht kein Windchen rührte und alles still in der Hitze brütete, und dann sorgte ich noch dafür, dass die Ruder auf jedem Schiff in den Dollen stecken blieben – wenigstens eine Zeit lang. Wie sie sich das erklären werden, wenn Zauberei nichts als Luft und Lügen sein soll, weiß ich nicht, aber das ist ihr Problem. Doch in meiner Hast und in meinem Zorn überholte ich Egres Schiff, das sich östlich von dem üblichen Südkurs hielt, um den Untiefen auszuweichen. Alles ging schief an diesem Tag! Hort ist keine Stadt, die Glück verheißt ... Na ja, und dann habe ich einen Findezauber gewoben, und in der Dunkelheit fand ich es. Willst du jetzt nicht schlafen?«

»Ich bin in Ordnung. Es geht mir wieder viel besser.« Sein Frösteln war in ein leichtes Fieber übergegangen, und er fühlte sich wirklich besser, sein Körper war zwar noch schwach, doch sein Gehirn arbeitete auf Hochtouren, und er wollte alles wissen, was sich zugetragen hatte. »Wann sind Sie aufgewacht? Was ist mit Hase passiert?«

»Als ich aufwachte, war es bereits Tag, und Gott sei Dank habe ich einen harten Kopf, hinter dem Ohr habe ich eine Beule, so groß wie eine Gurke, und die Haut ist aufgeplatzt. Hase schlief noch in seinem Drogenrausch, als ich ihn verließ.«

»Ich war kein guter Posten ...«

»Aber nicht, weil du eingeschlafen bist.«

»Nein«, sagte Arren zögernd. »Es war ... ich war ...«

»Du liefst mir voraus, ich habe dich gesehen«, sagte Sperber, und seine Stimme klang merkwürdig. »Und deswegen konnten sie sich hereinschleichen und uns auf den Kopf schlagen wie Lämmern auf der Schlachtbank, uns unser Gold und unsere gute Kleidung wegnehmen und den Sklaven fangen, der eine Stange Geld bringen würde. Denn sie wollten dich, mein Junge! Du wärst auf dem Markt von Amrun einen Bauernhof wert gewesen.«

»Der Schlag, den sie mir verpasst haben, war nicht hart genug. Ich bin aufgewacht. Ich bin ihnen davongelaufen. Und ich habe ihre Beute über die ganze Straße ausgeschüttet, bevor sie mich in einer Sackgasse fingen.« Arrens Augen funkelten.

»Du bist aufgewacht, als sie noch da waren – und bist fortgelaufen? Warum?«

»Um sie von Ihnen wegzulocken.« Die Überraschung,

die in Sperbers Stimme gelegen hatte, schürte Arrens Stolz, und er fügte triumphierend hinzu: »Ich dachte, sie wären hinter Ihnen her. Ich fürchtete, dass die Räuber Sie töten würden. Ich nahm ihnen den Beutel und das Gold weg, damit sie mir nachliefen, und schrie und rannte davon. Und sie sind mir gefolgt!«

»Gewiss – gewiss sind sie dir gefolgt.« Sperber sagte nichts weiter, kein Wort der Anerkennung folgte, doch er saß und grübelte lange vor sich hin. Dann sagte er: »Hast du nicht daran gedacht, dass ich schon tot sein könnte?«

»Nein.«

»Erst töten, dann rauben, dann kann nichts schief gehen.«

»Daran habe ich nicht gedacht. Ich wollte sie nur weglocken von Ihnen.«

»Warum?«

»Weil Sie uns beide hätten verteidigen und retten können, wenn Sie Zeit dazu gehabt hätten. Oder wenigstens sich selbst hätten Sie retten können. Ich war der Wachtposten, und ich habe auf meinem Posten versagt. Ich wollte das wieder wettmachen. Ich hatte auf Sie aufzupassen. Auf Sie kommt es an. Ich kam ja nur, um zu wachen und um andere Dienste zu verrichten ... Sie sind der Führer, Sie können uns dorthin bringen, wo wir hingehen müssen, wo immer das nun sein mag, und nur Sie können wieder alles in Ordnung bringen.«

»Meinst du?«, sagte der Magier. »Das habe ich auch gemeint – bis gestern Abend. Ich glaubte, ich hätte einen bei mir, der mir folgt, aber ich bin dir gefolgt, mein Junge.« Seine Stimme klang kühl und etwas ironisch. Arren wusste nicht, was er sagen sollte. Er war nun wirklich ganz durcheinander. Er hatte geglaubt, seine Pflichtvergessenheit, sein Einschlafen oder sein Trancezustand auf dem Wachtposten dadurch, dass er die Aufmerksamkeit der Räuber von Sperber auf sich lenkte, sühnen zu können. Aber es sah nun so aus, als sei dies ziemlich dumm gewesen, wohingegen er im richtigen Augenblick in Trance gefallen war.

»Es tut mir Leid ...«, sagte er und presste seine Lippen fest zusammen, mit größter Anstrengung hielt er seine Tränen zurück, »dass ich nicht das Richtige getan habe. Und Sie haben mir das Leben gerettet ...«

»Und du vielleicht meines«, sagte der Magier barsch. »Wer weiß? Sie hätten mir vielleicht die Kehle aufgeschlitzt, wenn sie Zeit dazu gehabt hätten. Reden wir nicht mehr davon, Arren. Ich bin froh, dass ich dich dabeihabe.«

Dann ging er an die Vorratskiste, zündete den kleinen Holzkohlenbrenner an und beschäftigte sich mit irgendetwas. Arren lag auf dem Rücken und blickte hinauf zu den Sternen; sein Gemüt beruhigte sich, er konnte wieder klar denken. Es kam ihm zu Bewusstsein, dass sein Verhalten, sein Tun oder Nichtstun, nicht von Sperber beurteilt werden würde. Er hatte gehandelt, und Sperber hatte dies, so wie es war, akzeptiert. »Ich strafe nicht«, hatte er zu Egre gesagt, und seine Stimme war eiskalt gewesen. Und er verteilte auch keine Belohnungen. Doch er war, so schnell er konnte, über die See geeilt und ihm zu Hilfe gekommen, und er hatte die Macht seiner Zauberkunst um seinetwillen entfesselt. Wenn es sein musste, dann würde er das wieder tun. Man konnte sich auf ihn verlassen.

Er verdiente die Zuneigung, die Arren für ihn empfand, und das Vertrauen, das er ihm entgegenbrachte. Denn umgekehrt vertraute er auch Arren. Was Arren tat, war richtig.

Jetzt kam er zurück und gab Arren eine Tasse voll dampfendem, heißem Wein zu trinken. »Darauf wirst du gut schlafen. Pass auf, dass du dir die Zunge nicht verbrennst.«

»Wo kommt denn der Wein her? Ich habe keinen Weinschlauch an Bord gesehen ...«

»Manches ist dem Auge verborgen. Die *Weitblick* birgt mehr, als man vermutet«, sagte Sperber und setzte sich neben Arren. Er lachte leise in der Dunkelheit. »Sie macht ihrem Namen Ehre.«

Arren setzte sich auf, um zu trinken. Der Wein war gut und erfrischte Körper und Geist. Er fragte: »Wo fahren wir jetzt hin?«

»Nach Westen.«

»Wohin sind Sie Hase gefolgt?«

»In die Dunkelheit. Ich habe ihn nicht verloren, doch er war verloren. Er wanderte in den Grenzbereichen herum, in den endlosen, trostlosen Gehegen des Deliriums und der Albträume. Seine Seele piepste wie ein kleiner Vogel in diesen öden Gefilden, wie eine Möwe, die zu weit aufs Meer hinausgeflogen ist. Er ist kein Führer. Er war schon immer verloren. Trotz seiner Zaubermacht hatte er nie den Weg vor sich liegen sehen, er sah immer nur sich selbst.«

Arren verstand nicht alles, was Sperber sagte, und er hatte auch nicht den Wunsch, alles zu verstehen, noch nicht jedenfalls. Er war nur ein kleines Stück in diese »Dunkelheit« gelockt worden, von der die Zauberer sprachen, und er wünschte, dass er sie vergessen könnte. Er wollte nichts mehr damit zu tun haben. Deswegen wollte er auch nicht schlafen, denn er hatte Angst, dass er sie in seinen Träumen wieder sehen und dieser dunklen Gestalt begegnen würde, diesem Schatten, der ihm eine Perle entgegengehalten und geflüstert hatte: »Komm!«

»Warum ...?«, seine Gedanken waren schon wieder bei einem anderen Thema, »warum ...?«

»Schlaf jetzt!«, sagte Sperber, etwas unwirsch.

»Ich kann nicht, wirklich. Warum haben Sie die anderen Sklaven nicht befreit?«

»Ich habe sie befreit. Keiner war mehr gefesselt an Bord des Schiffes.«

»Aber die Leute, die Egre dienten, die waren bewaffnet. Wenn Sie *die* gefesselt hätten ...«

»Wenn ich die gefesselt hätte? Es waren ja nur sechs. Die Ruderer waren gefesselt wie du. Egre und seine Leute sind vielleicht schon tot oder von den anderen gefesselt worden, um als Sklaven verkauft zu werden. Ich befreite sie, und es steht ihnen frei, zu tun, was sie wollen, zu kämpfen oder zu handeln. Ich bin kein Sklavenhändler.«

»Aber Sie wussten, dass es böse Menschen waren.«

»Bedeutet das, dass ich auch so handeln muss wie sie? Sollte ihre Schändlichkeit mein Tun beeinflussen? Muss ich mich nach ihnen richten? Ich treffe keine Entscheidungen für sie, und ich werde auch nicht zulassen, dass sie meine Entscheidungen bestimmen.«

Arren schwieg und dachte über diese Worte nach. Nach einer Weile fuhr der Magier mit leiser Stimme fort: »Siehst du jetzt ein, Arren, dass eine Handlung, wie junge Menschen es glauben, nicht wie ein Felsbrocken ist, den man aufhebt und fortwirft und der entweder das Ziel trifft oder es verfehlt. Nein, wenn dieser Brocken aufgehoben wird, dann wird die Erde leichter, und die Hand, die ihn hält, wird schwerer. Wenn er geworfen wird, dann bleibt selbst die Bahn der Sterne davon nicht unberührt, und wo er hinfällt, verändert sich das Universum. Jede Handlung beeinflusst das Gleichgewicht der Dinge. Die Winde und die Meere, das Wasser, die Erde und das Licht, all die Mächte und alles, was Tiere und Pflanzen tun, ist richtig und gut. Sie alle handeln, ohne das Gleichgewicht zu stören. Ein Orkan, das Blasen eines Riesenwals, der Fall eines dürren Blattes, der Flug einer Mücke, all dies ist Teil eines Ganzen und all dies trägt zum Gleichgewicht bei. Wir aber, wir haben begrenzte Macht über die Natur und über uns selbst, und wir müssen *lernen*, was Blatt, Fisch und Wind instinktiv richtig tun. Wir müssen lernen, das Gleichgewicht aufrechtzuerhalten. Da uns Verstand gegeben wurde, dürfen wir nicht handeln, als ob wir keinen hätten. Da uns eine Wahl gegeben ist, dürfen wir nicht unverantwortlich handeln. Wer bin ich, dass ich – obwohl ich die Macht dazu hätte – bestrafen und belohnen und mit dem Geschick der Menschen spielen darf?«

»Aber«, sagte der Junge und sah nachdenklich hinauf zu den Sternen, »bleibt denn das Gleichgewicht erhalten, wenn man nichts tut? Bedeutet das, dass ein Mensch nur dann handeln soll, wenn er alle Folgen kennt, die seine Handlung nach sich ziehen kann? Würde denn dann überhaupt noch gehandelt werden?«

»Hab keine Angst. Es fällt dem Menschen viel leichter zu handeln, als vom Handeln abzusehen. Solange wir leben, so lange werden wir Gutes oder Böses tun ... Aber wenn wir wieder einen König hätten, der über uns alle herrscht, und wenn er, wie es früher üblich war, bei einem Magier Rat suchen würde, und wenn ich dieser Magier wäre, dann würde ich zu ihm sagen: Mein Fürst, handeln Sie nicht, nur weil es Ihnen edel oder lobenswert oder rechtmäßig vorkommt, handeln Sie nicht, nur weil es Ihnen gut dünkt. Handeln Sie nur dann, wenn Sie es nicht vermeiden können, wenn Sie nicht umhinkönnen, zu handeln.«

In seiner Stimme lag wieder der Ton, der Arren aufhorchen ließ, und er blickte ihn an. Er glaubte wieder das Licht wahrzunehmen, das von seinem Gesicht ausging, das die gekrümmte Nase, die vernarbte Wange, die dunklen, tiefen Augen erhellte. Und er blickte ihn an, voller Zuneigung, aber auch voller Furcht, und er dachte: »Er ist mir so weit überlegen.« Doch als er ihn weiterhin anblickte, merkte er, dass es kein magisches Licht war, keine kalte, magische Helle, sondern dass es das Licht selbst war, das gewöhnliche Licht des Tages. Es gab eine Macht, die größer war als die Macht des Magiers. Und die Jahre waren nicht spurlos an ihm vorübergegangen, Arren sah die Furchen des Alters in seinem Gesicht, und er sah müde aus im immer heller werdenden Licht des Morgens. Er gähnte …

Gedankenverloren ließ er den Blick auf ihm ruhen und schlief endlich ein. Doch Sperber blieb an seiner Seite sitzen und wartete auf die Morgendämmerung und den Sonnenaufgang. Er saß und glich einem Menschen, der einen Schatz prüft, an dem nicht mehr alles vollkommen ist, ein Juwel mit einem Makel, ein krankes Kind.

Träume auf dem Meer

Später am Morgen nahm Sperber den magischen Wind aus dem Segel und überließ sein Boot dem Wind der Welt, der sanft aus Südwesten blies. Rechts vom Boot, in weiter Ferne, sah man noch die blauen Hügel von Südwathort, die immer kleiner wurden und schließlich nicht viel höher als die Gischt über den Wellen des Meeres waren und bald verschwanden.

Arren erwachte. Das Meer schimmerte golden in der Hitze des Mittags, endloses Wasser unter einem endlosen Himmel. Sperber saß im Heck des Schiffes. Er hatte nur ein Tuch um seine Lenden geschlungen und eine Art Turban aus Segeltuch um seinen Kopf, sonst war er nackt. Er sang leise vor sich hin und schlug mit der Hand einen leisen, gleichförmigen Rhythmus auf die Ruderbank, als ob sie eine Trommel wäre. Was er sang, war weder Zaubergesang noch Heldenlied, sondern eine einfache Melodie mit Worten ohne Bedeutung, wie sie wohl ein Hirtenjunge vor sich hin singen mag, der während der langen, heißen Sommernachmittage in den Bergen von Gont seine Ziegen hütet.

Aus dem Meer erhob sich ein Fisch und schnellte mit ausgebreiteten Flügeln, die im Sonnenlicht wie Libellenflügel schillerten, einige Meter weit durch die Luft.

»Jetzt sind wir im Südbereich«, sagte Sperber, als er mit seinem Lied fertig war. »Es ist ein merkwürdiger Bereich. Hier gibt es Fliegende Fische, und man behauptet, dass es auch singende Delfine gäbe. Aber das Wasser ist warm und einladend, und ich habe ein Abkommen mit den Haifischen geschlossen. Wasch den Rest von dem Dreck des Sklaventransportes von dir ab!«

Jeder Muskel schmerzte ihm, und Arren bewegte sich zunächst nur mit Widerwillen. Auch war er ein ungeübter Schwimmer, denn die See um Enlad herum ist nicht einladend und im Kampf mit ihr ermüdet man rasch. So kommt das Schwimmen gewöhnlich zu kurz. Das Meer hier war tiefblau. Es war kalt, als er hineinsprang, doch die Kälte verging rasch, und es war herrlich, sich im Wasser zu bewegen. Er tummelte sich an der Seite der *Weitblick* wie eine junge Seeschlange. Das Wasser sprühte hoch auf wie eine Fontäne. Sperber gesellte sich zu ihm, er schwamm mit kräftigen Zügen. Die *Weitblick*, die weißen Flügel über das glänzende Wasser gebreitet, wartete auf sie, geduldig und schützend. Ein Fisch schnellte in die Luft, Arren verfolgte ihn; der Fisch tauchte unter, schnellte wieder empor, schwamm in der Luft, flog durch die See und folgte Arren.

Der Junge, geschmeidig und golden im hellen Sonnenschein, vergnügte sich im Wasser, bis die Sonne das Meer berührte. Der Mann, dunkel und sehnig, schwamm mit den ruhigen, gelassenen Zügen, mit der ausgewogenen Kraft des Alters. Er hielt das Boot auf Kurs, spannte ein provisorisches Sonnensegel aus Leinwand auf und blickte liebevoll sowohl auf den schwimmenden Jungen als auch auf den Fliegenden Fisch.

»Wo fahren wir jetzt hin?«, fragte Arren später, als die Dämmerung schon hereingebrochen war und er sich an Pökelfleisch und Brot gütlich getan hatte und schon wieder müde wurde.

»Lorbanery«, antwortete Sperber, und die klangvollen Silben dieses Wortes waren das Letzte, was Arren an diesem Abend vernahm. Sie woben sich durch seine Träume. Er träumte, dass er durch Berge von weichem bleichem Zeug watete, rosa, goldenen und himmelblauen Fetzen und Fäden, wobei er eine unerklärliche Freude empfand. Irgendjemand sagte zu ihm: »Das sind die Seidenfelder von Lorbanery, und hier wird es nie dunkel.« Doch später in der Nacht, als er die Sterne des Herbstes am Himmel des Frühlings scheinen sah, träumte er, dass er sich in einer Ruine befand. Alles war trocken hier und alles war mit Staub bedeckt und mit Spinnweben verhangen. Arrens Beine waren in den Spinnweben verstrickt, sein Mund und seine Nasenlöcher waren davon bedeckt, und er konnte nicht mehr atmen. Doch das Schlimmste war, dass er den hohen, zerstörten Raum wiedererkannte: Es war der Saal im Großhaus von Rok, in dem er mit den Meistern das Frühstück eingenommen hatte.

Erschrocken wachte er auf, sein Herz pochte heftig, seine Beine, die gegen die Ruderbank gepresst waren, schmerzten. Er setzte sich auf und versuchte den schrecklichen Traum zu vergessen. Im Osten war es noch nicht hell geworden, doch die Dunkelheit schien dort nicht mehr so dicht zu sein. Der Mast knarrte, das Segel, prall gefüllt von einer frischen Brise aus Nordosten, schimmerte schwach und hoch über ihm. Sein Gefährte lag im Heck und schlummerte ruhig und friedlich. Arren legte sich wieder nieder und fiel in einen leichten Schlaf, bis der helle Tag ihn weckte.

Die See schien noch blauer und ruhiger als am Vortag zu sein. Nie hätte er sich das Meer so vorgestellt! Das Wasser war so angenehm und klar, dass ihm das Schwimmen wie ein Gleiten oder Schweben in Luft vorkam, es war fast wie in einem Traum.

Während der Mittagszeit fragte er: »Geben Zauberer viel auf Träume?«

Sperber angelte. Seine ganze Aufmerksamkeit war auf die Angelschnur gerichtet. Nach einer Weile erwiderte er: »Warum?«

»Ich wüsste gerne, ob sie je wahr sind.«

»Aber sicher.«

»Sagen sie die Zukunft voraus?«

Aber der Magier hatte einen Fisch am Haken, und zehn Minuten später, als er ihr Mittagessen, einen prächtigen, silberblauen Barsch, an Bord gezogen hatte, war die Frage vergessen.

Am Nachmittag, als sie sich unter dem Sonnensegel, das sie vor der brennenden Sonne schützte, ausgestreckt hatten, fragte Arren: »Was suchen wir in Lorbanery?«

»Das, was wir suchen.«

Nach einer Weile sagte Arren: »In Enlad erzählt man die Geschichte von dem Jungen, dessen Schulmeister ein Stein war.«

»O ja? ... Was hat der von ihm gelernt?«

»Keine Fragen zu stellen.«

Sperber schnaubte, und es klang, als müsste er ein Lachen unterdrücken, dann setzte er sich auf. »Na gut«, sagte er. »Im Allgemeinen rede ich ja erst, wenn ich weiß, worüber ich rede. Also – warum wird in der Stadt Hort und in Narveduen und vielleicht überall in den Bereichen keine Magie mehr gewirkt? Zogen wir nicht aus, um die Antwort darauf zu finden?«

»Doch.«

»Hast du schon die Redensart gehört: *Die Bereiche haben ihre eigenen Gesetze?* Seeleute sagen das oft, aber eigentlich wurde die Redensart von einem Magier geprägt, und sie bedeutet nichts anderes, als dass Magie vom Ort abhängt. Eine Formel, die in Rok wirkt, ist vielleicht völlig wirkungslos auf Iffisch. Die Ursprache, die Sprache des Schöpfens, hat sich nicht überall gleich gut erhalten, hier ein Wort und da ein Wort. Und wenn ein Zauber gewirkt wird, so spielen Wind, Wasser und Erde und das Licht, das auf den Ort fällt, eine Rolle. Einmal bin ich ganz weit nach Osten gesegelt und weder Wind noch Wasser folgten dort meinem Befehl, sie kannten ihre wahren Namen nicht oder vielmehr war ich es, der sie nicht kannte.

Die Welt ist riesengroß, das Meer erstreckt sich weiter, als wir es je werden erforschen können, und es gibt Welten außerhalb dieser Welt. Und über diesen Abgründen von Zeit und Raum, glaube ich, behält kein Wort seine ureigentlichste Bedeutung und seine Macht, außer dem Ersten Wort, das Segoy sprach, als er alles schuf, oder dem Letzten Wort, das noch nicht und erst dann gesprochen wird, wenn alles sein Ende gefunden hat ... Und so gibt es selbst hier auf der Erdsee, auf den vielen kleinen Inseln, die wir kennen, Unterschiede und Geheimnisse. Und am unbekanntesten und geheimnisvollsten ist der Südbereich. Nur ganz wenige Zauberer der Innenländer sind hierher gekommen und kennen die Menschen hier. Zauberer sind hier nicht willkommen, denn – so wird behauptet – die Menschen hier besitzen ihre eigene, magische Kunst. Aber die Gerüchte sind vage, und es kann gut sein, dass die magische Kunst hier nie recht Fuß gefasst hat, dass sie nie recht verstanden wurde. Wenn das der Fall ist, so könnte sie leicht von jemandem, der es darauf abgesehen hat, ganz zunichte gemacht werden, viel leichter jedenfalls als unsere Zauberkunst in den Innenländern. Und zu uns dringt nur die Kunde, dass die Magie im Süden verschwunden sei.

Dort, wo es Selbstdisziplin gibt, dort wirkt unsere Kunst stark und tief; aber dort, wo die Richtung und das Ziel fehlen, dort bleiben die Taten der Menschen oberflächlich und haben keine nachhaltige Wirkung. Denk an die dicke Frau mit ihren Spiegeln! Sie hat ihre Macht verloren, und nun glaubt sie, dass sie nie Macht besessen hat. Und Hase nimmt Hazia und bildet sich ein, weiter zu wandern als der größte Magier, und dabei verirrt er sich bereits in den alleräußersten Gefilden des Traumes ... Aber wohin *glaubte* er zu gehen? Was sucht er? Warum hat er seine Zaubermacht verloren? Von der Stadt Hort, glaube ich, hatten wir genug, und deswegen wenden wir uns jetzt nach Süden, nach Lorbanery, um herauszufinden, was wir herausfinden müssen ... Habe ich deine Fragen beantwortet?«

»Ja, aber ... «

»Dann lass den Stein eine Weile in Ruhe!«, sagte der Magier. Er saß beim Mast, in dem gelblichen, glänzenden Schatten unter dem Sonnensegel, und schaute hinaus aufs Meer, gegen Westen, während das Boot den ganzen Nachmittag lang auf südlichem Kurs dahinglitt. Er saß aufrecht und reglos. Die Stunden verstrichen. Arren ging ein paarmal schwimmen. Er ließ sich vom Heck des Bootes aus geräuschlos ins Wasser gleiten, er wollte nicht an dem dunklen Blick vorbeigehen, der gen Westen gerichtet war und der weiter als die helle Linie des Horizonts, weiter als die blaue Luft, weiter als das Licht selbst zu reichen schien.

Sperber kehrte endlich aus dem Schweigen zurück und sprach doch nicht mehr als ein gelegentliches Wort. Arren war so erzogen, dass er hellhörig für die Gemütsstimmungen eines Menschen war, er spürte, wenn ein Mensch aus Höflichkeit oder Zurückhaltung seine wahren Gefühle verbergen wollte. Er wusste, dass das Herz seines Gefährten schwer war. Er stellte keine weiteren Fragen mehr. Als es dunkel wurde, fragte er: »Würde es Sie stören, wenn ich singe?« Sperber bemühte sich zu scherzen und sagte: »Das hängt vom Gesang ab.«

Arren saß mit dem Rücken gegen den Mast gelehnt und sang. Seine Stimme war nicht mehr so hoch und klar wie vordem, als der Musikmeister in der Halle zu Berila ihn unterrichtet und auf seiner großen Harfe begleitet hatte; die hohen Töne waren nicht mehr so glockenhell, sie waren voller geworden, und die tiefen glichen einer Viola, sie waren dunkel und weich. Er sang des Weißen Zauberers Sterbelied, die Klage Elfarrans, als sie von Morreds Tod erfuhr und auf ihren eigenen wartete. Nicht oft und nicht leichtfertig wird dieses Lied gesungen. Sperber hörte die junge, starke und sichere Stimme, die voll Trauer und Schmerz unter dem roten Abendhimmel über die weite See klang, und Tränen traten in seine Augen und verschleierten seinen Blick.

Arren schwieg eine Weile, als er das Lied zu Ende gesungen hatte. Dann sang er leichtere, anspruchslosere Melodien, und seine Stimme umschmeichelte und bestrickte das wellenbewegte Meer, die vom Wind bewegte Luft und das immer schwächer werdende Licht der hereinbrechenden Nacht.

Als er verstummte, war alles ringsum still: Kein Wind

regte sich, die Wellen waren kaum wahrnehmbar, das Holz und die Seile knarrten leise. Die See war verstummt und über ihnen erschien ein Stern nach dem andern. Ein durchdringend helles Licht leuchtete im Süden auf und goss einen goldenen Funkenregen über das Wasser.

»Ein Leuchtfeuer! Schauen Sie!« Und eine Sekunde später: »Ist das vielleicht ein Stern?«

Sperber blickte eine Weile auf das Licht, dann sagte er: »Ich glaube, das ist der Stern Gorbadon. Man kann ihn nur im Südbereich sehen. Gorbadon bedeutet Krone. Kurremkarmerruk hatte uns das erzählt, und wenn wir noch weiter nach Süden fahren würden, dann würden noch acht weitere Sterne, einer nach dem andern, unter Gorbadon auftauchen und ein eindrucksvolles Sternbild formen, manche sagen, es gleiche einem Läufer, andere sehen die Rune Agnen darin, die Rune des Endens.«

Sie sahen zu, wie der Stern sich langsam über dem Horizont erhob und mit gleichmäßig starkem, stetigem Licht leuchtete.

»Du hast Elfarrans Lied gesungen«, sagte Sperber, »so als ob du ihren Schmerz nachempfinden könntest, und du hast ihn mich mitfühlen lassen ... Von all den Geschichten, die in der Erdsee erzählt werden, hat mich diese immer am meisten gefesselt. Morreds Mut, trotz der Hoffnungslosigkeit, und Serriadh, der milde König, der jenseits der Hoffnungslosigkeit geboren wurde, ich bewundere sie. Und dann sie, Elfarran! Als ich die schlimmste Tat meines Lebens vollbrachte, hatte ich mich zu ihr, zu ihrer Schönheit, hingewandt, und ich habe sie gesehen – ganz kurz habe ich Elfarran gesehen.«

Ein kalter Schauer rieselte Arrens Rücken hinunter. Er schluckte und rührte sich nicht, seine Augen waren auf den prächtigen, beunruhigenden, topasfarbenen Stern gerichtet.

»Wer ist dein Held?«, fragte der Magier, und Arren sagte nach kurzem Zögern: »Erreth-Akbe.«

»Weil er der Größte war?«

»Weil er, wenn er gewollt hätte, über die ganze Erdsee hätte herrschen können, aber er tat es nicht, sondern er ging fort, ganz allein, und er war allein, als er im Kampf mit dem Drachen Orm an Selidors Küste starb.«

Sie saßen eine Weile schweigend, jeder hing seinen eigenen Gedanken nach, dann fragte Arren, und sein Blick war noch immer auf den gelb leuchtenden Gorbadon gerichtet: »Dann ist es also wahr, dass die Toten durch Magie wieder ins Leben zurückgerufen werden und mit lebenden Menschen reden können?«

»Mit gewissen Zauberformeln des Gebietens können wir Tote erwecken, ja. Aber das wird nur sehr selten getan, und ich bezweifle, ob es jemals gut ist, das zu tun. Und in diesem Punkt stimmt der Meister des Gebietens mit mir überein, er unterrichtet die palnische Zauberkunst, in der diese Formeln enthalten sind, nicht. Die mächtigsten Formeln stammen von dem Grauen Magier zu Paln, der vor ungefähr tausend Jahren lebte. Der gebot den alten Helden und Magiern, selbst Erreth-Akbe, zu erscheinen und die Fürsten von Paln in Fragen der Kriegsführung und bei der Regierung zu beraten.

»Und was geschah?«

»Der Rat von Toten nützt den Lebenden wenig. Paln ging elendiglich zugrunde, und der Graue Magier wurde vertrieben, und als er starb, hatte er keinen Namen mehr.«

»Es ist also böse, wenn man das tut?«

»Ich würde eher sagen, dass es ein Missverständnis ist – ein Missverständnis des Lebens. Denn Leben und Tod sind ein und dieselbe Sache – wie die zwei Seiten meiner Hand, die Innenfläche und der Handrücken. Doch obwohl sie ein Ganzes formen, sind sie verschieden ... Sie können weder getrennt noch verwechselt werden.«

»Dann werden also heutzutage diese Formeln nicht mehr gebraucht?«

»Ich habe nur einen Menschen gekannt, der sie unbekümmert benutzte, ohne an das Risiko zu denken. Denn es ist riskant und gefährlich, weit mehr als alle andere Magie. Wie gesagt, Leben und Tod sind wie die beiden Seiten meiner Hand, doch um die Wahrheit zu sagen, wir wissen nicht, was Leben und Tod wirklich bedeuten. Und sich Macht anzumaßen über etwas, das man gar nicht versteht, ist nicht weise, und es ist unwahrscheinlich, dass je etwas Gutes dabei herauskommen wird.«

»Wer war der Mann, der sie gebrauchte?«, fragte Arren. Er hatte Sperber noch nie so nachdenklich und aufgeschlossen gefunden, noch nie so willig, Fragen zu beantworten. Beiden tat es gut, miteinander zu reden, obwohl das Thema unheimlich war.

»Er lebte in Havnor. Er war nur ein einfacher Zauberer, aber er war ein mächtiger Magier von Natur aus. Er benutzte seine Kunst, um Geld zu verdienen. Er zeigte jedem, der zahlen konnte, den Geist, den er sehen wollte, eine tote Ehefrau, einen toten Ehemann, ein Kind, sein Haus war voll aufgestörter Geister vergangener Jahrhunderte, darunter auch die schönen Frauen alter Zeit, als wir noch einen König hatten. Ich war Zeuge, wie er meinen alten Meister Nemmerle, der in meinen jungen Jahren Erzmagier zu Rok war, zu sich rief, nur um die Schaulust der Leute, die nichts zu tun hatten, zu befriedigen. Und diese große Seele musste dem Ruf folgen und kam gehorsam wie ein Hund zu seinem Herrn. Ich war aufgebracht und trat ihm entgegen – damals war ich noch nicht Erzmagier – und sagte zu ihm: ›Sie zwingen die Toten, in Ihr Haus zu kommen, folgen Sie mir in deren Haus!‹ Und ich habe ihn gezwungen, mir in das Trockene Land zu folgen, obgleich er sich mit seiner ganzen Macht dagegen sträubte und seine Gestalt veränderte und laut heulte. Aber es half ihm alles nichts.«

»Sie haben ihn getötet?«, flüsterte Arren gebannt.

»Nein! Ich habe ihn nur gezwungen, mir in das Land des Todes zu folgen und wieder mit mir zurückzukehren. Er hatte Angst. Er, der den Toten gebot, zu ihm zu kommen, hatte schreckliche Angst vor dem Tod – seinem eigenen Tod; noch nie habe ich einen Menschen gesehen, der größere Angst hatte! Nun, und als wir zu der Steinmauer kamen … aber ich erzähle dir mehr, als ein Novize zu wissen braucht. Und du bist noch nicht einmal ein Novize.«

Die klaren Augen drangen durch die Dämmerung und erwiderten Arrens Blick; sie dämpften seine Wissbegierde ein wenig. »Es macht wohl nichts«, fuhr der Erzmagier fort, »da ist also eine Steinmauer, sie befindet sich an einer bestimmten Stelle, dort wo die Grenze ist. Nach dem Tod geht der Geist über diese Mauer, und ein lebender Mensch kann diese Mauer nicht übersteigen, nur einem Magier ist es möglich … Und an dieser Steinmauer hatte sich der Mann hingekauert, auf der Seite des Lebens, und er hat versucht, meinem Willen zu widerstehen, und er konnte es nicht. Er hat sich mit den Händen an den Steinen festgekrallt und hat geheult und gefleht. Noch nie zuvor in meinem Leben habe ich solche Feigheit gesehen. Seine Furcht bereitete mir Übelkeit und ich wurde wütend. Daran hätte ich erkennen müssen, dass ich unrecht tat. Aber ich war zu stolz und zu erzürnt. Denn er war sehr mächtig, und ich war versessen darauf, zu beweisen, dass ich der Mächtigere war.«

»Was hat er später getan – nachdem Sie zurückgekehrt waren?«

»Im Staube gekrochen ist er und hat geschworen, nie mehr die palnische Zauberkunst zu wirken, er hat meine Hände geküsst und hätte mich umgebracht, wenn er es gewagt hätte. Er hat Havnor verlassen und ging in den Westen, vielleicht nach Paln. Jahre später habe ich gehört, dass er gestorben ist. Als ich ihn kannte, war er schon weißhaarig, aber er hatte lange Arme und war so gelenkig wie ein Ringer. Wie kam ich darauf, von ihm zu sprechen? Ich kann mich nicht einmal mehr an seinen Namen erinnern.«

»An seinen wahren Namen?«

»Nein! An den kann ich mich noch erinnern ...« Er hielt inne, und drei Herzschläge lang war es totenstill.

»Cob nannten sie ihn in Havnor«, sagte er, und seine Stimme klang verändert, nachdenklich, vorsichtig. Es war zu dunkel, um seinen Gesichtsausdruck wahrzunehmen. Arren sah, wie er sich dem gelben Stern zuwandte, der nun schon hoch über den Wellen stand und einen gebrochenen, goldenen Pfad über sie warf, so fein und schmal wie der Faden einer Spinne. Lange schwieg er; dann sagte er: »Siehst du, nicht nur in Träumen, sondern in schon längst Vergessenem sehen wir, was uns bevorsteht. Wir reden, und es scheint nichts Wichtiges zu sein, weil wir die Bedeutung nicht erkennen wollen.«

Lorbanery

Aus zehn Meilen Entfernung sah Lorbanery ganz grün aus, so grün wie das Moos am Rande eines Brunnens. Im Näherkommen unterschied man Blätter und Baumstämme, Straßen und Häuser, Gesichter und Kleidung von Menschen, den Staub, die Schatten, kurzum alles, was zu einer von Menschen bewohnten Insel gehört. Doch der Gesamteindruck blieb: Lorbanery war eine grüne Insel, auf der jedes Stückchen Land, das nicht bebaut war und auf dem nicht einhergeschritten wurde, mit den kleinen, runden Hurbabäumen bepflanzt war. Die Blätter dieser Bäume sind Futter für die Raupen, aus deren Kokons die dünnen Fäden stammen, aus denen Seide gesponnen wird, die von den Männern, Frauen und Kindern auf Lorbanery zu feinen Geweben verarbeitet wird. In der Dämmerung flitzten Hunderte von Fledermäusen durch die Luft, die sich von den Seidenraupen ernähren. Davon fraßen sie viele, aber die Menschen nahmen es hin und töteten sie nicht, denn es galt unter den Seidenwebern als böses Omen, eine dieser grau geflügelten Fledermäuse zu töten. Denn, so sagen sie, wenn wir Menschen von den Seidenraupen leben, so haben die kleinen Fledermäuse das gleiche Recht dazu.

Die Häuser sahen lustig aus; ihre kleinen Fenster waren ganz unregelmäßig angeordnet, und ihre Dächer waren mit Hurbazweigen gedeckt, die mit Moos und Flechten bewachsen waren und sich grün über die Häuserwände wölbten. Es musste einst eine wohlhabende Insel gewesen sein; erstaunlich, wenn man in Betracht zog, dass es eine Insel der Außenbereiche war, die gewöhnlich weniger wohlhabend als die Inseln des Innenmeeres sind. Spuren einstigen Reichtums waren noch überall sichtbar. Man konnte sehen, dass die Häuser einst gut verputzt und gut eingerichtet gewesen waren; große Spinnräder waren noch zu sehen und große Webstühle und Hallen, wo früher geschäftig gearbeitet wurde; der Hafen von Sosara hatte verschiedene, aus Stein gebaute Piers, an denen Dutzende von Galeeren gleichzeitig festmachen konnten. Doch die Anlegestellen waren leer, der Verputz an den Häusern war abgebröckelt, die Möbel waren alt und wurmstichig, und die Spinnräder und Webstühle standen still, Staub lag darauf, und Spinnweben zogen sich von Pedal zu Pedal, von den Kettfäden zu den Rahmen.

»Zauberer?«, fragte der Bürgermeister von Sosara, ein kleiner Mann mit einem Gesicht, das so hart und lederbraun war wie die Sohlen seiner nackten Füße. »In Lorbanery gibt es keine Zauberer, hat es noch nie welche gegeben.«

»Wer hätte das gedacht!«, sagte Sperber erstaunt. Er saß mit acht oder neun der Dorfbewohner zusammen und trank Hurbabeerenwein, ein dünnes, bitteres Getränk. Er hatte ihnen notgedrungen sagen müssen, dass er und sein Gefährte in den Südbereich gesegelt waren, um Emmelsteine zu suchen, aber sonst hatte er sich nicht verändert. Arren hatte sein Schwert wieder auf dem Boot gelassen, und wenn Sperber seinen Stab dabeihatte, waren sie gut genug gerüstet. Die Dorfbewohner waren zunächst misstrauisch gewesen, und es sah eine Weile so aus, als ob sie sich feindlich verhalten würden, aber dank Sperbers Geschick und seiner Gewandtheit mit Worten durften sie sich beide – mit Vorbehalt allerdings – ihnen zugesellen. »Hier muss es Leute geben, die gut mit Bäumen umzugehen wissen«, sagte er jetzt. »Was macht ihr denn, wenn ein später Frost kommt?«

»Nichts«, antwortete ein magerer Mann am Ende der Reihe. Sie saßen alle nebeneinander unter dem Dachvorsprung, mit dem Rücken an die Hauswand des Wirtshauses gelehnt, und direkt vor ihren nackten Füßen klatschte der warme Aprilregen auf die Erde.

»Regen, nicht Frost, richtet Schaden an«, sagte der Bürgermeister. »Die Kästen mit den Raupen verfaulen. Kein Mensch hält Regen zurück. Hat noch keiner fertig gebracht.« Das Thema Zauberer und Zauberei schien ihn aufzubringen, einige der anderen waren weniger erbost, und einer sagte: »Hat nie geregnet, nicht zu dieser Jahreszeit jedenfalls, als der Alte noch am Leben war.«

»Wer? Der alte Mildi? Der lebt nicht mehr. Der ist tot«, sagte der Bürgermeister.

»Baumgärtner haben sie ihn geheißen«, sagte der Magere. »Stimmt. Baumgärtner hieß er«, bestätigte ein anderer. Und Schweigen legte sich über sie wie Regen.

Arren saß am Fenster der kleinen Gaststätte. An der Wand hatte er eine alte Laute entdeckt, eine der Lauten, die nur drei Saiten haben, wie man sie nur auf der Seideninsel kennt. Er versuchte ihr Töne zu entlocken, aber er spielte ganz leise, nicht viel lauter als der Regen, der auf das Moosdach fiel.

»Auf den Märkten in Hort«, sagte Sperber, »verkaufen sie Stoffe und preisen sie als Seide aus Lorbanery an. Manche sind tatsächlich Seide, aber nicht aus Lorbanery.«

»Wir hatten vier oder fünf schlechte Jahre«, seufzte der Magere.

»Fünf Jahre sind's her, am Brachmond hat's angefangen«, sagte ein alter Mann; er sprach mit kauender Bewegung und mehr zu sich selbst als zu den anderen. »Ja, ja, seit der alte Mildi gestorben ist, und der ist tot, und war lange nicht so alt wie ich. Am Brachmondabend, ja, ja, da ist er gestorben.«

»Mangel treibt die Preise hoch«, sagte der Bürgermeister. »Für einen Ballen mittelfeiner Blauer kriegen wir jetzt so viel wie früher für drei.«

»Wenn wir überhaupt was kriegen! Wo sind denn die Schiffe? Und das Blau ist nicht echt«, sagte der Magere, und es entspann sich ein halbstündiger Streit über die Qualität der Farben, die in der großen Arbeitshalle verwendet wurden.

»Wer macht die Farben?«, fragte Sperber, und ein neuer Disput entbrannte. Es stellte sich heraus, dass das Färben in den Händen einer Familie gelegen hatte, die sich tatsächlich Zauberer nannten, aber wenn es Zauberer gewesen waren, so hatten sie ihre Kunst verloren, und kein Mensch hatte sie wiedergefunden, wie der Magere mit saurer Miene feststellte. Und alle, außer dem Bürgermeister, stimmten überein, dass das berühmte Blau von Lorbanery und das unvergleichliche Purpur, das »Drachenfeuer«, das die Königinnen von Havnor dereinst getragen hatten, nicht mehr das Gleiche waren. Irgendetwas fehlte an den Farben. Vielleicht war der Regen zu jeder Jahreszeit oder die Farberde oder der Färber daran schuld. »Auf die Augen kommt's an«, sagte der Magere. »Es gibt Leute, die ein echtes Azur nicht von blauem Dreck unterscheiden können«, und er blickte den Bürgermeister herausfordernd an. Doch der war nicht gewillt, den Streit fortzusetzen. Alle schwiegen wieder.

Der dünne Wein schien ihre Gemütsverfassung zu vergiften, die Gesichter blickten immer verdrossener drein. Nur das Rauschen des Regens zwischen den unzähligen Blättern der Bäume, die in den Gärten des Tales standen, das Flüstern des Meeres am Ende der Straße und das leise Klingen der Laute in der Dunkelheit des Hauses waren zu vernehmen.

»Kann er singen, Ihr Junge mit dem Mädchengesicht?«, fragte der Bürgermeister.

»Aber sicher kann er singen. Stimm was an, mein Junge!«

»Es gelingt mir nicht, die Laute aus dem Moll herauszulocken«, sagte Arren lächelnd aus dem Fenster. »Sie will weinen, die Laute. Was wünschen Sie zu hören?«

»Was Neues«, brummte der Bürgermeister.

Die Laute erklang. Er hatte schon herausgefunden, wie sie zu spielen war. »Das ist vielleicht neu hier«, sagte er. Dann hob er an:

Bei dem roten Zweig und bei dem weißen Zweig
Bei den weißen Meeresstraßen von Soléa,
bei den tief hängenden roten Zweigen,
die ihre Blüten über mein
gebeugtes Haupt neigen, schwer
vom Kummer um den verlorenen Liebsten,
bei dem roten Zweig und bei dem weißen Zweig,
bei dem Schmerz, der nie versiegen wird,
schwöre ich, Serriadh,
ich, Morreds und meiner Mutter Sohn,
dass ich auf ewig und immerdar
des Unheils gedenken werde, das geschehen ist,
auf ewig und immerdar.

Niemand rührte sich: Die verbitterten und die verschmitzten Gesichter, die abgearbeiteten Hände, die gebeugten Körper, alles war still. Sie saßen im warmen Regen, in der Dämmerung des Südens, und hörten das Lied, das wie der Schrei eines grauen Schwanes über die kalte See bei Éa, klagend und tieftraurig, in ihre Herzen drang. Sie schwiegen noch lange, nachdem das Lied geendet hatte.

»Das ist ein merkwürdiges Lied«, meinte schließlich einer zögernd.

Und ein anderer, überzeugt, dass die Insel Lorbanery im Mittelpunkt aller Länder und Zeiten liege, meinte: »Fremde Musik klingt immer merkwürdig – und trübselig dazu.«

»Jetzt gebt ihr ein Lied zum Besten!«, munterte sie Sperber auf. »Ich persönlich würde gern was Lustiges hören. Der Junge hier singt immer von alten Helden, die schon längst tot sind.«

»Gut, ich sing euch was«, sagte der Mann, der zuletzt gesprochen hatte. Er war zunächst etwas verlegen, doch dann stimmte er ein munteres Trinklied an, vom Wein, der so lieblich und rein, mit einem Trallala und einem Fallala am Ende, doch niemand fiel in den Refrain ein, und er sang sein Lied nicht zu Ende.

»Selbst das Singen klappt nicht mehr«, sagte er ärgerlich. »Da sind die jungen Leute dran schuld, alles muss zugegeben und geändert werden und keiner will mehr die alten Lieder lernen!«

»Das ist es nicht«, sagte der Magere. »Nichts klappt mehr. Nichts ist mehr so, wie es war.«

»Stimmt, stimmt«, ließ sich die dünne Stimme des ältesten Mannes vernehmen. »Das Glück fehlt. Fort ist's. Daran liegt's.«

Darauf ließ sich nichts erwidern, und die Dorfbewohner verließen das Gasthaus zu zweit und zu dritt, bis Sperber allein draußen vor dem Fenster saß. Und Arren hörte drinnen, wie er lachte, aber es war ein bitteres Lachen.

Die scheue Frau des Schankwirts kam, breitete Strohsäcke und Decken auf dem Boden für sie aus und verschwand sofort wieder. Sie legten sich zum Schlafen nieder. Zahllose Fledermäuse nisteten in dem hohen Dachgebälk und flogen die ganze Nacht mit unaufhörlichem Gepiepse durch die unverglasten Fenster aus und ein. Erst als die Morgendämmerung kam, kehrten sie alle zurück und hängten sich, sorgfältig hintereinander angeordnet wie kleine graue Bündelchen, an die Dachbalken.

Vielleicht war die Rastlosigkeit der Fledermäuse an Arrens unruhigem Schlaf schuld. Viele Nächte waren vergangen, seit er nicht mehr an Land geschlafen; sein Körper war nicht mehr an die unbewegliche Erde gewöhnt und bestand darauf, dass er geschaukelt werde, bevor er einschlafe, doch dann – plötzlich – tat sich der Boden unter ihm auf und er erwachte mit einem Ruck. Dann, als er endlich einschlief, träumte er, dass er im Laderaum des Sklavenschiffs angekettet war, und die Männer, an die er gekettet war, waren alle tot. Mehr als einmal schreckte er aus diesem Traum auf und versuchte ihn zu vergessen, doch sobald er wieder einschlief, nahm der gleiche grausige Traum seinen Fortgang. Schließlich fand er sich allein auf diesem Schiff, doch war er noch immer angekettet und konnte sich nicht bewegen. Dann vernahm er eine ganz merkwürdige Flüsterstimme, die ihm langsam ins Ohr zischelte: »Befreie dich von deinen Fesseln!« und noch einmal: »Befreie dich!« Daraufhin versuchte er sich zu bewegen, und siehe da, er konnte sich bewegen. Er stand auf. Er schaute sich um und sah ein immenses, dunkel verhangenes Moor unter einem tiefen bleiernen Himmel. Die Erde und die stickige Luft erfüllten ihn mit Grauen. Dieser Ort war die Furcht selbst, er bestand aus Beklemmung und Schrecken. Und er, Arren, stand inmitten dieses Ortes, und es gab keinen Weg, und er war ganz klein wie ein Kind, wie eine Ameise, und der Ort war grenzenlos, endlos, unheimlich. Er versuchte zu gehen, stolperte und wachte dann auf.

Jetzt, da er nicht mehr schlief, schlich sich die Furcht in sein Herz; sie war jetzt in ihm, er war nicht mehr in ihr, und sie war nicht geringer geworden, sie war noch immer grenzenlos. Er glaubte in dem dunklen Raum ersticken zu müssen und suchte mit den Augen nach den Sternen im schwach umrissenen Viereck des Fensters, doch keine Sterne waren zu sehen, obwohl der Regen aufgehört hatte. Er lag wach auf seinem Lager und fürchtete sich. Die Fledermäuse flogen ein und aus, auf lautlosen, ledernen Schwingen, und er konnte ihre wispernden Stimmen, an der Schwelle der Hörbarkeit, ab und zu vernehmen.

Der Morgen brach hell an. Sie standen sehr früh auf, und Sperber erkundigte sich überall ernsthaft nach Emmelstein. Obwohl keiner der Dorfbewohner wusste, was Emmelstein war, hatte doch jeder seine eigene Ansicht und es entspannen sich hitzige Wortwechsel. Sperber hörte zu, aber es war nicht das Für und Wider des Emmelsteins, das ihn interessierte, er spitzte die Ohren, um einen Einblick in andere Dinge zu erlangen. Schließlich folgten sie dem Rat des Bürgermeisters und machten sich auf den Weg zu einem Steinbruch, wo das Mineral für den blauen Farbstoff gebrochen wurde. Doch Sperber bog bald vom Weg ab.

»Das hier muss das Haus sein«, sagte er. »Hier an diesem Weg muss die Familie der Färber und der in Ungnade gefallene Zauberer wohnen.«

»Lohnt es sich denn, mit ihnen zu reden?«, fragte Arren, der sich nur noch allzu gut an Hase erinnerte.

»Irgendwo ist der Mittelpunkt dieser ganzen unheimlichen Entwicklung«, sagte der Magier kurz. »Irgendwo ist der Ort, wo das Unglück seinen Ursprung hat. Und dorthin, zu diesem Ort, brauche ich einen Führer!« Damit ging er weiter, und Arren hatte keine andere Wahl, als ihm zu folgen.

Das Haus stand abseits in den dazugehörigen Hainen. Es war ein stattliches Haus, aber es sah ziemlich verwahrlost aus, genauso verwahrlost wie die Felder ringsum. Die Kokons ungesammelter Seidenraupen hingen, teils zerfetzt, an den zerfledderten Zweigen, und auf dem Boden darunter lagen graue Schichten toter Larven und Motten. Von dem Haus, das unter Bäumen stand, ging ein Geruch der Verwesung aus, der Arren abrupt an den entsetzlichen Traum der vergangenen Nacht erinnerte.

Sie hatten das Haus noch nicht ganz erreicht, als die Tür

aufflog und eine grauhaarige Frau mit geröteten Augen herausstürzte und schrie: »Fort, fort mit euch! Ihr Lumpenpack, ihr Diebe, ihr Verleumder, ihr Lügner, ihr Schafsköpfe, ihr Geschmeiß! Fort mit euch! Seid verflucht, ihr Gesindel!«

Sperber blieb ziemlich überrascht stehen, dann hob er die Hand und vollführte eine seltsame Geste. Er sprach nur ein Wort: »Wende dich ab!«

Die Frau blieb wie angewurzelt stehen, als sie das hörte. Sie starrte ihn an.

»Warum hast du das getan?«

»Um deinen Fluch von uns abzuwenden.«

Sie starrte noch immer; schließlich sagte sie mit rauer Stimme: »Fremde?«

»Aus dem Norden.«

Sie näherte sich. Arren war zuerst versucht gewesen, über das alte Weib, das schreiend in seiner Tür stand, zu lachen. Doch als sie näher kam, schämte er sich. Sie war abstoßend und trug nur Lumpen, ihr Atem roch, doch ihre starrenden Augen sprachen von Schmerz und Pein.

»Ich habe keine Macht zum Fluchen mehr«, sagte sie gequält, »keine Macht.« Sie ahmte Sperbers Geste nach. »Das macht man immer noch dort, wo du herkommst?«

Er nickte. Sein Blick ruhte auf ihr, und sie schaute ihn an. Nach einer Weile veränderten sich ihre Züge, und sie fragte: »Wo ist dein Stab?«

»Den zeige ich nicht hier, Schwester.«

»Natürlich, du hast Recht. Er hält dich vom Leben ab.

Wie meine Macht; sie hat mich auch vom Leben abgehalten. Deswegen habe ich sie verloren. Alles, was ich gewusst habe, alles habe ich verloren, all die Worte, all die Namen. Mit winzigen Fäden, wie Spinnenfäden, kamen sie mir aus den Augen und aus dem Mund heraus. Die Welt hat einen Riss, und alles Licht rinnt heraus. Und mit dem Licht verschwinden die Worte. Wusstest du das? Mein Sohn hockt den ganzen Tag da und blickt ins Dunkel. Er sucht den Riss in der Welt. Er sagt, er würde besser sehen, wenn er blind wäre. Er hat sein Geschick als Färber verloren. Wir waren die Färber von Lorbanery. Schau her!« Vor ihren Augen schüttelte sie ihren dünnen, aber erstaunlich muskulösen Arm, der bis zur Schulter von sanften Schattierungen unaustilgbarer Farben bedeckt war. »Es lässt sich nie ganz von der Haut abwaschen«, sagte sie. »Aber der Geist reinigt sich, der erinnert sich nicht mehr an die Farben. Wer bist du?«

Sperber antwortete nicht. Wiederum blickte er sie unverwandt an, und Arren, der daneben stand, wurde es unheimlich zumute.

Plötzlich begann sie zu zittern und flüsterte: »Ich kenne dich ...«

»Gewiss. Gleich und Gleich erkennt sich, Schwester.«

Arren beobachtete gebannt, wie sie erschrocken vor dem Magier zurückwich und fliehen wollte – und doch von ihm angezogen wurde und das Verlangen hatte, vor ihm niederzuknien.

Er ergriff ihre Hand und hielt sie fest. »Willst du deine

Macht zurückhaben, deine Kunst, die Namen? Ich kann sie dir wiedergeben.«

»Du bist der Große«, flüsterte sie. »Du bist der König der Schatten, der Fürst des dunklen Reiches ...«

»Nein, der bin ich nicht. Ich bin kein König. Ich bin ein Mensch, sterblich, dein Bruder und dir ähnlich.«

»Aber du wirst nicht sterben?«

»Doch, ich werde sterben.«

»Aber du wirst zurückkehren und ewig weiterleben.«

»Nein. Kein Mensch kann das.«

»Dann bist du nicht ... nicht der Große, der Fürst der Dunkelheit«, sagte sie mit gerunzelter Stirn und schaute ihn schräg und weniger furchtsam von der Seite an. »Aber du bist auch ein Großer. Gibt es denn zwei? Wie heißt du?«

Sperbers harte Züge entspannten sich ein wenig. »Das kann ich dir nicht sagen«, sagte er sanft.

»Ich werde dir etwas verraten«, sagte sie. Sie hatte sich aufgerichtet und blickte ihm nun voll ins Gesicht; in ihrer Stimme und in ihrer Haltung lag die Spur einstiger Würde. »Ich will nicht auf ewig weiterleben. Ich hätte viel lieber die Namen der Dinge zurück. Aber sie sind alle verschwunden. Namen spielen jetzt keine Rolle mehr. Es gibt keine Geheimnisse mehr. Willst du meinen Namen wissen?« Ihre Augen glänzten, ihre Hände ballten sich zu Fäusten; sie lehnte sich nach vorn und flüsterte: »Ich heiße Akaren.« Dann schrie sie laut auf: »Akaren, Akaren, ich heiße Akaren. Jetzt wissen alle meinen geheimen, meinen wahren Namen, und es gibt keine Geheimnisse, keine

Wahrheit mehr, es gibt keinen Tod mehr – keinen Tod mehr – keinen Tod!« Sie schrie die letzten Worte laut schluchzend hinaus und Schaum trat auf ihre Lippen.

»Sei still, Akaren!«

Sie verstummte. Tränen rannen ihr übers Gesicht, das schmutzig und teilweise von ihrem strähnigen, grauen Haar bedeckt war.

Sperber nahm das verrunzelte, verweinte Gesicht zwischen seine beiden Hände und küsste sie ganz sacht auf die Augen. Sie stand regungslos da und hielt ihre Augen geschlossen. Dann flüsterte er einige Worte in der Ursprache in ihr Ohr und küsste sie noch einmal, dann ließ er sie los.

Sie schaute ihn mit klaren Augen eine Weile nachdenklich und erstaunt an. Ein neugeborenes Kind blickt so auf seine Mutter, eine Mutter blickt so auf ihr Kind. Sie wandte sich langsam um und ging auf ihre Tür zu, trat ein und schloss sie hinter sich. Sie bewegte sich ruhig, und der staunende, stille Ausdruck blieb auf ihrem Gesicht liegen.

Schweigend wandte sich der Magier um und ging zum Weg zurück. Arren folgte ihm. Er wagte nicht, irgendwelche Fragen zu stellen. Nachdem sie einige Schritte gegangen waren, hielt der Magier in dem verwahrlosten Hain inne und sagte: »Ich habe ihren Namen von ihr genommen und gab ihr einen neuen. Und in gewissem Sinne ist sie wiedergeboren. Es blieb mir nichts anderes übrig.«

Er sprach mit Mühe, und seine Stimme klang erstickt.

»Sie war einst eine mächtige Frau«, fuhr er fort, »keine

gewöhnliche Hexe oder Zaubertrankmischerin, sondern eine Frau, die bewandert war in den Hohen Künsten und die ihr Wissen benutzte, um Gutes und Schönes zu wirken, eine stolze, verehrenswerte Frau. Sie hat ein gutes Leben geführt, und alles war umsonst.« Er drehte sich brüsk um und ging den Pfad zwischen den Obstbäumen entlang. Er blieb neben einem Baum stehen, Arren den Rücken zugekehrt.

Arren wartete im warmen, vom Schattenspiel der Blätter unterbrochenen Sonnenlicht auf ihn. Er wusste, dass Sperber ihn nicht mit seinen Gefühlen belasten wollte, und er konnte ihm auch nicht helfen, weder mit Worten noch mit Taten. Doch er fühlte mit der ganzen Stärke seines Herzens den Schmerz seines Gefährten; seine Zuneigung war tiefer geworden als die romantische Flamme, die Verehrung, die er zuerst für ihn empfunden hatte; jetzt schmerzte sie ihn, denn sie kam aus der Tiefe seines Herzens und sie band ihn, untrennbar, an seinen Begleiter. Mitfühlen, Mitempfinden hatte seine Zuneigung gefestigt, hatte sie zu einem Ganzen geschlossen und ihr Bestand verliehen.

Nach einer Weile kam Sperber durch den grünen Schatten der Bäume zu ihm zurück. Beide schwiegen. Seite an Seite gingen sie den Weg zum Dorf. Es war ziemlich heiß geworden. Der Regen der vergangenen Nacht hatte keine Spuren hinterlassen. Der Staub wirbelte unter ihren Füßen auf, als sie dahinschritten. Am Morgen war Arren der Tag bedrückend und schwer erschienen, die Träume der

Nacht hatten nachgewirkt. Doch jetzt kehrte das Wohlbehagen wieder in ihn zurück. Es gefiel ihm, abwechselnd in der brennenden Sonne und im kühlenden Schatten dahinzuwandern, ohne sich Gedanken über ihr Ziel machen zu müssen.

Er hätte nichts Besseres tun können, denn ihr Nachmittag verlief völlig ergebnislos. Sie unterhielten sich mit verschiedenen Männern, die in den Steinbrüchen arbeiteten, wo die zum Färben notwendigen Mineralien gewonnen wurden. Einige behaupteten, Emmelstein zu haben, und Sperber handelte ihnen ein paar Steinsplitter ab, die ihm als Emmelsteine angeboten wurden. Die späte Nachmittagssonne brannte heiß auf ihre Köpfe und Nacken, als sie nach Sosara zurückkehrten. Sperber meinte: »In Wirklichkeit ist es ja blauer Malachit, aber ich bin sicher, dass sie in Sosara den Unterschied auch nicht kennen.«

»Die Leute hier sind seltsam«, stellte Arren fest. »Sie kennen keine Unterschiede. Es ist so mit allem. Gestern Abend zum Beispiel hat der eine zum Bürgermeister gesagt: ›Du kannst ein wahres Azur nicht von blauem Dreck unterscheiden!‹ Und sie beklagen sich über die schlimmen Zeiten und wissen gar nicht, wann sie eigentlich angefangen haben, und sie klagen über schlechte Qualität, tun aber nichts, um sie zu verbessern, sie kennen nicht einmal den Unterschied zwischen einem Handwerker und einem Zaubermeister, zwischen Kunsthandwerk und magischer Kunst. Mir kommt es vor, als hätten sie Unterschiede, Farben und Umrisse nicht ganz klar im Kopf. Alles kommt ihnen gleich vor, alles scheint ihnen grau zu sein.«

»Stimmt«, sagte der Magier nachdenklich. Er marschierte eine Weile weiter, den Kopf wie ein Falke zwischen die Schultern gezogen. Obgleich er nicht besonders groß war, machte er lange Schritte: »Was fehlt ihnen?«

Ohne zu zögern antwortete Arren: »Lebensfreude.«

»Stimmt«, sagte Sperber wieder. Er grübelte eine Weile über Arrens Feststellung nach. »Ich bin froh«, sagte er schließlich, »dass ich dich dabeihabe und du für mich denkst, mein Junge ... Ich bin müde und komme mir ganz dumm vor. Es hat mir wehgetan und es schmerzt mich noch immer, an sie zu denken, die einst Akaren gewesen war. Zerstörung und Verlust kann ich nur schwer ertragen. Ich will keinen Feind. Doch wenn ich einen haben muss, so will ich ihn nicht suchen und finden und mich stellen ... Wenn man sich schon auf eine Suche begeben muss, dann sollte am Ende ein Schatz auf einen warten und nicht dieses Verabscheuungswürdige.«

»Ein Feind?«, fragte Arren.

Sperber nickte.

»Als sie von dem Großen, von dem König der Schatten ...?«

Sperber nickte wieder. »Ich glaube, ja«, sagte er. »Ich glaube, wir müssen nicht nur einen Ort, sondern auch einen Menschen suchen. Schlimm, ganz schlimm ist es, was hier auf dieser Insel vor sich geht: dieser Verlust an handwerklichem Können, an Stolz, diese Gleichgültigkeit. Das ist das Werk eines bösen Willens. Und dieser Wille hat es noch nicht einmal auf diese Insel hier abgesehen, Akaren und Lorbanery sind ihm ganz gleichgültig. Das, was wir verfolgen, ist weit mehr als eine Spur, es ist eine breite Bahn der Zerstörung, es kommt mir vor, als verfolgten wir einen Wagen, der sich losgerissen hat und jetzt den Berg hinunterpoltert und eine Lawine auslöst.«

»Hätte sie – Akaren – Ihnen nicht mehr über diesen Feind erzählen können: wer er ist, wo er ist und was er ist?«

»Jetzt nicht, mein Junge«, sagte der Magier leise, und seine Stimme klang hoffnungslos. »Sicher hätte sie können. In ihrem Wahnsinn war noch Zauberkunst. Ja, ihr Wahnsinn war ihre Zauberkunst. Aber ich konnte sie nicht festhalten, damit sie mir Auskunft gebe. Sie hat zu viel gelitten.«

Und er setzte seinen Weg fort, mit eingezogenem Kopf, als sei ihm selbst eine Last auferlegt und als suche er verzweifelt, seinen Schmerz zu lindern.

Arren wandte sich um, weil er Schritte hinter sich hörte. Er sah einen Mann, der, noch ziemlich weit weg, hinter ihnen herlief. Der Abstand verringerte sich rasch. Der Staub des Weges und sein langes, zerzaustes Haar glänzten in der Abendsonne und umgaben ihn wie einen Heiligenschein; sein langer Schatten hüpfte von Stamm zu Stamm entlang der Bäume, die am Weg standen. »Haltet an!«, rief er. »Hört zu! Ich hab's gefunden! Ich hab's gefunden!«

Der Mann kam auf sie zugerannt. Arrens Hand griff

dorthin, wo sein Schwert gewesen war, aber er bekam nur Luft zu fassen, dann griff er dorthin, wo sein verlorenes Messer gesteckt hatte, und fand wiederum nur Luft, dann ballte er die Hand zur Faust, alles innerhalb einer einzigen Sekunde; seine Brauen waren finster zusammengezogen und er machte einen drohenden Schritt nach vorne. Der Mann war einen ganzen Kopf größer als Sperber, breitschultrig, schwer atmend, und seine Augen blickten wild um sich. »Ich hab's gefunden!«, wiederholte er immer wieder, während Arren ihn mit strengem Blick musterte und mit herrischer Stimme Einhalt gebieten wollte. »Was wollen Sie von uns?«, fragte er ihn. Der Mann versuchte, um ihn herum auf Sperber zuzugehen. Arren vertrat ihm den Weg.

»Du bist der Färber von Lorbanery«, sagte Sperber.

Jetzt merkte Arren, dass er sich lächerlich benommen hatte, denn Sperber musste nur sechs Worte sagen, und der Mann atmete ruhiger und stellte das ziellose Gestikulieren mit seinen großen farbbefleckten Händen ein, sein Blick wurde weniger irr. Er nickte.

»Ich war der Färber«, sagte er, »aber jetzt kann ich nicht mehr färben.« Er blickte Sperber von der Seite her an und grinste, dann schüttelte er seinen rötlichen, staubigen Haarschopf. »Du hast meiner Mutter den Namen weggenommen«, sagte er. »Jetzt kenne ich sie nicht mehr und sie kennt mich nicht mehr. Sie mag mich immer noch, aber jetzt hat sie mich verlassen. Sie ist tot.«

Arrens Herz krampfte sich zusammen, aber er sah, dass

Sperber nur leicht den Kopf schüttelte. »Nein, nein«, sagte er. »Sie ist nicht tot.«

»Aber sie wird tot sein. Sie wird sterben.«

»Stimmt. Das ist eine Folge des Lebendigseins«, sagte der Magier. Der Färber stutzte und schien eine Weile über diese Worte nachzudenken, dann trat er auf Sperber zu, packte ihn an den Schultern und beugte sich über ihn. Das alles geschah so schnell, dass Arren ihn nicht daran hindern konnte, aber er stand so dicht bei ihm, dass er sein Flüstern vernahm: »Ich habe den Riss in der Dunkelheit gefunden. Der König stand dort. Er passt darauf auf, er bewacht es. Er hat ein kleines Licht in der Hand, eine Kerze. Er hat geblasen, und sie ist erloschen. Dann blies er noch mal, und sie brannte wieder! *Sie brannte!*«

Sperber wehrte sich nicht dagegen, festgehalten zu werden, und er gebot ihm nicht, lauter zu sprechen. Er fragte nur ganz schlicht: »Wo warst du, als du das gesehen hast?«

»Im Bett.«

»Geträumt?«

»Nein.«

»Auf der anderen Seite der Mauer?«

»Nein«, sagte der Färber, und seine Stimme klang ernüchtert; man sah, dass ihm unbehaglich wurde. Er gab die Schultern des Magiers frei und trat einen Schritt zurück.

»Nein, ich … ich weiß nicht, wo es ist. Ich habe es gefunden. Ich weiß nicht, wo.«

»Und gerade das wüsste ich gern«, sagte Sperber.

»Ich kann dir helfen.«

»Wie?«

»Du hast ein Boot. Du bist hierher gesegelt. Du segelst wieder fort damit. Nach Westen? Dort ist der Weg. Der Weg zu dem Ort, von dem er kommt. Es muss eine Stelle geben – hier –, denn er lebt ... er ist nicht wie die Geister, die Körperlosen, die über die Mauer gehen, nein, nein, er ist nicht so ... nur Seelen kommen über die Mauer, aber er hat einen Körper, sein Fleisch ist unsterblich. Ich habe gesehen, wie er die Flamme mit seinem Atem anblies, und er hat sie ausgelöscht. Das habe ich gesehen!« Ein ekstatischer Ausdruck kam über seine Züge und verlieh seinem Gesicht in dem späten rotgoldnen Licht eine wilde Schönheit. »Ich weiß, dass er den Tod überwunden hat. Ich weiß es. Ich habe meine Zauberkunst hergeben müssen, um das zu wissen. Ich war nämlich ein Zauberer! Du weißt das! Und du gehst dorthin zurück. Nimm mich mit!«

Das gleiche rotgoldne Licht fiel auf Sperbers Züge, doch sie blieben davon unberührt; sein Gesicht war hart. »Ich versuche dorthin zu gehen«, sagte er.

»Lass mich mitgehen!«

Sperber nickte kurz. »Wenn du fertig bist, wenn wir absegeln«, sagte er, genauso kurz angebunden wie zuvor.

Der Färber trat einen Schritt zurück, der triumphierende Ausdruck auf seinem Gesicht verschwand, es bewölkte sich, und er starrte Sperber mit großen stieren Augen unverwandt an. Es war, als ob ein Gedanke sich langsam durch den Sturm von Gefühlen, Visionen und Worten quäle, der ihn verwirrte. Endlich wandte er sich von ihnen ab und hastete, ohne ein Wort zu sagen, den Weg wieder zurück, in den aufgewirbelten Staub hinein, der sich noch nicht wieder gesetzt hatte. Arren seufzte erleichtert auf.

Auch Sperber seufzte, doch der Seufzer schien sein Herz nicht zu erleichtern. »Na ja«, sagte er, »auf seltsamen Wegen findet man seltsame Führer. Komm, gehen wir!«

Arren marschierte im gleichen Schritt neben ihm her. »Sie werden ihn doch nicht mitkommen lassen?«, fragte er.

»Das bleibt ihm überlassen.«

Und mir, dachte Arren, und Ärger wallte kurz in ihm auf. Doch er sagte nichts, und sie gingen schweigend weiter.

Man empfing sie nicht sehr freundlich in Sosara. Auf einer Insel, so klein wie Lorbanery, bleibt nichts unbekannt, und man hatte zweifellos gesehen, wie sie vom Weg abgebogen und sich dem Haus des Färbers zugewandt und mit dem Irren gesprochen hatten. Der Gastwirt bediente sie unwillig, und seine Frau hatte Todesangst vor ihnen. Am Abend, als die Männer des Dorfes, wie es ihre Gewohnheit war, unter dem Dachvorsprung entlang der Hauswand saßen, übergingen sie die Fremden sehr offensichtlich und bemühten sich, ein besonders lustiges und witziges Gespräch zu führen. Aber sie hatten wenig Anlass, lustig zu sein, und die Späße gingen ihnen bald aus. Lange Zeit saßen sie schweigend da, bis sich schließlich der Bürgermeister an Sperber wandte: »Haben Sie die blauen Steine bekommen?«

»Ja, ich habe ein paar blaue Steine bekommen«, antwortete Sperber höflich.

»Sopli hat Ihnen bestimmt gesagt, wo man sie bekommen kann.«

»Hahaha«, ertönte es von der Wand. Die offensichtliche Ironie fand den Beifall aller.

»Sopli? Ist das der rothaarige Mann?«

»Der Irre. Heute Morgen haben Sie mit seiner Mutter gesprochen.«

»Ich habe einen Zauberer gesucht«, sagte der Zauberer.

Der magere Mann, der ihm am nächsten saß, spuckte in die Dunkelheit. »Wozu?«

»Ich habe gehofft, dass ich vielleicht das finden werde, was ich suche.«

»Wenn Leute nach Lorbanery kommen, dann suchen sie Seide, nicht Steine«, stellte der Bürgermeister fest. »Sie suchen auch kein Zauberzeug, kein Mit-dem-Arm-Herumschwingen und Gefasel und Hexengeplänkel. Hier wohnen ehrliche Leute, die ein ehrliches Handwerk treiben.«

»Das stimmt. Er hat Recht«, ließen sich die anderen vernehmen. »Wir brauchen keine Fremden hier, keine, die sich in unsere Angelegenheiten mischen und ihre Nase in Sachen stecken, die sie nichts angehen.«

»Das stimmt. Er hat Recht«, ertönte es im Chor.

»Wenn wir Zauberer hätten, die nicht verrückt wären, dann würden wir sie in unseren Werkstätten anstellen, aber die wissen ja nicht, was es heißt, ordentlich zu arbeiten.«

»Sie wüssten es vielleicht schon, wenn es Arbeit gäbe«, sagte Sperber. »Aber eure Schuppen stehen ja leer, eure Bäume sind vernachlässigt, und die Seide in den Lagerhallen wurde schon vor Jahren gewebt. Was treibt ihr denn hier auf Lorbanery?«

»Wir kümmern uns um unsere eigenen Angelegenheiten«, erwiderte der Bürgermeister barsch, aber der Magere unterbrach ihn aufgeregt. »Warum kommen denn keine Schiffe, he? Was ist denn los in Hort? Hat das mit unserer Seide zu tun, die nicht mehr die gleiche Qualität hat wie ...?«

Wütende Stimmen unterbrachen ihn. Sie begannen untereinander zu streiten, sprangen auf, der Bürgermeister schüttelte die Faust dicht vor Sperbers Gesicht, ein anderer hielt plötzlich ein Messer in der Hand. Ihre Stimmung war umgeschlagen, ein wilder Taumel hatte sie erfasst. Arren war aufgesprungen. Er blickte auf Sperber; er wartete darauf, dass der aufstehen würde und sich im plötzlichen Glanz seines magischen Lichtes vor ihnen erheben und sie mit seiner Macht zum Schweigen bringen würde. Aber er rührte sich nicht. Er blieb sitzen und blickte von einem zum anderen und hörte gelassen ihren Drohungen zu. Und allmählich verstummten sie. Sie konnten ihren Zorn genauso wenig aufrechterhalten wie ihr Lustigsein. Das

Messer verschwand in der Scheide. Die Drohungen milderten sich zu Beschimpfungen. Sie verließen die Kampfstätte wie Hunde nach einer Rauferei: die einen hoch erhobenen Hauptes, die anderen den Schwanz eingezogen.

Als sie alleine waren, stand Sperber auf, ging in die Gaststätte und nahm einen tiefen Schluck Wasser aus dem Krug, der neben der Tür stand. »Komm, Junge!«, sagte er. »Mir reicht's hier.«

»Zum Boot?«

»Ja.« Er legte zwei Silberstücke auf den Fenstersims, um für Bewirtung und Übernachtung zu zahlen. Dann hob er das leichte Bündel mit ihrer Kleidung auf die Schultern. Arren war müde und schläfrig, aber nachdem er einen Blick in die Gaststube geworfen hatte, die stickig und düster war und in deren Gebälk das unaufhörliche Piepsen und Rascheln der Fledermäuse zu vernehmen war, erinnerte er sich wieder an die vergangene Nacht und folgte Sperber bereitwillig. Auch hoffte er, als sie die einzige Straße von Sosara in der Dunkelheit hinabschritten, dass sie nun diesem verrückten Sopli entkommen würden. Aber als sie den Hafen erreichten, fanden sie ihn wartend an der Anlegestelle.

»Da bist du ja«, sagte der Magier. »Geh an Bord, wenn du mitkommen willst.«

Ohne ein Wort zu sprechen, stieg Sopli ins Boot und kauerte sich wie ein großer, zottiger Hund beim Mast nieder. In diesem Moment begehrte Arren auf. »Mein Gebieter!«, sagte er. Sperber wandte sich um. Sie standen sich gegenüber.

»Die Leute hier auf der Insel sind alle verrückt. Ich dachte, Sie seien es nicht. Warum nehmen Sie ihn mit?«

»Als Führer.«

»Als Führer – in den Wahnsinn? Zum Tod durch Ertrinken oder mit einem Messer im Rücken?«

»Zum Tod, ja – aber auf welchem Weg, weiß ich auch nicht.«

Arren war erregt, und obgleich Sperbers Stimme ruhig klang, so lag doch ein warnender Unterton darin. Er war nicht gewohnt, zur Rede gestellt zu werden. Doch seit Arren am Spätnachmittag versucht hatte, ihn vor dem Irren auf der Straße zu schützen, und gemerkt hatte, wie unnötig und umsonst sein Schutz gewesen war, fühlte er eine Bitternis in sich, und das überwältigende Gefühl der Zuneigung, das ihn am Morgen überkommen hatte, war verschwunden und ausgelöscht. Er war nicht in der Lage, Sperber zu schützen, er durfte keine Entscheidung treffen, ja er wusste oder verstand nicht einmal, was sie nun eigentlich suchten.

Er wurde nur mitgeschleppt, er war so unnütz wie ein Kind. Aber er war kein Kind mehr.

»Ich möchte mich nicht mit Ihnen streiten«, sagte er, so kalt er es vermochte. »Doch das hier – das übersteigt die Vernunft.«

»Es übersteigt die Vernunft. Wir gehen dorthin, wo uns

die Vernunft nicht weiterhilft. Kommst du oder kommst du nicht?«

Tränen des Zorns traten in Arrens Augen. »Ich habe gesagt, dass ich mitkommen und Ihnen dienen werde. Ich bin nicht wortbrüchig.«

»Dann ist es gut«, sagte der Magier und wandte sich schroff ab; doch dann schien er sich zu besinnen und drehte sich Arren zu: »Ich brauche dich, Arren, und du brauchst mich. Jetzt kann ich es dir sagen: Dem Weg, dem wir folgen, dem musst du folgen, nicht aus Gehorsam und Ergebenheit mir gegenüber, sondern weil er für dich bestimmt war, noch bevor du mich gesehen, bevor du deinen Fuß auf Rok gesetzt und bevor du Enlad verlassen hast. Du kannst nicht umkehren.«

Seine Stimme war nicht weicher geworden. Arren antwortete im gleichen kalten Ton: »Wie könnte ich denn umkehren? Ohne Boot, hier am Rande der Welt?«

»Das hier der Rand der Welt? Nein, der liegt weiter draußen. Viel weiter. Wir kommen vielleicht noch dorthin.«

Arren nickte kurz und sprang ins Boot. Sperber löste das Seil und sprach einen leichten Wind in das Segel. Als sie die finster aufragenden, leeren Docks von Lorbanery hinter sich hatten, blies eine frische Brise aus dem dunklen Norden, kühl und rein, und der Mond goss sein silbernes Licht über das glatte Wasser. Er zog links von ihnen seine Bahn, als sie die Küste der Insel in südlicher Richtung umsegelten.

Der Verrückte

Der Verrückte, der Färber von Lorbanery, kauerte beim Mast, hielt seine Knie mit den Armen umschlungen und den Kopf gesenkt. Sein struppiger Haarschopf sah schwarz aus im Licht des Mondes. Sperber hatte sich in eine Decke gewickelt und schlief im Heck des Bootes. Keiner von beiden rührte sich. Arren saß aufrecht am Bug. Er hatte sich geschworen, die ganze Nacht wach zu bleiben und aufzupassen. Wenn der Magier annahm, dass ihr wahnsinniger Passagier weder ihn noch Arren in der Nacht anfallen würde, so war das seine Sache; er, Arren, traf seine eigenen Entschlüsse, er hatte seinen eigenen Pflichten nachzukommen.

Doch die Nacht war lang und ruhig. Das Licht des Mondes ruhte still auf dem Wasser. Sopli, am Mast kauernd, schnarchte langsam und leise vor sich hin. Das Boot glitt ruhig über die glatte Fläche, und der Schlaf überkam Arren, ohne dass er es merkte. Er schreckte kurz auf und sah, dass der Mond sich kaum verändert hatte; er gab seine selbst gewählte Rolle als Wache auf und legte sich, nachdem er sich ein bequemes Lager hergerichtet hatte, zum Schlaf nieder.

Wieder träumte er, was er auf dieser Reise immer zu tun schien, und zunächst waren die Träume unzusammenhängend, doch auf eine seltsame Weise erfreulich und beglückend. Dort, wo der *Weitblick* Mast war, wuchs jetzt ein Baum mit weiten, überhängenden, dicht belaubten Zweigen; Schwäne, die sich mit mächtigen Schwingen vor ihnen niederließen, leiteten das Boot; weit vor ihnen, über der beryllfarbenen See, schimmerten die weißen Türme einer Stadt, jetzt befand er sich in einem dieser Türme und eilte leichtfüßig eine Wendeltreppe hinauf. Diese Bilder verwoben und veränderten sich, kamen und gingen und schoben sich zwischen andere Träume, die keine Spuren hinterließen; doch plötzlich befand er sich wieder in dem schrecklichen, düsteren Dämmerlicht auf dem Moor, und seine Furcht wuchs und wurde immer größer, bis er nicht mehr atmen konnte. Doch er bewegte sich immer weiter, weil er weitergehen musste. Nach langer Zeit bemerkte er, dass er nicht geradeaus gelaufen war, sondern im Kreis und sich jetzt wieder auf seinen eigenen Spuren befand. Aber etwas in ihm zwang ihn, einen Weg zu finden, er musste hier herauskommen. Und die Aufgabe wurde immer zwingender, immer notwendiger. Er fing an zu laufen. Doch als er rannte, wurden die Kreise immer enger und der Boden begann sich zu neigen. Er rannte in die immer unheimlicher werdende Dunkelheit hinein, immer schneller, am Rande eines abgrundtiefen, runden Schachtes entlang, der wie ein riesiger Strudel alles in sich hineinzusaugen schien: Und als er das wahrnahm, stolperte er und fiel auf den Boden.

»Was ist los, Arren?«

Sperber sprach vom Heck des Schiffes her. Eine fahlgraue Morgendämmerung hielt See und Himmel in ihrem Bann.

»Nichts.«

»Ein Traum?«

»Nichts.«

Arren fror; sein rechter Arm, der unter ihm eingezwängt gewesen war, schmerzte. Er schloss die Augen vor dem immer heller werdenden Licht und dachte: »Er spielt mal auf das und mal auf jenes an; nie sagt er mir deutlich, wo wir nun eigentlich hingehen oder warum ich da hingehen soll. Und jetzt schleppt er noch diesen Wahnsinnigen mit. Es ist verrückt, ihm zu folgen, aber wer ist der Verrücktere, ich oder der Irre? Die zwei verstehen sich vielleicht ganz gut, die Zauberer sind ja jetzt die Wahnsinnigen, hat dieser Sopli gesagt. Ich könnte jetzt daheim in Berila sein, in meinem Zimmer mit den geschnitzten Wänden und den roten Teppichen auf dem Boden; im Kamin würde ein Feuer lodern, und ich würde aufwachen und dann mit meinem Vater auf die Falkenjagd gehen. Warum bin ich mit ihm gegangen? Warum hat er mich mitgenommen? Weil es mein vorbestimmter Weg sei, hat er gesagt. Aber das ist nichts als Zauberergeschwätz, die machen ja große Worte um nichts und wieder nichts. Und die Bedeutung der Worte liegt immer woanders. Wenn mir ein Weg vorherbestimmt ist, dann ist es der nach Hause, nicht einer, der in die Außenbereiche führt. Ich habe Pflichten zu erfüllen daheim, und ich gehe ihnen aus dem Weg. Wenn er wirklich glaubt, dass es irgendwo einen Feind der Zauberkunst gibt, warum ist er dann allein, nur mit mir, ausgezogen. Er hätte einen anderen Magier mitnehmen sollen, der ihm hätte helfen können – Hunderte hätte er mitnehmen können; er hätte eine ganze Heerschar, eine ganze Flotte mitnehmen können. Wenn wirklich eine große Gefahr bestünde, wäre es dann klug, nur einen alten Mann und einen Knaben in einem Boot ausziehen zu lassen? Es war reiner Wahnsinn. Er war selbst verrückt. Es ist so, wie er gesagt hat: Er selbst sucht den Tod. Er sucht den Tod, und er will mich mitnehmen. Aber ich bin nicht verrückt und nicht alt; ich will noch nicht sterben; ich werde nicht mit ihm gehen.«

Er stützte sich auf seinen Ellbogen und schaute nach vorne. Der Mond, der bei der Ausfahrt aus der Bucht von Sosara vor ihnen aufgegangen war, stand wieder direkt vor ihnen, doch jetzt wurde er immer blasser. Hinter ihm begann, fahl und matt, ein neuer Tag. Keine Wolken waren zu sehen, der ganze Himmel schien aus einer bleichen Decke zu bestehen. Als der Tag voll angebrochen war, wurde es heiß, aber die Sonne war verhüllt, sie schien ohne Glanz.

Den ganzen Tag lang segelten sie an der Küste von Lorbanery entlang, die sich flach und grün rechter Hand hinzog. Eine leichte Brise blies vom Land her und füllte ihr Segel. Gegen Abend kamen sie an einem langen, letzten

Vorgebirge vorbei; die Brise legte sich. Sperber sprach einen magischen Wind in das Segel, und wie sich ein Falke vom Arm des Jägers erhebt, so richtete sich die *Weitblick* auf und flog, die Seideninsel rasch hinter sich lassend, über die See.

Sopli, der Färber, hatte den ganzen Tag zusammengekauert am Mast verbracht, er hatte offensichtlich Angst vor dem Boot und Angst vor dem Meer; er war seekrank und bot ein Bild des Jammers. Jetzt sprach er, mühsam und heiser: »Fahren wir nach Westen?«

Die Abendsonne schien ihm voll ins Gesicht, doch Sperber, der bei seinen dümmsten Fragen nicht die Geduld verlor, nickte.

»Nach Obehol?«

»Liegt Obehol westlich von hier?«

»Ganz weit westlich. Vielleicht ist dort der Ort?«

»Wie sieht er aus, der Ort?«

»Woher soll ich das wissen? Wie konnte ich ihn denn sehen? Er ist nicht auf Lorbanery! Ich hab jahrelang danach gesucht, vier, fünf Jahre, in der Dunkelheit, in der Nacht, meine Augen waren fest zu, und immer hat er gerufen: ›*Komm! Komm!*‹, aber ich konnte nicht kommen. Ich bin kein großer Zauberer, der sich dort, wo es immer dunkel ist, auskennt. Aber es gibt einen Ort, wo Licht ist, wo sogar die Sonne scheint. Und Mildi und meine Mutter haben das nicht verstanden. Die haben immer nur dort, wo es dunkel ist, gesucht. Dann ist der alte Mildi gestorben, und meine Mutter wurde verrückt. Sie hat die Formel vergessen, die wir beim Färben benutzten, und das hat sie nicht verkraftet. Sie wollte sterben, aber ich hab gesagt, sie soll warten, bis ich den Ort gefunden habe. Es muss einen geben. Wenn die Toten in diese Welt zurückkehren können, dann muss es irgendwo einen Ort geben, wo das geschieht.«

»Kommen die Toten zurück ins Leben?«

»Ich hab gedacht, dass du das weißt«, sagte Sopli nach einer Pause und schaute Sperber prüfend von der Seite an.

»Ich versuche es herauszufinden.«

Sopli erwiderte nichts. Der Magier schaute ihm plötzlich voll ins Gesicht, seine Augen waren forschend und zwingend auf ihn gerichtet, doch seine Stimme war sanfter als zuvor: »Sopli, willst du herausfinden, wie man ewig weiterleben kann?«

Sopli blickte kurz auf, dann barg er seinen zerzausten, braunroten Haarschopf in den Armen und schaukelte sich hin und her, während er mit den Händen seine Fußgelenke umklammert hielt. Diese Stellung schien er immer einzunehmen, wenn er Angst hatte, dann war er nicht ansprechbar und schien nicht wahrzunehmen, was um ihn herum vorging. Arren wandte sich angewidert und verzweifelt ab. Wie konnten sie tage- oder wochenlang mit Sopli in einem sechs Meter langen Boot zubringen? Es war, als ob man den gleichen Körper mit einer von Krankheit zersetzten Seele zu teilen hätte.

Sperber kam nach vorne und ließ sich mit einem Knie auf die Ruderbank nieder. Er schaute in das gelbliche Abendlicht und sagte: »Der Mann hat ein weiches Herz.«

Arren gab keine Antwort. Er fragte nur: »Was ist Obehol? Den Namen habe ich noch nie gehört.«

»Ich kenne nur den Namen der Insel und weiß, wo sie auf der Seekarte liegt … Schau her, die Gefährten von Gorbadon!«

Der große topasfarbene Stern stand jetzt höher im Süden und unter ihm erhoben sich, aus dem trüben Dunst über dem Meer aufsteigend, zwei weitere Sterne, ein weißer Stern links und ein bläulich weißer rechts, und formten ein Dreieck mit Gorbadon.

»Wie heißen sie?«

»Meister Namengeber wusste es nicht. Vielleicht wissen es die Leute auf Obehol und Wellogy. Ich kenne sie nicht. Wir befinden uns auf fremden Meeren, Arren, und wir segeln unter dem Zeichen des Endens.«

Der Junge antwortete nicht. Er schaute mit Widerwillen auf die hellen, namenlosen Sterne, die sich über dem endlosen Wasser erhoben.

Die Tage verstrichen. Sie segelten immer weiter nach Westen; die südliche Frühlingssonne lag warm auf dem Wasser, und ein heller Himmel wölbte sich über sie. Doch Arren kam es vor, als sei das Licht gedämpft, wie Licht, das schräg durch Glas fällt. Die See war lauwarm und wenig erfrischend, wenn er darin schwamm.

Ihre eingesalzenen Nahrungsmittel schmeckten fad. Alles Frische, alles Klare war verschwunden, das Tageslicht selbst schien getrübt, nur die Nächte waren wie früher, ja, es schien sogar, als ob die Sterne hier in einem helleren Glanz funkelten. Er legte sich auf den Rücken und schaute zu ihnen hinauf, bis ihn der Schlaf überkam. Und wenn er eingeschlafen war, dann kam der Traum: immer wieder der gleiche Traum von dem Moor oder von dem runden Schacht oder von einem Tal, das von hohen Felswänden umgeben war, oder von einem Weg, der unter einem tief verhangenen Himmel immer weiter abwärts führte; alles lag in einem Halbdunkel und er war umgeben von einem Grauen und Entsetzen, dem er vergeblich zu entrinnen versuchte.

Mit Sperber sprach er nie darüber. Er sprach überhaupt nur Belangloses mit ihm, meist hing es mit dem täglichen Segeln zusammen; Sperber, aus dem man schon immer jedes Wort hatte herausquetschen müssen, schwieg nun dauernd.

Arren sah jetzt ein, welch ein Narr er gewesen war, als er sich mit Leib und Seele diesem ruhelosen, verschwiegenen Mann anvertraut hatte, der sich von Stimmungen treiben ließ und keinerlei Anstrengung machte, sein Leben unter Kontrolle zu bekommen, und selbst dem Tode nicht auszuweichen schien. Eine verwegene Stimmung war über Sperber gekommen, und Arren glaubte den Grund dafür zu wissen: Sperber wollte sein eigenes Versagen nicht wahrhaben – das Versagen der Zauberkraft, wollte nicht wahrhaben, dass sie keine Macht mehr hatte.

Denjenigen, denen die Geheimnisse der Zauberkunst vertraut waren, war bewusst geworden, dass es mit der magischen Kunst, von der Sperber und all die Generationen von Zauberern und Hexenmeistern so viel Aufhebens gemacht hatten, im Grunde wenig auf sich hatte. Sie konnten Wind und Wetter handhaben, sie kannten die Heilkräuter, sie waren bewandert in Illusionskünsten mit Nebel, Licht und Verwandlungen, mit denen sie Uneingeweihte beeindrucken konnten, die aber letzten Endes doch nichts weiter als Tricks waren. Die Wirklichkeit blieb unangetastet. Magische Kunst gab keinem Menschen Macht über einen anderen, und gegen den Tod war auch sie wirkungslos. Magier lebten auch nicht länger als gewöhnliche Menschen. All ihren geheimen Worten gelang es nicht, ihre Sterbestunde auch nur für kurze Zeit hinauszuschieben.

Selbst in alltäglichen Dingen war nur wenig damit anzufangen. Sperber war immer sehr geizig mit seinen Künsten, sie segelten mit dem Wind der Welt, wann immer es möglich war, sie fischten, um sich zu ernähren, und er war mit dem Wasser so sparsam wie jeder andere Seemann. Nach vier Tagen ununterbrochenen Kreuzens in einem unbeständigen Gegenwind fragte Arren, ob er nicht ein wenig Rückenwind in ihre Segel zaubern könne, und als er den Kopf verneinend schüttelte, wollte Arren wissen: »Warum nicht?«

»Ich würde von keinem kranken Menschen verlangen, dass er ein Wettrennen laufe«, sagte Sperber, »und ich würde auch keinen Stein auf einen Rücken legen, der sich unter einer schweren Last krümmt.« Es war nicht klar, ob er von sich selbst oder von der Welt im Allgemeinen sprach. Seine Antworten kamen immer widerwillig heraus und waren stets schwer verständlich. Das, dachte Arren, war im Grunde die ganze Zauberkunst: auf gewichtige Dinge anspielen, in Wirklichkeit aber doch nichts sagen und Nichtstun als die Krone der Weisheit hinzustellen.

Arren hatte versucht, Sopli zu ignorieren, aber das war unmöglich; es kam sogar bald so weit, dass er in ihm eine Art Verbündeten sah. Sopli war nicht so verrückt, oder wenigstens nicht so einfach verrückt, wie sein wildes Haar und seine bruchstückhafte Rede es vermuten ließen. Das Verrückteste an ihm war seine maßlose Furcht vor dem Wasser. Es musste ihn ungeheuren Mut gekostet haben, in das Boot zu steigen, und seine Furcht hatte sich seither kaum gelegt. Er hielt seinen Kopf dauernd gesenkt, hauptsächlich, um nicht auf das Wasser blicken zu müssen, das sich unaufhörlich um ihn herum hob und senkte. Das Aufstehen machte ihn schwindlig und er klammerte sich am Mast fest. Als Arren das erste Mal einen Kopfsprung vom Boot aus ins Wasser machte, schrie Sopli voll Entsetzen auf; als Arren ins Boot zurückgeklettert kam, sah der arme Kerl ganz grünlich aus vor Angst. »Ich dachte, du wolltest dich ertränken«, sagte er, und Arren musste lachen.

Am Nachmittag des gleichen Tages, als Sperber meditierend im Boot saß und nicht wahrnahm, was um ihn herum vor sich ging, kam Sopli vorsichtig über die Ruderbank zu Arren gerutscht. Er sagte leise: »Du willst nicht sterben, oder?«

»Natürlich nicht.«

»Er will«, sagte Sopli und bewegte sein Kinn leicht in Sperbers Richtung.

»Warum sagst du das?«

Arren sprach in einem gebieterischen Ton mit ihm, der ihm ganz selbstverständlich schien, und den Sopli auch als ganz natürlich hinnahm, obwohl er mindestens zehn bis fünfzehn Jahre älter als Arren war. Er antwortete bereitwillig und ziemlich normal, doch war seine Rede, wie immer, unzusammenhängend. »Er will zu dem geheimen Ort gelangen ... Ich weiß aber nicht, warum. Er will nicht ... Er glaubt nicht an das ... das Versprechen.«

»Welches Versprechen?«

Sopli warf ihm einen kurzen Blick zu, etwas von seiner verlorenen männlichen Würde schien gekränkt zu sein. Doch Arrens Wille war stärker. Er antwortete flüsternd: »Du weißt doch ... Das Leben ... das ewige Leben.«

Arrens Körper durchlief es eiskalt. Er erinnerte sich an seine Träume: das Moor, der runde Schacht, die Felsen, das trübe Licht. Das war der Tod, das war das Grauen des Todes. Der Tod war es, dem er entrinnen musste, dieser Weg war es, den er suchte. Und auf der Schwelle stand eine Gestalt, von Schatten eingehüllt, die ihm ein kleines Licht, nicht größer als eine Perle, entgegenhielt, das glimmende Licht unsterblichen Lebens.

Zum ersten Mal blickte Arren in Soplis Augen: Sie waren hellbraun und ganz klar, und er sah darin, dass er endlich verstanden hatte und dass Sopli dieses Wissen mit ihm teilte.

»Er«, sagte der Färber, und wiederum zuckte sein Kinn in Sperbers Richtung, »er will seinen Namen nicht hergeben. Und niemand kann seinen Namen dorthin mitnehmen. Der Weg ist viel zu schmal.«

»Hast du ihn gesehen?«

»Im Dunkel, in meinem Geist. Das genügt nicht. Ich will ihn sehen; mit meinen Augen, in dieser Welt will ich ihn sehen. Wenn ich – wenn ich sterben würde und den Weg, den Ort, nicht finden könnte? Die meisten Leute finden ihn nicht, die wissen nicht einmal, dass er existiert. Nur manche haben die Macht. Aber es ist schwer, denn man muss seine Macht aufgeben, um dorthin zu gelangen ... Keine Worte mehr, keine Namen. Es ist zu schwer, man kann es nicht im Geist tun. Und ... wenn man ... stirbt ... der Geist ... der ... stirbt auch.« Er stockte bei jedem Wort. Dann fuhr er fort: »Ich will wissen, ob ich zurückkommen kann. Ich will dorthin, auf die andere Seite des Lebens. Ich will leben, ich will sicher sein. Ich hasse ... ich hasse dieses Wasser ...«

Der Färber krümmte sich zusammen, wie es eine Spinne tut, wenn sie herunterfällt, und er zog den Kopf mit dem krausen roten Haar tief zwischen die Schultern – er konnte den Anblick des Wassers nicht ertragen.

Arren vermied es von nun an nicht mehr, sich mit Sopli zu unterhalten. Jetzt wusste er, dass Sopli nicht nur seine Träume, sondern auch seine Furcht teilte, und dass er, wenn es zum Alleräußersten kommen sollte, einen Verbündeten gegen Sperber haben würde.

Tagaus, tagein segelten sie gen Westen. In der Windstille und den unberechenbaren Brisen kamen sie nur langsam vorwärts, dorthin, wohin Sopli sie führte, wie Sperber vorgab. Doch Sopli leitete sie nicht, denn er, der überhaupt nichts vom Meer verstand, der noch nie eine Seekarte gesehen hatte, der noch nie zuvor in einem Boot gesessen hatte, er hatte eine tödliche Angst vor dem Wasser. Der Magier leitete sie, und er führte sie mit Absicht ins Unheil. Das war Arren inzwischen ganz klar, und er wusste auch, warum er das tat. Der Erzmagier hatte erkannt, dass sie und noch andere das ewige Leben suchten, dass es ihnen versprochen worden war, dass sie davon angezogen wurden und es vielleicht finden würden. Und in seinem Stolz, in seinem maßlosen Stolz als Erzmagier fürchtete er, dass sie es möglicherweise erlangen könnten; er beneidete und fürchtete sie, denn er konnte nicht zulassen, dass es einen Menschen gab, der größer als er selbst war. Daher war er entschlossen, hinaus auf die hohe See zu segeln, fern von allen Küsten, bis sie völlig verloren waren und nie mehr ihren Weg zurück zur bewohnten Welt finden würden; dort würden sie den Tod des Verdurstens erleiden. Er selbst war bereit zu sterben, nur um zu verhindern, dass sie das ewige Leben erlangten.

Doch ab und zu sprach Sperber zu ihm über irgendeine Nebensächlichkeit, die sich auf das Segeln oder auf das Boot bezog, oder er schwamm mit ihm in dem warmen Wasser oder wünschte ihm eine gute Nacht unter den hell leuchtenden Sternen, und in diesen Augenblicken kamen dem Jungen all diese Gedanken völlig unsinnig vor. Er blickte seinem Gefährten ins Gesicht, er sah seine harten, strengen, geduldigen Züge, und er dachte: »Das ist mein Gebieter und Freund.« Und es kam ihm unfassbar vor, dass er an ihm hatte zweifeln können. Doch kurz danach stiegen wiederum Zweifel in ihm auf, und er und Sopli warfen sich warnende Blicke zu, die sie gegen ihren gemeinsamen Feind verbündeten.

Die Sonne schien jeden Tag gleich bleibend heiß, doch fehlte es ihr an Glanz. Ihr Licht lag matt auf den langsam dahinrollenden Wellen des Meeres. Wasser und Himmel waren gleichmäßig blau, ohne Unterschiede, ohne Schattierungen. Die Brisen erhoben sich kurz und starben dann wieder ab, und sie wendeten das Segel, um den Wind aufzufangen, und bewegten sich langsam vorwärts, keinem Ufer, keinem Land entgegen, sondern dorthin, wo es kein Ende gab.

Ein Nachmittag kam, an dem sie einen stetigen, achterlichen Wind hatten. Sperber deutete nach oben, als der Sonnenuntergang nahe war, und sagte: »Schau!« Hoch über dem Mast flog eine Schar Wildgänse in einer krummen Linie, die wie eine schwarze Rune aussah, über den hellen Himmel. Die Gänse flogen nach Westen: Die *Weitblick* folgte ihnen und am nächsten Tag kam eine große Insel in Sicht.

»Das ist es«, sagte Sopli. »Dieses Land, dort müssen wir hin.«

»Der Ort, den du suchst, der ist dort?«

»Ja. Wir müssen landen. Weiter können wir nicht fahren.«

»Das muss die Insel Obehol sein. Weiter westlich ist eine andere Insel, Wellogy. Und es gibt noch mehr Inseln, weiter draußen im Westbereich. Bist du sicher, Sopli?«

Der Färber von Lorbanery wurde zornig, und der verstörte Ausdruck kehrte in seine Augen zurück, aber Arren fand, dass er nicht wirr redete, nicht wie damals, vor vielen Tagen, als sie zum ersten Mal mit ihm auf Lorbanery gesprochen hatten. »Ja. Dort müssen wir landen. Wir sind weit genug gefahren. Der Ort, den wir suchen, ist hier. Soll ich schwören, dass ich es weiß? Soll ich bei meinem Namen schwören?«

»Das kannst du nicht«, sagte Sperber mit harter Stimme und schaute zu Sopli auf, der einen Kopf größer war als er. Sopli war aufgestanden und klammerte sich am Mast fest, um zu dem Land hinüberzublicken. »Versuch es nicht, Sopli!«

Der Färber blickte düster, Wut und Schmerz mischten sich auf seinem Gesicht. Er schaute auf die Berge, die blau in der Ferne vor ihnen lagen, über die rollende, bewegte Wasserfläche und sagte: »Du hast mich als Führer mitgenommen. Das ist der Ort. Wir müssen hier landen.«

»Wir gehen so oder so an Land hier, denn wir brauchen Wasser«, erwiderte Sperber und übernahm die Ruderpinne. Sopli kauerte wieder an seinem Platz neben dem Mast, und Arren hörte, wie er unablässig vor sich hin murmelte: »Ich schwör bei meinem Namen, bei meinem Namen«, und jedes Mal, wenn er es sagte, verzog sich sein Gesicht, als litte er große Schmerzen.

Der Wind blies aus dem Norden, als sie sich der Insel näherten und im heißen Sonnenlicht die Küste entlangsegelten, um eine Bucht oder einen Landeplatz zu finden. Doch die Wellen brandeten mit donnerndem Getöse überall an die schroffe nördliche Küste. Im Inneren der Insel erhoben sich im gleißenden Sonnenlicht Hügel, die bis zu ihren Spitzen bewaldet waren.

Sie umsegelten ein Vorgebirge und sahen endlich eine tiefe, sichelförmige Bucht mit weißem Sandstrand vor sich liegen. Die Wellen rollten sanft ans Ufer, ihre Wucht wurde von dem Vorgebirge abgehalten. Hier konnte ein Boot landen. Kein Mensch war am Ufer oder in den dahinter ansteigenden Wäldern zu sehen; kein Boot, kein Dach, kein Rauch war sichtbar. Die leichte Brise starb ab, sobald die *Weitblick* in die Bucht segelte. Alles war ruhig und still. Die Sonne brannte. Arren übernahm die Ruder. Sperber steuerte. Das Knirschen der Ruder in den Dollen war das einzig vernehmbare Geräusch. Die grünen Gipfel ragten über der Bucht auf, schlossen sie ein. Die Sonne lag wie ein glühend heißes Laken über dem Wasser. Arren hörte sein Blut in den Ohren pulsieren. Sopli hatte die Sicherheit des Mastes aufgegeben und hielt sich, im Vorderteil des Schiffes kauernd, am Dollbord fest. Seine Augen waren starr aufs Land gerichtet. Sperbers dunkles, vernarbtes Gesicht war schweißbedeckt und glänzte, als sei es geölt; seine Augen schweiften unablässig von den niedrigen

Brandungswellen hinauf zu den grün bewachsenen Höhen und wieder zurück.

»Jetzt«, sagte er zu Arren und dem Boot. Arren zog die Riemen dreimal kräftig durch, und die *Weitblick* glitt auf den Sand und setzte sanft auf. Sperber sprang aus dem Boot, um es mit Hilfe der letzten Welle vollends das Ufer hinaufzuschieben. Als er seine Hand ausstreckte, stolperte er und wäre gefallen, wenn er sich nicht am Heck festgehalten hätte. Unter Aufbietung aller Kräfte zog er das Boot zurück ins Wasser, als die Welle zurückrollte, und warf sich selbst hinein ins Boot, gerade als es zwischen Wasser und Ufer hing. »Rudere!«, keuchte er vor Anstrengung und versuchte, während das Wasser an ihm hinabströmte, auf alle viere gestützt, ruhiger zu atmen. In seiner Hand hielt er einen Speer – einen einen halben Meter langen Wurfspeer mit einer Bronzespitze. Woher war der gekommen? Ein anderer Speer kam geflogen, während Arren verwirrt die Ruder in den Händen hielt. Der Speer schlug an der Seite der Ruderbank auf, zersplitterte das Holz und prallte, sich überschlagend, zurück. Auf den niedrigen Hügeln und am Ufer unter den Bäumen sah man Menschen rennen, die sich hinter die Büsche duckten. Die Luft war erfüllt von einem pfeifenden, zischenden Geräusch. Arren zog schleunigst den Kopf ein, beugte sich nach vorne und ruderte mit mächtigen Schlägen: Zwei genügten, um sie aus dem flachen Wasser herauszubringen, mit drei weiteren hatte er das Boot herumgedreht und trieb es mit Leibeskräften über die Bucht davon.

Sopli, im Bug des Schiffes hinter Arrens Rücken stehend, begann zu schreien. Arrens Arme wurden plötzlich gepackt, sodass die Riemen aus dem Wasser hochschossen. Das Ende eines Riemens stieß in seine Magengrube. Es wurde ihm einen Augenblick lang schwarz vor den Augen und verschlug ihm den Atem. »Dreh um! Dreh um!«, schrie Sopli. Das Boot schlingerte und rollte steuerlos auf dem Wasser. Sobald Arren die Ruder wieder unter Kontrolle hatte, wandte er sich wütend um. Sopli war plötzlich nicht mehr an Bord.

Das tiefe Wasser der Bucht hob und senkte sich leise und schillerte im Sonnenlicht.

Arren, wie vor den Kopf geschlagen, blickte erst um sich, dann auf Sperber, der im Heck des Schiffes kauerte. »Hier«, sagte Sperber und deutete auf eine Stelle neben dem Boot, aber da war nichts zu sehen außer dem Wasser und dem blendenden Schimmer des Sonnenlichtes. Ein Speer, mit einer Wurfstange geschleudert, landete dicht neben dem Boot und verschwand geräuschlos im Wasser. Arren zog kräftig durch und brachte das Boot zehn oder zwölf Schläge weiter weg vom Ufer, dann hielt er inne und blickte fragend auf Sperber.

Sperbers Hände und sein linker Arm waren blutüberströmt; er presste ein Stück zusammengelegte Leinwand gegen seine Schulter. Der Speer mit der Bronzespitze lag am Boden. Sperber hatte ihn nicht gehalten, wie Arren im ersten Moment angenommen hatte, sondern der Speer hatte aus seiner Schulter geragt, aus dem Oberarm, wo die

Spitze eingedrungen war. Jetzt ließ Sperber den Blick prüfend über das Wasser gleiten, das sich zwischen ihnen und dem weißen Strand erstreckte, und beobachtete die kleinen Gestalten, die im heißen Sonnengeflimmer hin und her rannten. Schließlich sagte er: »Fahr weiter!«

»Sopli ...«

»Er ist nicht wieder aufgetaucht.«

»Ist er ertrunken?«, fragte Arren ungläubig.

Sperber nickte.

Arren ruderte, bis der Strand nur noch ein weißer Strich unter dem Wald und den grünen Gipfeln war. Sperber handhabte die Ruderpinne und hielt die Leinwand an seine Schulter gepresst, doch achtete er nicht darauf.

»Wurde er von einem Speer verletzt?«

»Er sprang.«

»Aber er ... er konnte nicht schwimmen. Er hatte Angst vor dem Wasser!«

»Und wie! Tödliche Angst hatte er. Er wollte ... er wollte an Land.«

»Warum haben sie uns angegriffen? Wer sind sie?«

»Sie müssen uns für Feinde gehalten haben. Kannst du ... kannst du mir einen Augenblick damit helfen?« Arren merkte erst jetzt, dass die Leinwand, die Sperber gegen seine Schulter gepresst hielt, blutdurchtränkt war.

Der Speer war zwischen das Schultergelenk und das Schlüsselbein eingedrungen und hatte eine der großen Adern aufgerissen, sodass die Wunde heftig blutete. Unter Sperbers Anweisung musste er ein Leinenhemd in Streifen reißen und einen Verband für die Wunde daraus machen. Sperber bat ihn, ihm den Speer zu reichen, und als Arren ihn auf seine Knie gelegt hatte, ließ Sperber seine Hand auf der Spitze ruhen, die lang und schmal wie ein Weidenblatt und aus roh gehämmerter Bronze gefertigt war, doch nach einer Weile schüttelte er den Kopf: »Ich habe keine Kraft in mir, um eine Zauberformel zu wirken«, sagte er. »Später. Es wird schon wieder gut werden. Kannst du uns aus dieser Bucht herausrudern, Arren?«

Schweigend kehrte der Junge an die Riemen zurück und begann zu rudern. Er ruderte mit aller Kraft und bald, denn sein geschmeidiger schlanker Körper war kräftig, brachte er die *Weitblick* aus der sichelförmigen Bucht hinaus aufs offene Meer. Die für den Südbereich typische mittägliche Meeresstille lag auf dem Wasser. Das Segel hing schlaff am Mast. Die Sonne war hinter einem Dunstschleier verborgen, und die grünen Gipfel flimmerten in der großen Hitze und schienen sich zu bewegen. Sperber hatte sich im Boot ausgestreckt, sein Kopf lehnte gegen die Sitzbank, über der sich die Ruderpinne befand; er lag bewegungslos, seine Lippen und Augen waren halb geöffnet. Arren vermied es, ihm ins Gesicht zu blicken, er starrte über den Bug hinaus aufs Meer. Die Hitze lag wie ein Schleier über dem Wasser, wie ein riesiges Spinnengewebe, das sich über den ganzen Himmel erstreckte. Seine Arme zitterten vor Erschöpfung, doch er ruderte weiter.

»Wohin ruderst du uns?«, fragte Sperber heiser und setzte sich ein wenig auf. Arren wandte den Kopf und sah, wie die sichelförmige Bucht ihre grünen Arme wieder um das Boot streckte, sah den weißen Strand wie einen Strich in der Ferne und die grünen Berge immer höher wachsen. Er hatte, ohne es zu bemerken, das Boot gewendet und war zurückgerudert.

»Ich kann nicht mehr weiterrudern«, sagte er und zog die Riemen ein. Er verstaute sie und kauerte sich dann im Bug des Bootes nieder. Er bildete sich ein, Sopli säße hinter ihm am Mast. Sie waren zu viele Tage auf dem Boot beisammen gewesen, sein Tod kam zu plötzlich, er war zu grundlos, er konnte ihn nicht begreifen. Nichts konnte er mehr begreifen.

Das Boot schaukelte auf den Wellen, das Segel hing schlaff am Mast. Die Flut hatte eingesetzt und drehte das Boot langsam längsseits. Die Strömung trieb es mit sanften Wellen auf den weit entfernten, weißen Strand zu.

»*Weitblick*«, sagte der Magier schmeichelnd und fügte ein paar Worte in der Ursprache hinzu. Das Boot wandte sich sofort um und glitt elegant hinaus aufs offene Meer, aus den grünen Armen der Bucht hinaus in die glühende Mittagshitze.

Aber noch keine Stunde war vergangen, und ganz allmählich verringerte sich die Geschwindigkeit des Bootes, und wieder hing das Segel schlaff am Mast. Arren blickte hinter sich und sah seinen Gefährten wie zuvor ausgestreckt liegen, aber sein Kopf war zurückgefallen und seine Augen waren geschlossen.

Ein krankhaftes, tiefes Grauen hatte von Arren Besitz ergriffen und lag lähmend auf ihm, es hielt seinen Körper und Geist wie mit feinen Fäden verschnürt und hinderte ihn am Handeln. Er brachte nicht die Kraft auf, gegen dieses Grauen anzukämpfen; er fühlte nur einen dumpfen Groll gegen sein Schicksal.

Er sollte das Boot hier, an der felsigen Küste eines Landes, dessen Einwohner Fremde angriffen, nicht einfach treiben lassen, das war ihm klar, aber es kümmerte ihn nicht. Was konnte er schon groß tun? Das Boot vielleicht nach Rok zurückrudern? Er war verloren, rettungslos verloren, hier, in der Weite des Südbereiches. Er könnte das Boot niemals wochenlang alleine zurücksegeln, bis er ein gastliches Ufer erreichen würde. Nur unter der Führung des Magiers war er dazu in der Lage, und Sperber war schwer verwundet und hilflos, genauso unerwartet und so grundlos, wie Sopli gestorben war. Sein Gesicht hatte sich verändert, seine Züge waren schlaff geworden und er sah gelblich aus, vielleicht lag er im Sterben. Es kam Arren in den Sinn, ihn unter das Sonnendach zu ziehen, um ihn vor den Sonnenstrahlen zu schützen und ihm Wasser zu geben. Menschen, die viel Blut verloren haben, müssen trinken. Aber sie hatten schon tagelang das Wasser streng rationiert, das Fass war beinahe leer. Was machte das schon aus? Alles war gleichgültig geworden, nichts spielte mehr eine Rolle. Das Glück hatte sie verlassen.

Stunden verstrichen; die Sonne schien erbarmungslos und der graue Dunst der Hitze umgab ihn. Er bewegte sich nicht.

Ein kühler Luftzug berührte seine Stirn. Er blickte auf. Es war Abend geworden. Die Sonne war verschwunden, der westliche Himmel war in ein mattes Rot gehüllt. Die *Weitblick* bewegte sich langsam, von einer leichten Brise aus dem Osten getrieben, und glitt an der steilen, bewaldeten Küste von Obehol entlang.

Arren ging ins Heck des Schiffes und sah nach seinem Gefährten. Er machte ihm ein Lager unter dem Sonnendach und gab ihm Wasser zu trinken. Er tat alles hastig und vermied es, auf den Verband zu blicken, der dringend gewechselt werden musste, denn die Wunde hatte nicht ganz zu bluten aufgehört. Sperber war zu erschöpft, um zu reden; selbst als er das Wasser begierig trank, fielen ihm die Augen zu und er schlief wieder ein, seine Erschöpfung war größer als sein Durst. Er lag bewegungslos da, und als es dunkel geworden war und die Brise sich legte, trat kein magischer Wind an ihre Stelle, und das Boot schaukelte, ohne sich von der Stelle zu rühren, auf dem glatten, leicht sich hebenden und senkenden Meer hin und her. Aber die Berge rechts hoben sich jetzt dunkel gegen einen prachtvollen Sternenhimmel ab, und Arren ließ seinen Blick lange auf ihnen ruhen. Die Sternbilder schienen ihm vertraut, als ob er sie schon einmal gesehen hätte, als hätte er sie ein ganzes Leben lang schon gekannt.

Als er sich zum Schlaf niederlegte, blickte er nach Süden und dort, hoch am Himmel über dem glitzernden Meer, funkelte der Stern Gorbadon. Darunter waren die beiden Sterne, die ein Dreieck mit ihm bildeten, und später, in einer geraden Linie, erschienen noch drei Sterne, die das Dreieck vergrößerten. Als die Nacht weiter fortgeschritten war, schlüpften zwei weitere Sterne über die flüssige, silbrig glänzende Fläche; sie waren so gelblich wie Gorbadon, und an den Schenkeln des rechtwinkligen Dreiecks stehend, verbreiterten sie seine Basis. Acht oder neun Sterne waren nun erschienen, die einen Menschen oder die hardische Rune Agnen darstellten. In Arrens Augen stellte die Konstellation keinen Menschen dar, höchstens, wenn er, wie das mit Sternbildern oft der Fall ist, sie ganz verkehrt anschaute; doch die Rune Agnen war klar erkennbar: ein gekrümmter Arm und ein Querstrich, nur der Fuß fehlte, der letzte Strich, der dem Stern, der noch nicht erschienen war, überlassen blieb.

Arren wartete darauf und schlief darüber ein.

Als er in der Morgendämmerung aufwachte, stellte er fest, dass sich die *Weitblick* weiter von Obehol entfernt hatte. Ein Nebel, der die Küste verdeckte und nur die Gipfel der Berge herausragen ließ, löste sich langsam auf und lag wie ein Dunstschleier auf dem violetten Wasser des Südens, während die letzten Sterne verblassten.

Er blickte auf seinen Gefährten. Sperber atmete unregelmäßig. Es war offensichtlich, dass er Schmerzen litt, die ihn im Schlaf quälten, aber doch nicht ganz wach hielten. Sein Gesicht war zerfurcht und sah in dem kalten, schattenlosen Licht des Morgens alt aus. Arren blickte ihn an, und er sah einen Mann vor sich, dem keine Macht verblieben war, keine Zauberkunst, keine Kraft, selbst keine Jugend mehr, nichts. Er hatte weder Sopli retten noch den Speer von sich selbst abwenden können. Er hatte sie in die Gefahr geführt, und er hatte sie nicht schützen können. Sopli war tot, er selbst lag im Sterben und Arren würde ihm bald folgen. Und alles war die Schuld dieses Mannes; alles war umsonst, alles war vergeblich.

Und Arren blickte ihn verzweifelt an und sah nichts.

Keine Erinnerung regte sich in ihm; er sah keinen Brunnen mehr unter einer Eberesche in der Sonne plätschern, er hatte vergessen, dass einst ein weißer Glanz den Nebel auf einem Sklavenschiff durchbrach, er wusste nichts mehr von dem trostlosen Baumgarten um das Haus des Färbers. Kein Stolz, kein Lebenswille regte sich in ihm. Er sah, wie die Dämmerung sich über die ruhige See legte, er sah, wie die großen flachen Wellen, gefärbt wie ein bleicher Amethyst, sie umfluteten; alles war wie in einem Traum, leichenfarben, ohne Schärfe, ohne die Lebenskraft der Wirklichkeit. Und ganz zuunterst, am Ende der Träume und der See, befand sich ein Nichts – eine Leere, eine Gruft. Es gab keine Tiefe.

Das Boot bewegte sich stoßweise, es gehorchte den unbeständigen Strömungen des Windes. Hinter ihm schrumpften die Gipfel von Obehol zusammen. Schwarz gegen die aufgehende Sonne, aus deren Richtung ein Wind blies und sie vom Land, von der Welt wegtrieb, hinaus auf die hohe See.

Die Kinder der Hohen See

Gegen Mittag regte sich Sperber und bat um Wasser. Als er getrunken hatte, fragte er: »In welcher Richtung segeln wir?«, denn das Segel blähte sich über ihm auf, und das Boot flitzte wie eine Schwalbe über die flachen Wellen.

»Westlich oder nordwestlich.«

»Mir ist kalt«, sagte Sperber. Die Sonne brannte vom Himmel, und im Boot war es heiß.

Arren erwiderte nichts.

»Versuch westlichen Kurs zu halten. Wellogy, westlich von Obehol. Land. Wir brauchen Wasser.«

Der Junge starrte nach vorne über die endlose See.

»Was ist los, Arren?«

Arren erwiderte nichts.

Sperber versuchte sich aufzusetzen, und als ihm das nicht gelang, wollte er nach seinem Stab greifen, doch der lag außer Reichweite. Als er sprechen wollte, kam kein Wort über seine trockenen Lippen. Das Blut sickerte von neuem durch den durchtränkten, verkrusteten Verband, und ein dunkelrotes Rinnsal, Spinnweben gleich, floss über seinen dunklen Oberkörper. Er zog scharf die Luft ein und schloss die Augen.

Arren musterte ihn ohne Anteilnahme und blickte bald wieder weg. Er ging nach vorne und kauerte sich im Bug des Bootes zusammen, sein Blick war starr nach vorne gerichtet. Sein Mund war ganz trocken. Der Ostwind, der jetzt unablässig über das offene Meer blies, war so heiß wie der Wind der Wüste. Im Fass war nur noch ungefähr ein Liter Wasser übrig. Das war für Sperber, es wäre ihm nie eingefallen, davon zu trinken. Er hatte Angelschnüre ausgeworfen, denn seit sie Lorbanery verlassen hatten, hatte er gelernt, dass roher Fisch sowohl den Hunger als auch den Durst stillen konnte. Aber er fing nichts. Es spielte keine Rolle mehr. Das Boot glitt über die Wasserwüste. Über ihnen bewegte sich die Sonne, in der gleichen Richtung wie sie, doch viel langsamer, aber letzten Endes ging sie doch als Siegerin aus dem Rennen hervor, die ganze Breite des Himmels hatte sie ihnen voraus.

Einmal kam es Arren vor, als sähe er eine kleine Erhöhung im Süden, es konnte Land oder auch nur eine große Welle gewesen sein. Das Boot hielt schon stundenlang nordwestlichen Kurs. Er machte keinen Versuch, gegen den Wind zu kreuzen, sondern überließ das Segel dem Wind. Vielleicht war es Land gewesen, vielleicht aber auch nicht. Es spielte keine Rolle mehr. Er sah nichts von der weiten, wilden Schönheit des Meeres, sah nicht den Glanz, der auf dem Wasser lag, sah nicht den unendlichen, blau strahlenden Himmel, er blickte stumpf vor sich hin, und alles kam ihm matt und schlaff vor, alles war ihm gleichgültig.

Es wurde dunkel und wieder hell, dunkel und hell, wie Trommelschläge auf der straff gespannten Haut des Himmels.

Er ließ die Hand ins Wasser hängen. Und ganz kurz sah er, scharf und klar, ein Bild: seine Hand, grünlich bleich, unter lebendigem Wasser. Er beugte sich über Bord und lutschte die Nässe von den Fingern. Sie schmeckte bitter, und seine Lippen brannten schmerzhaft, aber er wiederholte es. Dann wurde ihm übel und er musste sich übergeben, doch nur etwas Galle brannte in seiner Kehle. Das Fass war leer, er konnte Sperber kein Wasser mehr geben, und er hatte Angst, sich ihm zu nähern. Er legte sich nieder, fröstelnd, trotz der Hitze. Alles war ruhig, ausgetrocknet und hell: schrecklich hell. Er verbarg seine Augen vor dem Licht.

Sie standen im Boot. Drei waren es, spindeldürr, knochig, mit großen Augen, wie seltsame dunkle Reiher oder Kraniche sahen sie aus. Ihre Stimmen waren hoch und dünn wie Vogelgezwitscher. Er verstand sie nicht. Einer kniete über ihm und hielt eine dunkle Blase in der Hand. Er goss etwas daraus in Arrens Mund: Es war Wasser. Arren trank gierig, verschluckte sich, hustete, trank wieder, bis alles leer war. Dann blickte er um sich, und mühsam sich aufrichtend, fragte er: »Wo, wo ist er?« Denn in der *Weitblick* befanden sich außer ihm nur die drei hageren Fremden.

Die sahen sich an und verstanden ihn nicht.

»Der andere Mann«, sagte er heiser. Seine wunde Kehle und seine steifen, verkrusteten Lippen konnten die Worte »mein Freund« nicht formen.

Einer von ihnen verstand seine Sorge, wenn auch nicht seine Worte. Er legte eine dünne, ganz leichte Hand auf Arrens Arm und deutete mit der anderen. »Dort«, sagte er beruhigend.

Arren blickte auf. Und er sah, nördlich vom Boot, Flöße, manche nahe beisammen, andere einzeln und weiter entfernt; sie waren so zahlreich, dass es aussah, als schwämmen Herbstblätter auf einem Wasserbecken. Niedrig und flach lagen sie auf dem Meer, doch jedes Floß hatte eine oder zwei Kabinen oder Hütten, die sich ungefähr in der Mitte erhoben, manche hatten sogar einen Mast. Sie hoben und senkten sich langsam mit der Dünung, die sich unter ihnen bewegte. Das Wasser zwischen ihnen glänzte silbern, und im Westen türmte sich eine riesige, dunkelviolette Regenwolke mit goldenen Rändern auf.

»Dort«, sagte der Mann und deutete auf ein großes Floß, das nahe der *Weitblick* lag.

»Lebt er?«

Sie blickten ihn wieder alle an, und endlich verstand ihn der eine. »Er lebt. Er lebt.« Bei diesen Worten traten Arren die Tränen in die Augen und er begann zu schluchzen. Einer der Männer umfasste Arrens Handgelenk mit seiner schmalen, starken Hand und zog ihn aus der *Weitblick* hinaus auf ein Floß, an dem das Boot festgemacht war. Das Floß war so groß und tragfähig, dass es unter ihrem Gewicht nicht im Geringsten schwankte. Einer der Männer führte Arren am Arm, während ein anderer mit einem langen Bootshaken, an dessen Spitze sich ein gekrümmter Haifischzahn befand, ein nahes Floß noch näher heranzog, sodass sie mühelos den Spalt überschreiten konnten. Dort führte er Arren zu einer Hütte, die von drei Seiten mit gewebten Matten geschlossen, auf der vierten aber offen war. Er gebot ihm: »Leg dich nieder!«, und das war das Letzte, was Arren vernahm.

Er lag auf dem Rücken, flach ausgestreckt, und blickte hinauf auf ein einfaches, grünes Dach, das mit winzigen Lichtpunkten übersät war. Er glaubte, sich unter den Apfelbäumen von Semermein, in den Bergen von Berila, zu befinden, wo die Prinzen von Enlad ihre Sommer verbringen; er glaubte, dass er im Gras läge und durch die dicht belaubten Apfelbaumzweige in die Sonne schaute.

Nach einer Weile hörte er das Wasser, wie es gegen die Höhlungen unter dem Floß klatschte, und er vernahm die dünnen Stimmen der Floßleute, die im Hardisch des Inselreiches miteinander sprachen, das hier aber ganz anders klang und einen fremden Rhythmus hatte, sodass es ihm Mühe machte, sie zu verstehen. Jetzt wusste er endlich wieder, wo er war – weit entfernt vom Inselreich, jenseits der Außenbereiche, jenseits aller Inseln; irgendwo, weit draußen auf der hohen See. Doch es kümmerte ihn nicht; er lag hier so angenehm wie auf den Wiesen unter den Bäumen seiner Heimat.

Es fiel ihm endlich ein, aufzustehen, und er erhob sich und sah, dass sein Körper ganz mager und dunkelbraun verbrannt war. Seine Beine zitterten, doch trugen sie ihn. Er schob die gewebte Matte zur Seite und trat hinaus in die Nachmittagssonne. Während er schlief, hatte es geregnet. Das Floß bestand aus mächtigen, glatten Balken, die eng gefügt und ausgepicht waren, dunkel von der Nässe wie das Haar der schlanken halb nackten Leute, das schwarz und nass über ihre Schultern fiel. Der westliche Teil des Himmels, in dem die Sonne stand, war klar, und die Wolken, silberne Riesenberge, verzogen sich gegen Nordosten.

Einer der Männer näherte sich behutsam und blieb in zwei Schritt Entfernung vor Arren stehen. Er war schmächtig und klein, nicht viel größer als ein zwölfjähriger Junge, mit großen, dunklen, länglich geschnittenen Augen. In seiner Hand hielt er einen Speer mit einem Widerhaken aus Walfischbein an der Spitze.

Arren sprach zu ihm: »Ich verdanke Ihnen allen mein Leben.«

Der Mann nickte.

»Könnten Sie mich bitte zu meinem Gefährten führen?«

Der Mann wandte sich um und erhob seine Stimme zu einem durchdringenden Ruf, der wie der Schrei eines Seevogels über die Wasserfläche hallte. Dann nahm er eine Hockstellung ein und wartete. Arren tat das Gleiche.

Die Flöße hatten Masten, aber der Mast des Floßes, auf dem sie sich befanden, war nicht aufgerichtet. An den

Mastbäumen hingen Segel, die verhältnismäßig klein im Vergleich zur Größe der Flöße waren. Die Segel waren aus braunem Zeug hergestellt, das weder Leinen noch irgendein anderes gewebtes Tuch war, sondern ein faseriges Material, das aussah, als wäre es flach geklopft worden, und es fühlte sich an wie Filz. Ein Floß, das ungefähr hundert Schritt von Arrens Floß entfernt war, bewegte sich langsam, mit Gaffeln und langen Stöcken von Männern auf den anderen Flößen dirigiert, auf Arrens Floß zu. Als nur noch ein Schritt Abstand zwischen den Flößen war, erhob sich der Mann neben Arren und sprang ganz selbstverständlich, leicht federnd, auf das andere Floß. Arren tat es ihm nach, doch landete er ungeschickt auf allen vieren, denn seinen Knien fehlte noch die Kraft, um ihn aufzufangen. Er rappelte sich auf und sah, wie der Mann ihn anblickte; kein Spott, sondern Anerkennung lag in seinem Blick: Arrens Haltung hatte ihm offensichtlich Respekt abgenötigt.

Dieses Floß war größer und hob sich weiter aus dem Wasser empor als die übrigen. Es war aus riesigen Balken, die ungefähr zwölf Meter lang und eineinhalb Meter breit waren, gefertigt. Das Wetter hatte sie gedunkelt, der Gebrauch hatte sie spiegelglatt werden lassen. Merkwürdige geschnitzte Statuen standen vor den Hütten, und an den vier Ecken des Floßes erhoben sich hohe Stangen, die an den Spitzen mit Büscheln aus Vogelfedern geschmückt waren. Er folgte seinem Führer zu der kleinsten Hütte, und dort sah er Sperber schlafend liegen.

Arren ließ sich neben der Hütte nieder. Sein Führer kehrte zu dem anderen Floß zurück, und niemand behelligte ihn. Eine Stunde später kam eine Frau und brachte ihm etwas zu essen: eine Art kalte Fischsuppe, in der gallertartige, grüne Stückchen herumschwammen, die salzig war, aber gut schmeckte. Und eine kleine Tasse Wasser zum Trinken, das abgestanden war und den Geruch vom Pech des Wasserfasses an sich hatte. Die Art und Weise, wie sie ihm das Wasser reichte, zeigte ihm, wie wertvoll es war, und er trank es ehrfürchtig und bat nicht um mehr, obwohl er zehnmal mehr hätte trinken können.

Sperbers Schulter trug einen fachmännischen Verband; er schlief tief und ruhig. Als er erwachte, waren seine Augen klar. Er blickte auf Arren und lächelte ihn an, mit diesem tiefen, von Herzen kommenden Lächeln, das auf seinen harten Zügen immer wieder überraschte. Arren war es plötzlich wieder, als müsste er weinen. Er legte seine Hand auf Sperbers Hand und sagte nichts.

Einer vom Floßvolk kam und ließ sich im Schatten der nahe gelegenen großen Hütte nieder: Es schien eine Art Tempel zu sein, mit einem viereckigen, sehr komplizierten Ornament über dem Eingang und geschnitzten Türpfosten, die große Grauwale darstellten. Der Mann war so klein und mager wie die anderen. Sein Körper war nicht größer als der eines Jungen, doch seine Züge waren ausgeprägt und die Jahre hatten ihre Spuren in seinem Gesicht hinterlassen. Er trug nur ein Lendentuch, doch seine Würde umgab ihn wie ein kostbares Gewand. »Er muss schlafen«, sagte er, und Arren verließ Sperber und ging zu ihm hinüber.

»Sie sind der Häuptling dieses Stammes«, sagte Arren, der wusste, wenn er einen Führer vor sich hatte.

»Ja«, sagte der Mann und nickte knapp. Arren stand aufrecht und ohne sich zu rühren vor ihm. Ihre Blicke trafen sich kurz. »Sie sind auch der Führer eines Volkes«, stellte er fest.

»Ja«, erwiderte Arren. Es hätte ihn interessiert zu erfahren, was den Floßmann zu dieser Feststellung veranlasste, aber er fragte nicht danach. »Aber ich diene meinem Gebieter hier.«

Der Häuptling des Floßvolkes sagte etwas, das Arren nicht verstand. Die Worte klangen in seinem Mund so anders, dass er sie nicht erkannte, und die Namen hatte er noch nie gehört; doch schließlich verstand er: »Warum seid ihr nach Balatran gekommen?«

»Wir suchten ... «

Doch Arren wusste nicht, wie viel und was er sagen sollte. Alles, was sich zugetragen hatte, ihre Suche, ihre Abenteuer, schienen in weiter Ferne zu liegen und verwirrten sich in seinem Kopf. Endlich sagte er: »Wir kamen nach Obehol. Sie griffen uns dort an, als wir landen wollten. Mein Gebieter wurde verletzt.«

»Und du?«

»Ich wurde nicht verletzt«, sagte Arren, und die kühle Selbstsicherheit, die er in seiner Jugend bei Hofe gelernt hatte, kam ihm jetzt zustatten. »Es herrscht ... es herrscht da so etwas wie Wahnsinn. Einer, der bei uns war, ist ertrunken. Das Grauen, es liegt auf allem ...« Er brach ab und stand schweigend da.

Der Häuptling blickte ihn aus dunklen, undurchdringlichen Augen an. Endlich sagte er: »Ihr seid also durch Zufall hierher gekommen?«

»Ja. Befinden wir uns noch im Südbereich?«

»Bereich? Nein. Die Inseln ...« Der Häuptling beschrieb mit seiner schmalen dunklen Hand einen kleinen Bogen, nicht größer als ein Viertel der Windrose, von Norden nach Osten. »Die Inseln sind dort«, sagte er. »Alle Inseln.« Dann deutete er auf die abendliche See vor sich, von Norden nach Westen, nach Süden und sagte: »Das Meer.«

»Aus welchem Land stammen Sie?«

»Aus keinem Land. Wir sind die Kinder der Hohen See.«

Arren blickte in sein intelligentes Gesicht. Er schaute auf das große Floß, sah den Tempel, die geschnitzten Götterstatuen, jede aus einem einzigen Baumstamm gefertigt, große, göttliche Gestalten, die menschliche Züge trugen, aber auch Ähnlichkeit mit Delfinen, Fischen und Vögeln hatten; er sah die Leute geschäftig bei der Arbeit, manche webten, andere schnitzten oder fischten oder kochten, manche waren mit Säuglingen und kleinen Kindern beschäftigt; Floß reihte sich an Floß, mindestens siebzig Flöße waren hier beisammen, die einen großen Kreis bildeten, der bestimmt eine Meile Durchmesser hatte. Es war wie eine Stadt. Aus entfernten Hütten stieg Rauch in die Höhe, hohe Kinderstimmen wurden vom Wind herübergetragen. Es war eine Stadt, und unter ihr lag die Tiefe des Ozeans.

»Gehen Sie nie an Land?«, fragte der Junge leise.

»Einmal im Jahr. Wir begeben uns zur Langen Düne. Dort fällen wir Bäume und reparieren unsere Flöße. Das machen wir im Herbst, dann folgen wir den Grauwalen nach Norden. Im Winter trennen wir uns, jedes Floß ist für sich. Im Frühling treffen wir uns alle in Balatran. Die Leute besuchen sich auf ihren Flößen, es wird geheiratet. Wir halten den Langtanz ab. Das hier sind die Straßen von Balatran. Von hier gehen die großen Meeresströmungen in den Süden. Wir lassen uns auf ihnen treiben, bis wir die Großen sehen, die Grauwale. Wenn sie sich nach Norden wenden, dann folgen wir ihnen und kehren zum Strand von Emah auf der Langen Düne zurück, wo wir eine kurze Weile bleiben.«

»Das ist ganz wundersam«, sagte Arren. »Nie habe ich von einem Volk wie dem Ihrigen gehört. Meine Heimat ist weit, weit entfernt von hier. Doch wir tanzen auch den Langtanz in der Mittsommernacht.«

»Sie stampfen auf die Erde unter ihren Füßen und treiben alles Böse aus ihr heraus«, sagte der Häuptling trocken. »Wir tanzen über dem tiefen Meer.«

Er schwieg. Dann fragte er: »Wie wird er genannt, Ihr Gebieter?«

»Sperber«, sagte Arren. Der Häuptling wiederholte die Silben, aber sie sagten ihm offensichtlich nichts. Und das war für Arren ein Beweis, sicherer als jeder andere, dass diese Leute jahraus, jahrein auf der See lebten, so weit draußen, so weit von jeder Küste, von jedem Land entfernt, dass sich ein Landvogel nie dorthin verirren würde, dass kein Mensch von ihrer Existenz etwas wusste.

»Er war dem Tode nahe«, sagte der Häuptling. »Er muss schlafen. Du gehst zurück zu Sterns Floß. Ich werde dich wieder rufen lassen.« Er erhob sich. Er war sich offensichtlich nicht ganz im Klaren; man spürte, dass er nicht genau wusste, wie er Arren behandeln sollte, als Gleichgestellten oder als einen Knaben. Arren zog in seiner jetzigen Lage Letzteres vor, er nahm hin, dass er einfach fortgeschickt wurde. Doch dann stand er vor einem Problem. Die Flöße waren auseinander getrieben worden, und mehr als hundert Schritte matt glänzendes, leicht bewegtes Wasser lagen zwischen ihnen.

Der Häuptling der Kinder der Hohen See richtete noch einmal das Wort an ihn. »Schwimm!«, sagte er.

Arren ließ sich vorsichtig ins Wasser gleiten. Es war kühl und fühlte sich angenehm auf seiner sonnenheißen Haut an. Er schwamm zum anderen Floß hinüber und zog sich hinauf. Er sah sich fünf oder sechs Kindern und jungen Leuten gegenüber, die ihn mit unverhohlenem Interesse beobachteten. Ein ganz kleines Mädchen krähte belustigt: »Du schwimmst wie ein Fisch am Haken.«

»Wie soll ich denn sonst schwimmen?«, fragte Arren etwas bestürzt, aber höflich; er hätte zu einem so jungen menschlichen Wesen nicht grob sein können. Die Kleine sah wie eine polierte Miniatur aus Ebenholz aus, ganz zierlich und zerbrechlich. »So!«, rief sie, glitt wie ein Aal in das funkelnde, glitzernde, ruhelose Wasser und war verschwunden. Erst nach einer geraumen Zeit und in einer unglaublichen Entfernung sah er ihren schwarzen, glatten Kopf aus dem Wasser auftauchen und hörte auch ihren schrillen Ruf.

»Komm!«, sagte ein Junge, der in Arrens Alter sein musste, obwohl er seiner Größe und Statur entsprechend höchstens wie ein zwölfjähriger Junge aussah; er blickte ernst drein, und auf seinem Rücken war eine tätowierte blaue Krabbe zu sehen. Er sprang mit einem Kopfsprung ins Wasser, alle sprangen, selbst ein Dreijähriger. Arren blieb nichts anderes übrig, als auch zu springen, und er versuchte, nicht zu spritzen.

»Wie ein Aal«, sagte der Junge, der an seiner Schulter aufgetaucht war.

»Wie ein Delfin«, sagte ein hübsches Mädchen mit einem reizenden Lächeln und verschwand in der Tiefe.

»Wie ich«, quietschte der Dreijährige und hüpfte auf und ab wie ein Flaschenkorken.

Bis spät in die Nacht hinein und den ganzen, goldenen Tag lang, der folgte, und während all der Tage, die folgten, schwamm, redete und arbeitete Arren mit den jungen Leuten auf Sterns Floß. Und von all den Abenteuern, die er seit dem Morgen der Tagundnachtgleiche, da er mit Sperber Rok verließ, erlebt hatte, schien ihm dieses hier das merkwürdigste zu sein, denn es lag ganz außerhalb von allem, was er auf der Reise oder in seinem Leben je erlebt hatte, und es hatte überhaupt nichts mit dem zu tun, was ihm noch bevorstand. Und nachts, wenn er zwischen den anderen unter den Sternen lag, dachte er: »Es kommt mir vor, als sei ich gestorben, und das hier ist ein Leben nach dem Tode, jenseits der Welt, unter den Söhnen und Töchtern des Meeres ...«

Immer bevor er einschlief, schaute er hinauf in den südlichen Himmel und suchte den gelblichen Stern und die Rune des Endens, und er sah Gorbadon, und manchmal sah er das kleinere und manchmal auch das größere Dreieck. Aber das Sternbild stieg jetzt später auf, und seine Augen fielen ihm oft zu, bevor es sich ganz vom Horizont gelöst hatte. Die Flöße bewegten sich, Tag und Nacht, immer weiter nach Süden, doch die See blieb sich gleich, denn das Ewig-Veränderliche ändert sich niemals; die Unwetter des Mais gingen über sie hinweg, die Sterne schienen am nächtlichen Himmel, und den ganzen Tag über strahlte die Sonne.

Arren wusste, dass dieses traumhafte, unbeschwerte Leben nicht ewig währen konnte. Er fragte, wie es im Winter sei, und sie erzählten von endlosem Regen, von heftigen Stürmen, wie die einzelnen Flöße getrennt und fern voneinander sich Woche um Woche vorwärts bewegten, Wellenberg nach Wellenberg erklommen und wieder hinabschossen, unter einem grauen, dunklen, nördlichen Himmel. Im vergangenen Winter hatten sie Wellen, »so hoch wie Gewitterwolken«, gesehen. Der Begriff von Bergen war ihnen fremd. Waren sie hoch oben auf der Welle, so erblickten sie, noch meilenweit entfernt, die nächste, die langsam auf sie zurollte. Konnten Flöße solche Stürme aushalten?, wollte er wissen, und sie sagten, ja, aber nicht immer; wenn sie sich im Frühjahr in den Straßen von Balatran trafen, dann fehlte immer das eine oder andere Floß, manchmal drei, sechs ...

Sie heirateten sehr jung. Blaukrabbe, der Junge, der das Sinnbild seines Namens auf dem Rücken tätowiert hatte, und das hübsche Mädchen Albatros waren Mann und Frau, obwohl er erst siebzehn und sie zwei Jahre jünger war. Es gab viele solche jungen Ehen auf den Flößen. Kleinkinder, die an Leinen, von den vier Hauptstützen der Hütte ausgehend, angebunden waren, krabbelten überall herum; während der Mittagshitze kamen sie alle im Schatten der Hütten zusammen und lagen, ein Haufen schlafender, quicklebendiger, kleiner Wesen, auf- und übereinander. Die älteren Kinder mussten auf die jüngeren aufpassen. Frauen und Männer teilten sich in die Arbeiten, die verrichtet werden mussten. Sie wechselten sich ab, den großen, braunblättrigen Seetang zu ernten, den Niglu der Straßen von Balatran, der wie Farn gezackt war und zwanzig bis vierundzwanzig Meter lang sein konnte. Alle halfen mit, wenn es darum ging, den Niglu zu einer Art Tuch zu klopfen oder aus den starken Fasern Seile und Netze herzustellen oder Fische zu fangen und zu trocknen oder Werkzeuge aus Walfischbein zu fertigen, und was alles sonst noch zum alltäglichen Leben des Floßvolkes nötig war. Aber sie fanden immer Zeit zum Plaudern und

Schwimmen, denn keine der Arbeiten musste zu einem bestimmten Zeitpunkt erledigt sein. Der Begriff Stunde war ihnen unbekannt, nur Tage und Nächte zählten. Nach einiger Zeit kam es Arren vor, als habe er schon ewig auf den Flößen gelebt. Obehol war ein Traum, und dahinter lagen schwächere Träume, und noch viel ferner lag ein Traum, in dem er Prinz gewesen war und auf Enlad gelebt hatte.

Als er endlich auf das Floß des Häuptlings gerufen wurde, blickte ihn Sperber eine Weile an und sagte: »Du siehst aus wie der Arren, den ich im Brunnenhof getroffen habe, so geschmeidig wie ein goldener Aal. Es geht dir hier also recht gut, mein Junge!«

»Ja, mein Gebieter.«

»Aber was heißt das ›hier‹? Wir haben die bewohnte Welt hinter uns gelassen. Wir sind über alle Seekarten hinausgesegelt ... Ich habe vor langen Zeiten vom Floßvolk reden hören, aber es immer für eine der Legenden des Südbereichs gehalten, etwas, das keine Basis in der Wirklichkeit hat. Doch wir sind von dieser Legende gefunden worden, und unser Leben wurde von einem Mythos gerettet.«

Er sprach lächelnd, als hätte auch er an dieser träumerischen, zeitlosen Lebensweise teilgenommen, doch sein Gesicht war hager und in seinen Augen lag eine Tiefe, die kein Licht kannte. Arren sah dies, und er stellte sich ihm.

»Ich bin des Vertrauens ...«, sagte er und stockte, »ich bin des Vertrauens, das Sie in mich setzten, nicht wert.«

»Wieso, Arren?«

»Dort ... auf Obehol, als Sie mich einmal wirklich brauchten, Sie waren verwundet und bedurften der Hilfe, habe ich nichts getan. Das Boot trieb steuerlos und ich ließ es treiben. Sie litten Schmerzen und ich tat nichts, um sie zu lindern. Ich sah Land ... ich sah Land, und ich habe nicht einmal versucht, das Boot zu wenden!«

»Sei ruhig, Junge!«, gebot der Magier, und seine Stimme klang so bestimmt, dass Arren gehorchte. Dann sagte er: »Erzähl mir, was du während dieser Zeit gedacht hast.«

»Nichts, mein Gebieter – nichts! Ich dachte, dass alles vergeblich sei, dass es nutzlos wäre, irgendetwas zu tun. Ich dachte, dass Sie Ihre Zauberkünste verloren hätten – nein, dass Sie nie welche besessen, ja, dass Sie mich in eine Falle gelockt hätten.« Der Schweiß brach ihm aus, und er musste sich zwingen, weiterzureden. »Ich hatte Angst vor Ihnen. Ich fürchtete den Tod. Ich habe ihn so gefürchtet, dass ich Sie nicht anschauen konnte, weil ich Angst hatte, dass Sie sterben könnten. Ich konnte an nichts anderes mehr denken, außer dass ... dass es eine Möglichkeit gäbe und ich nicht zu sterben brauchte, wenn ich den Ort finden würde. Aber die ganze Zeit lang wurde das Leben schwächer, wie wenn da eine große Wunde wäre, und das Blut floss heraus – eine Wunde, wie Sie sie hatten. Nur war sie überall. Und ich habe nichts, gar nichts getan, nur versucht, mich vor dem Grauen des Sterbens zu verbergen.«

Er hielt inne, denn es war fast unerträglich, laut die Wahrheit auszusprechen. Nicht Scham hielt ihn davor zurück, sondern Furcht, die gleiche Furcht. Jetzt wusste er, warum ihm dieses friedliche Leben auf den Flößen wie ein Traum, wie ein Leben nach dem Tode vorkam. Denn er wusste tief in seinem Herzen, dass es nichts Wirkliches gab, dass die Wirklichkeit ohne Leben, ohne Wärme, ohne Farbe und Ton war … Es gab keine Höhen, keine Tiefen. Das Spiel von Licht und Schatten, die Farben, die auf dem Meer lagen und in den Augen der Menschen zu sehen waren, sie waren weiter nichts als: Illusionen – und dahinter gähnte ein Nichts.

Sie vergingen und zurück blieb nur Kälte und Formlosigkeit. Sonst nichts.

Sperber schaute ihn an, doch Arrens Augen waren auf den Boden gerichtet, um dem Blick auszuweichen. Doch ganz unerwartet spürte er, wie sich tief in seinem Herzen etwas regte. Eine kleine Stimme, mutig und spöttisch; sie war arrogant und erbarmungslos, und sie sprach: »Du Feigling! Du Feigling! Willst du sogar das aufgeben?«

Da hob er den Blick, mit großer Willensanstrengung, und blickte in die Augen seines Gefährten.

Sperber ergriff seine Hand und hielt sie so fest, dass sie sich körperlich und mit ihren Augen berührten. Er sagte Arrens wahren Namen, den er noch nie zuvor ausgesprochen hatte: »Lebannen!« Und noch einmal: »Lebannen, es ist, und du bist! Es gibt keine Sicherheit und kein Ende. Nur im Schweigen hört man das Wort, nur in der Dunkelheit sieht man die Sterne. Der Tanz wird getanzt, aber darunter ist es hohl, darunter liegt ein Abgrund.«

Arren hielt seine Hand fest und beugte seinen Kopf so tief, dass seine Stirn sich gegen Sperbers Hand presste. »Ich habe Sie im Stich gelassen!«, stöhnte er. »Ich werde wieder versagen, mir selbst gegenüber werde ich versagen. Ich bin nicht stark genug!«

»Du bist stark genug.« Die Stimme des Magiers war weich, doch unter der Weichheit war die gleiche Härte, die aus Arrens tiefstem Herzen, aus seiner Scham, aufgestiegen war und über ihn gespottet hatte. »Was du liebst, Arren, wirst du immer lieben. Was du unternimmst, wirst du vollenden. Du bist die Erfüllung der Hoffnung, auf dich kann man sich verlassen. Doch mit siebzehn Jahren ist man noch wenig geschützt vor der Verzweiflung. Bedenke, Arren, wer den Tod verneint, der verneint das Leben!«

»Aber ich suchte den Tod – Ihren und meinen!« Arren hob den Kopf und starrte Sperber an. »Ich suchte ihn, wie Sopli, der ertrinken wollte ...«

»Sopli hat den Tod nicht gesucht. Er wollte dem Tod und dem Leben entrinnen. Er suchte die Sicherheit: Er versuchte der Furcht vor dem Tode sein Ende zu bereiten.«

»Aber es gibt ... es gibt eine Möglichkeit. Jenseits des Todes ist ein Weg. Er führt zurück zum Leben. Zum Leben jenseits des Todes, zu einem Leben ohne Tod. Das – das suchen sie; Hase und Sopli, die Zauberer gewesen waren. Das suchen wir. Sie – Sie vor allem – müssen das wissen – müssen diesen Weg kennen.«

Der Magier hielt Arrens Hand noch fest umschlossen. »Ich weiß nichts davon«, sagte Sperber. »Gewiss, ich weiß, was sie glauben zu suchen. Aber ich weiß, dass es eine Lüge ist. Arren, hör mir gut zu! Du wirst sterben. Du wirst nicht ewig weiterleben. Kein Mensch, kein Wesen lebt ewig weiter. Auf dieser Erde gibt es kein ewiges Leben. Doch nur uns wurde offenbart, dass wir sterben müssen. Und das ist ein großes Geschenk: Dadurch werden wir uns unser bewusst, denn wir wissen, dass wir das, was uns gegeben wurde, wieder hergeben, willig hergeben müssen. Und unser Selbst ist unser Himmel und unsere Hölle, es ist unser Menschsein. Es verändert sich, es verschwindet, wie eine Welle auf dem Meer verschwindet. Möchtest du, dass die Wellen und die Gezeiten zum Stillstand kommen, damit eine Welle, du, gerettet wirst? Möchtest du die Geschicklichkeit deiner Hände, die Tiefe deiner Gefühle, das Licht des Sonnenauf- und -untergangs aufgeben, um eine Sicherheit – eine ewige Sicherheit zu erlangen? Das, und nichts anderes, versuchen sie auf Wathort und Lorbanery und an all den anderen Orten. Und das ist die Botschaft, die all die, die dazu in der Lage sind, gehört haben, und sie lautet: Wenn du das Leben verneinst, dann kannst du auch den Tod verneinen und ewig weiterleben! – Und diese Botschaft, Arren, die hörte ich nicht, denn ich will sie nicht hören. Ich bin taub. Ich bin blind. Du bist mein Führer. Und du, in deiner Unschuld, in deiner Un-Weisheit, in deiner Treue, du bist mein Führer, mein mutiger Führer – du bist das Kind, das ich vor mir her in die Dunkelheit sende. Deiner Furcht, deinem Schmerz, dem folge ich. Du dachtest, ich sei hart zu dir, Arren: Du hast nicht geahnt, wie hart! Deine Zuneigung, Arren, ich gebrauche sie wie eine Kerze, eine brennende und sich selbst verzehrende Kerze, die mir zeigt, wo ich hingehen muss. Und wir müssen weitergehen. Wir müssen weitergehen. Wir müssen bis ans Ende gehen. Wir müssen dorthin, an den Ort, wo das Meer leer und trocken und die Freude verschwunden ist. Vor diesem Ort hast du, als Sterblicher, ein Grauen, aber er zieht dich doch an.«

»Wo ist er?«

»Ich weiß es nicht.«

»Ich kann Sie nicht dorthin führen, aber ich werde mit Ihnen gehen.«

Der dunkle, unergründliche Blick des Magiers ruhte auf ihm.

»Doch wenn ich wieder versage und Sie preisgeben sollte ...«

»Ich vertraue dir, Morreds Sohn.«

Beide schwiegen.

Über ihnen, vor dem blauen südlichen Himmel, bewegten sich die hohen geschnitzten Götterstatuen leicht hin und her: Delfinkörper mit angelegten Vogelschwin-gen und menschlichen Gesichtern starrten aus Muschelaugen.

Sperber stand mit Anstrengung auf, denn er war noch lange nicht genesen von seiner Wunde. »Ich habe das Herumsitzen satt«, sagte er. »Ich werde faul und fett.« Er ging auf dem Floß auf und ab, und Arren gesellte sich zu ihm. Sie unterhielten sich, während sie gingen. Arren erzählte ihm, was er die Tage über getan hatte und wer seine Freunde unter dem Floßvolk waren. Sperbers Ruhelosigkeit war größer als seine Kraft, die ihn bald verließ. Er blieb bei einem Mädchen stehen, das hinter dem Tempel Niglu auf seinem Webrahmen webte, und bat es, den Häuptling zu ihm zu rufen; dann ging er zurück in seine Hütte. Der Häuptling des Floßvolkes erschien bald und grüßte ihn höflich. Der Magier erwiderte seinen höflichen Gruß, und alle ließen sich auf dem gefleckten Seehundfell der Hütte nieder.

»Ich habe mir das«, sagte der Häuptling mit würdevoller und ernster Stimme, »was Sie mir gesagt haben, durch den Kopf gehen lassen. Wie die Menschen in ihren eigenen Körpern vom Tod zurückkehren wollen, wie sie darüber die Verehrung ihrer Götter und ihre eigene Gesundheit vernachlässigen und den Verstand verlieren. Das ist ein großes Übel und sehr schlimm. Aber ich habe weiter überlegt: Was hat das mit uns zu tun? Wir haben nichts mit anderen Menschen, ihren Inseln und ihren Gebräuchen, mit ihren Taten und Untaten zu tun. Wir leben auf der See, und unser Leben gehört der See. Wir hoffen nicht darauf, es immer behalten zu können, aber wir wollen es voll leben und es nicht aufgeben. Bei uns gibt es keinen Wahnsinn. Wir kommen nie an Land, und die Landbewohner kommen nicht zu uns. Als ich jung war, redeten wir manchmal mit Menschen, die zur Langen Düne kamen, während wir dort Bäume fällten und unsere Winterunterkünfte zimmerten. Oft sahen wir Segel von Ohol und Welwai [so nannte er Obehol und Wellogy], die den Grauwalen im Herbst folgen. Oft folgten sie auch unseren Flößen, denn sie wussten sehr wohl, dass wir die Gründe kennen, wo sich die Großen des Meeres treffen. Doch das ist alles schon lange her und mehr wissen wir nicht von den Landmenschen. Jetzt sehen wir sie nie mehr. Vielleicht sind sie alle wahnsinnig geworden und haben sich gegenseitig umgebracht. Vor zwei Jahren, als wir uns auf der Langen Düne aufhielten, sahen wir nördlich, gen Welwai zu, Rauch aufsteigen, der von einem großen Brand herrühren musste. Und selbst wenn es so war, was geht uns das an? Wir sind die Kinder der Hohen See! Wir bleiben der See treu!«

»Doch als ihr gesehen habt, wie das Boot eines Landmenschen auf dem Wasser trieb, seid ihr zu Hilfe gekommen«, sagte der Magier.

»Einige unter uns meinten, dass es nicht klug sei, das zu tun. Sie hätten das Boot bis ans Ende des Meeres treiben lassen«, antwortete der Häuptling mit seiner hohen Stimme, die ziemlich gleichgültig klang.

»Sie gehörten nicht dazu?«

»Nein. Ich sagte, wir werden ihnen helfen, obwohl es Landmenschen sind. Doch mit Ihren Unternehmungen wollen wir nichts zu tun haben. Wenn Wahnsinn unter den Landmenschen ausgebrochen ist, dann sollen sie auch damit fertig werden. Wir folgen den Großen. Wir können Ihnen in Ihrer Suche nicht helfen. Solange Sie bei uns bleiben wollen, sind Sie willkommen. Es ist nicht mehr lange bis zum Langtanz, und dann werden wir uns nach Norden wenden, und gegen Ende des Sommers erreichen wir die Lange Düne. Wenn Sie hier bleiben und ihre Wunde ausheilen wollen, so ist uns das recht. Doch wenn Sie Ihr Boot nehmen und davonsegeln wollen, so ist uns das auch recht.«

Der Magier dankte ihm, und der Häuptling, hager wie ein Reiher, erhob sich steif und ließ sie allein.

»Unschuld ist kein Bollwerk gegen das Böse«, sagte Sperber und lächelte resigniert. »Aber Unschuld birgt die Möglichkeit, Gutes zu tun. – Ich denke, wir werden noch eine Weile hier bleiben, bis ich mich von dieser Schwäche erholt habe.«

»Das ist ein weiser Entschluss«, sagte Arren. Sperbers körperliche Schwäche hatte ihn erschreckt und er war tief beunruhigt. Er war entschlossen, den Mann vor seiner eigenen Energie und Ruhelosigkeit zu schützen und darauf zu bestehen, dass sie mit der Weiterfahrt warteten, bis er zumindest frei von Schmerzen war.

Der Magier blickte ihn an, überrascht über das Kompliment.

»Die Leute hier sind freundlich«, fuhr Arren fort, ohne Sperbers Blick wahrzunehmen. »Sie scheinen nichts von dieser seelischen Krankheit an sich zu haben, die sie auf Hort und auf den anderen Inseln hatten. Vielleicht hätte es gar keine Insel gegeben, auf der sie uns geholfen und uns willkommen geheißen hätten, so wie es diese vergessenen Leute hier getan haben.«

»Du hast wahrscheinlich Recht.«

»Und ihr Leben im Sommer ist wirklich schön ...«

»Stimmt. Obgleich, das ganze Leben lang nur kalte Fischsuppe zu essen, nie einen Birnbaum blühen zu sehen, nie aus einem klaren Quell trinken zu können, wäre auf die Dauer für mich schwer zu ertragen!«

So kam es, dass Arren auf Sterns Floß zurückkehrte und tagsüber mit den anderen jungen Leuten schwamm, arbeitete und in der Sonne lag. In der Abendkühle ging er zu Sperber und unterhielt sich mit ihm, und des Nachts schlief er unter den Sternen. So reihten sich die Tage aneinander, und die Mittsommernacht und der Langtanz rückten immer näher, während die großen Flöße auf den mächtigen Strömungen des offenen Meeres nach Süden trieben.

⁂ Orm Embar ⁂

Während der ganzen Nacht, der kürzesten des Jahres, brannten Fackeln auf den Flößen, die in einem Riesenkreis unter dem mit Sternen dicht besäten Himmel aneinander gereiht waren. Es sah aus, als läge ein flackernder, feuriger Ring auf dem Wasser. Das Floßvolk tanzte, ohne Trommeln, ohne Flöten, ohne irgendwelche Begleitmusik, nur zum Rhythmus, den ihre nackten Füße auf die großen, schaukelnden Flöße trommelten, begleitet von ihren Sängern, deren hohe, klagende Stimmen über der Weite des Meeres verklangen. Kein Mond erhellte die Nacht, und die Gestalten der Tanzenden waren nur schwach im Licht der Sterne und Fackeln sichtbar. Ab und zu brach, blitzartig, ein Tänzer aus der Reihe aus und schnellte sich, wie ein Fliegender Fisch, in die Luft zum nächsten Floß hinüber: Hoch und weit sprangen sie, sich gegenseitig überbietend, und versuchten, alle Flöße zu berühren, auf allen ein wenig zu tanzen und bei Tagesanbruch den ganzen Ring durchtanzt zu haben und wieder auf dem eigenen Floß gelandet zu sein.

Arren tanzte mit ihnen, denn der Langtanz wird auf jeder Insel des Inselreichs getanzt, wobei die Schritte und der Gesang variieren. Die Nachtstunden verstrichen, und viele Tänzer ließen sich ermüdet nieder, um zuzuschauen, manche nickten ein. Die Stimmen der Sänger klangen heiser vom unaufhörlichen Singen. Arren erreichte mit einer Gruppe hochspringender Jungen das Floß des Häuptlings und beschloss, hier anzuhalten, während die anderen weitermachten.

Sperber saß nahe dem Tempel bei dem Häuptling und seinen drei Frauen. Zwischen den geschnitzten Walen, den Türpfosten des Tempels, saß ein Sänger, dessen Stimme mit unverminderter Klarheit und Stärke die ganze Nacht hindurch erklungen war. Keine Müdigkeit war an ihm wahrzunehmen, er sang ohne innezuhalten und schlug den Takt mit der flachen Hand auf die Holzbalken des Floßes.

»Wovon singt er?«, fragte Arren, denn er konnte den Worten, die alle in die Länge gezogen wurden und am Ende in einem ihm unbekannten Triller endeten, nicht folgen.

»Er singt von den Grauwalen und vom Albatros und von den Stürmen des Meeres … Hier kennt man die Helden- und Königslieder nicht. Von Erreth-Akbe haben sie noch nie gehört. Vorhin sang er von Segoy, wie er die Inseln aus dem Meer emporsteigen ließ, diese Kunde ist ihnen von unserem Mythenschatz verblieben. Aber alles andere handelt von der weiten See.«

Arren lauschte dem Gesang, und er hörte, wie der Sänger den pfeifenden Ruf eines Delfins nachahmte und um den er sein Lied wob. Er sah Sperbers Profil gegen das Fackellicht, schwarz, wie aus Fels gemeißelt, er sah die Augen der Häuptlingsfrauen im Feuerschein glitzern und hörte, wie sie leise miteinander redeten, er fühlte, wie das Floß sich auf dem ruhigen Wasser senkte und hob, und unmerklich überkam ihn der Schlaf.

Er wachte ganz plötzlich auf: Der Sänger war verstummt. Nicht nur der Sänger auf ihrem Floß, auch die anderen, auf den nahen und fernen Flößen, verstummten. Wie fernes Vogelgezwitscher, dünn und hoch, verloren sich ihre Stimmen und erstarben langsam, eine nach der anderen.

Arren blickte über die Schulter. Der volle Mond hing tief im Westen zwischen den Sternen des sommerlichen Himmels.

Dann ließ er seinen Blick nach Süden schweifen, und er sah, hoch am Firmament, den gelblichen Gorbadon und seine acht Gefährten darunter, selbst der letzte war jetzt da: Die Rune des Endens erstrahlte hell und klar über der dunklen See. Er wandte sich Sperber zu und sah, dass sein dunkles Gesicht auch den Sternen zugekehrt war.

»Warum verstummst du?«, fragte der Häuptling den Sänger. »Der Tag ist noch nicht angebrochen, selbst die Morgenröte ist noch fern.«

Der Mann stammelte: »Ich weiß nicht.«

»Sing weiter! Der Langtanz ist noch nicht zu Ende.«

»Ich habe die Worte vergessen«, sagte der Sänger, und seine Stimme klang schrill und angsterfüllt. »Ich kann nicht mehr singen. Ich habe das Lied vergessen.«

»Dann sing ein anderes!«

»Es gibt keine Lieder mehr. Es ist zu Ende«, schluchzte der Sänger und beugte sich nach vorne, bis seine Stirn die Balken berührte. Der Häuptling starrte ihn sprachlos an.

Die Flöße schaukelten unter dem flackernden Licht der Fackeln. Die Stille des Meeres umgab das bisschen menschliche Leben, das sich hinaus auf die Weite des Ozeans gewagt hatte, und verschluckte es. Kein Tänzer rührte sich mehr.

Arren glaubte wahrzunehmen, wie die Pracht der Sterne sich trübte, und doch war noch kein Morgenrot im Osten erkennbar. Ein Grauen packte ihn, und er dachte: »Es gibt keinen Sonnenaufgang mehr, es wird keinen neuen Tag geben.«

Der Magier erhob sich. Als er aufstand, eilte ein schwaches, weißes Licht seinen Stab hinauf und brannte am hellsten dort, wo die silberne Rune in den Stab eingelassen war. »Der Tanz ist noch nicht zu Ende«, sagte er, »und die Nacht ist noch nicht zu Ende. Arren, sing!«

Arren war nicht danach zumute. Am liebsten hätte er gesagt, ich kann nicht, doch er unterließ es. Er atmete tief ein und blickte auf die neun Sterne im Süden. Dann begann er zu singen. Seine Stimme war zuerst leise und belegt, doch nach und nach wurde sie lauter und klarer. Er sang das älteste aller Lieder, das Lied von der Erschaffung von Éa, das vom Gleichgewicht zwischen der Dunkelheit und dem Licht handelt, und von ihm, der die grünen Lande geschaffen hat, dem Größten und Mächtigsten, von Segoy.

Noch bevor er das Lied zu Ende gesungen hatte, war die Nacht verschwunden und hatte einem blaugrauen Himmel Platz gemacht, in dem nur noch der untergehende Mond und Gorbadon schwach glänzten. Die Fackeln zischten im kühlen Wind des frühen Morgens. Als das Lied zu Ende gesungen war, schwieg Arren, und die Tänzer, die sich um ihn versammelt und schweigend zugehört hatten, kehrten auf ihre Flöße zurück, während das Licht im Osten immer heller wurde.

»Das ist ein gutes Lied«, sagte der Häuptling. Seine Stimme klang unsicher, obwohl er sich bemühte, kühl und überlegen zu erscheinen. »Es wäre schlimm gewesen, wenn wir den Langtanz nicht zu Ende gebracht hätten. Ich werde die faulen Sänger mit Nigluseilen auspeitschen lassen.«

»Tröste sie lieber«, sagte Sperber. Er stand noch immer, und seine Stimme war hart. »Kein Sänger verstummt aus freiem Willen. Komm mit mir, Arren!«

Er wandte sich seiner Hütte zu, und Arren folgte ihm. Doch der ungewöhnliche Tagesanbruch war noch nicht zu Ende. Während der östliche Rand des Meeres immer heller wurde, sah man, von Norden her, hoch am Himmel einen Vogel näher kommen. Er flog so hoch, dass die Strahlen der Sonne, die noch verborgen hinter dem Horizont war, sich auf seinen Schwingen fingen und diese golden aufleuchten ließen, während er mit mächtigen Flügelschlägen die Luft zerteilte. Arren sah ihn zuerst und deutete, laut rufend, hinauf. Der Magier schaute überrascht auf. Sein Gesicht spiegelte eine tiefe innere Bewegung wider. Er rief laut aus: »*Nam Hietha Arw Ged Arkvaissa*« – was von der Ursprache in die Umgangssprache übertragen heißt: »Wenn du Ged suchst, so findest du ihn hier!«

Mit donnerndem Getöse, wie ein riesiges goldenes Senklot, die Flügel weit und hoch ausgestreckt, mit Krallen, die einen Ochsen packen konnten, als wäre er eine Maus, mit zwei langen, rauchenden, aus der Nase sich ringelnden Flammen ließ sich der Drache wie ein Falke auf dem plötzlich heftig schaukelnden Floß nieder.

Das Floßvolk schrie auf; manche duckten sich, andere sprangen ins Wasser, und wieder andere standen stocksteif und starrten; sie waren so überwältigt, dass sie ihre Furcht vergaßen.

Der Drache schwebte über ihnen. Die Spannweite seiner Flügel musste dreißig Meter oder mehr betragen. Sie waren dünn, durchsichtig, und im hellen Licht des jungen Morgens schienen sie wie grauer, mit Gold durchsetzter Rauch; sein Körper war nicht weniger lang, doch schmal und sehnig, wie der eines Windhundes, doch hatte er Klauen wie eine Rieseneidechse und war mit den Schuppen einer Riesenschlange bedeckt. Sein gekrümmtes, rund gebeugtes Rückgrat war mit Stacheln besetzt, deren

Form Rosendornen ähnelte. Am oberen Ende des Rückgrats waren sie fast einen Meter lang und wurden gegen die Schwanzspitze hin immer kleiner, bis sie nicht viel höher als eine Taschenmesserklinge waren. Die Stacheln waren grau, auch die Schuppen hatten die Farbe von Eisen, doch funkelten sie, als seien sie mit Gold durchwirkt. Die Augen des Drachen waren grün und geschlitzt.

Getrieben von der Furcht um sein Volk verließ der Häuptling seine Hütte; in seiner Hand hielt er eine Harpune, wie sie das Floßvolk bei der Jagd auf Wale verwendete: Sie war größer als er selbst, und an ihrer Spitze befand sich ein Widerhaken aus Walfischbein. Er legte sie auf seinen muskulösen Arm, zielte auf den nur dünn beschuppten Unterleib des Drachen, der über ihm schwankte, und nahm Anlauf, um seine Waffe mit größter Kraft werfen zu können. Arren, aus seiner Erstarrung erwachend, stürzte sich auf ihn und hielt seinen Arm fest, und alle beide, mitsamt der Harpune, fielen übereinander. »Wollen Sie ihn mit Ihrer lächerlichen Nadel verärgern?«, keuchte Arren. »Lassen Sie den Drachenfürsten erst reden.«

Außer Atem starrte der Häuptling erst auf Arren, dann auf den Magier und den Drachen. Es verschlug ihm die Sprache. Der Drache begann zu sprechen.

Nur Ged, an den seine Worte gerichtet waren, konnte ihn verstehen, denn Drachen reden in der Ursprache, die für sie Umgangssprache ist. Die Stimme war nicht klar, eher zischelnd wie die einer Katze, die leise fauchend ihre Wut ausdrückt, nur viel lauter, und ein Ton lag darin, der das Mark erstarren ließ. Wer diese Stimme vernahm, wurde von ihr gebannt und musste zuhören.

Der Magier antwortete kurz, und der Drache sprach wieder, sich über ihm auf flatternden Flügeln erhebend: fast wie eine Riesenlibelle, die in der Luft schwebt, dachte Arren.

Dann sagte der Magier nur ein Wort: *»Memeas«* – ich werde kommen, und er hob seinen Stab aus Eibenholz in die Höhe. Der Rachen des Drachen öffnete sich weit, und eine lange Rauchfahne trat daraus hervor. Die goldenen Flügel schlugen laut, und ein gewaltiger Wind erhob sich, der einen Brandgeruch mit sich trug. Dann stieg der Drache majestätisch in die Höhe, kreiste und flog Richtung Norden davon.

Auf den Flößen war es still geworden; nur das leise Wimmern von Kinderstimmen und tröstende Frauenstimmen waren zu vernehmen. Die ins Wasser gesprungenen Männer kletterten, etwas verlegen, wieder zurück auf die Flöße, und die vergessenen Fackeln flackerten rußend in den ersten Strahlen der aufgehenden Sonne.

Der Magier wandte sich zu Arren. Auf seinem Gesicht lag ein Licht, das von einer tiefen Freude oder von einer großen inneren Erregung herrühren mochte; doch seine Stimme war ruhig: »Jetzt müssen wir gehen, mein Junge. Sag Lebewohl und komm!« Er wandte sich zum Häuptling des Floßvolks, um ihm zu danken und sich zu verabschieden. Dann schritt er über drei Flöße – von der vergangenen Nacht her lagen sie noch nahe beisammen –, bis er das Floß erreichte, an dem die *Weitblick* festgemacht war. Leer auf den Wellen schaukelnd war ihr Boot der Floßstadt auf ihrem langsamen Treck nach Süden gefolgt. Die Kinder der Hohen See hatten sein leeres Wasserfass mit aufgefangenem Regenwasser gefüllt und es mit Proviant versorgt. Das war ihre Art, den Gast zu ehren, den viele unter ihnen als einen der Großen ansahen, der die Gestalt eines Menschen anstatt eines Wales angenommen hatte. Als Arren zum Boot kam, hatte Sperber schon das Segel gesetzt. Arren löste das Seil und sprang ins Boot, und im gleichen Moment drehte sich die *Weitblick* vom Floß weg, und ihr Segel füllte sich mit einer steifen Brise, obgleich nur der schwache Wind des frühen Morgens über das Wasser strich. Das Boot legte sich auf die Seite und flog nach Norden, der Spur des Drachen folgend, so leicht wie ein vom Winde gejagtes Blatt.

Als Arren zurückblickte, sah er die Floßstadt weit in der Ferne liegen, wie winzige Stückchen Holz schwammen sie mit ihren Hütten und Masten auf dem Wasser. Bald verschwanden auch sie in der glitzernden Helle, die der frühe Morgen über das Wasser ausgoss. Die *Weitblick* flog wie ein Pfeil über das Meer. Wenn der Bug die Wellen zerteilte, stob Gischt auf. Der Wind blies Arrens Haar zurück, und er musste seine Augen zusammenkneifen, um sie zu schützen.

Kein Wind der Welt hätte das Boot mit dieser Geschwindigkeit segeln lassen können, höchstens ein Sturm, doch dann hätte die Gefahr bestanden, dass es an den

Wellen zerschellte. Aber dies war kein irdischer Wind, sondern das Wort und die Macht des Magiers; und sie trieben das Boot pfeilschnell über das Meer.

Der Magier stand lange am Mast und blickte prüfend in die Ferne. Endlich setzte er sich an seinen gewohnten Platz bei der Ruderpinne, auf die er seine Hand legte, und schaute Arren an.

»Das war Orm Embar«, sagte er, »der Drache von Selidor, ein Nachkomme des großen Orm, der Erreth-Akbe getötet hatte und von ihm getötet worden war.«

»War er auf der Jagd?«, fragte Arren, denn er war nicht sicher, ob der Magier den Drachen willkommen geheißen, oder ihm gedroht hatte.

»Er forschte nach mir. Wenn Drachen etwas suchen, so finden sie es auch. Er kam und bat mich um Hilfe.« Er lachte kurz auf. »Und wenn mir das jemand gesagt hätte, niemals hätte ich es geglaubt, dass ein Drache je einen Menschen um Hilfe bitten würde! Und dazu noch dieser! Er ist nicht der älteste, obwohl er sehr alt ist, doch unter allen ist er der mächtigste. Er verbirgt seinen Namen nicht, wie das die anderen Drachen und die Menschen tun müssen. Er fürchtet nicht, dass irgendein Geschöpf, Mensch oder Tier, Macht über ihn erlangen könnte. Auch betrügt er, wie das die Art von Drachen ist, niemals. Vor langer Zeit, auf Selidor, schenkte er mir das Leben und offenbarte mir ein großes Geheimnis: Er sagte mir, wo die Königsrune gefunden werden kann. Ihm verdanke ich den Ring von Erreth-Akbe. Doch nie glaubte ich, diese Schuld, besonders bei einem solchen Gläubiger, einlösen zu müssen.«

»Was wünscht er?«

»Dass ich ihm den Weg zeige, den ich suche«, sagte der Magier; seine Stimme war hart geworden. Und nach einer Weile fügte er hinzu: »Er sagte: ›Im Westen ist ein anderer Drachenfürst; er bringt Zerstörung über uns alle, und seine Macht ist größer als unsre Macht.‹ Und ich sagte: ›Selbst größer als deine, Orm Embar?‹, und er sagte: ›Selbst größer als meine. Ich brauche deine Hilfe. Folge mir eilends!‹ Und so gebeten, folge ich.«

»Doch mehr wissen Sie nicht?«

»Ich werde bald mehr wissen.«

Arren rollte das Ankertau zusammen, verstaute es und verrichtete andere kleinere Arbeiten im Boot. Er versuchte ruhig zu sein, doch es fiel ihm schwer. Die Ereignisse dieses Morgens, das Aufregende ihrer Situation, ließen sein Herz höher schlagen, und die Spannung, wie eine straff gespannte Bogensehne, sang in seiner Stimme, als er schließlich sprach. »Das ist ein besserer Führer als die vorigen«, sagte er.

Sperber schaute ihn an und lachte: »Stimmt. Ich glaube auch nicht, dass wir dieses Mal irregeleitet werden.«

Und so begannen die beiden ihre große Fahrt über das Meer. Mehr als tausend Meilen lagen zwischen den auf keiner Karte verzeichneten Meeresströmungen des Floßvolkes und der Insel Selidor, der westlichsten aller Inseln der Erdsee. Ein Tag nach dem andern erhob sich strahlend am Horizont und versank im rot glühenden Westen, und das Boot, unter der goldenen Sonnenbahn und den silberglänzenden Sternen, flog unentwegt nach Norden, allein auf dem weiten Meer.

Manchmal ballten sich die Gewitterwolken des Hochsommers in der Ferne zusammen und warfen ihre dunkelvioletten Schatten gegen den Horizont; dann sah Arren zu, wie der Magier aufstand und mit Hand und Stimme den Wolken gebot, gegen sie zu treiben und ihren Regen über das Boot auszuschütten. Die Blitze schossen aus den Wolken hervor, der Donner krachte, doch der Magier stand mit ausgestreckter Hand, bis der Regen auf sie niederprasselte und die Gefäße, die sie aufgestellt hatten, und das Boot mit Wasser füllte und die Wellen des Meeres unter ihrem Anprall flach drückte. Er lachte und warf Arren einen Blick des Einverständnisses zu, und auch Arren musste lachen, denn an Nahrung litten sie keinen Mangel – aber auch keinen Überfluss –, doch an Wasser fehlte es ihnen. Und so freute sie der prächtige Zorn des Gewitters, das sich, den Worten des Magiers gehorchend, über ihnen austobte.

Arren war überrascht über die Macht, die sein Gefährte nun so bedenkenlos verschwendete, und einmal fragte er ihn: »Warum haben Sie, als wir unsere Reise begannen, keine Zauber gewirkt?«

»Das A und O allen Unterrichts auf Rok gipfelt in dem Gebot: *Wirke nur, was nötig ist.* Nicht mehr.«

»Der Unterricht dazwischen besteht dann wohl darin, das zu lernen, was nötig ist.«

»Stimmt. Man muss immer das Gleichgewicht im Auge behalten. Doch wenn das Gleichgewicht selbst gestört ist – dann zieht man anderes in Erwägung: vor allem Eile.«

»Wie kommt es, dass alle Zauberer im Süden – und jetzt bestimmt auch anderswo, selbst die Sänger auf den Flößen – ihre Macht verloren, während Sie Ihre Macht behalten haben?«

»Weil ich meine Kunst als Kunst allein schätze und keinen Gewinn darin suche«, antwortete Sperber.

Und nach einer Weile fügte er, weniger ernst, hinzu: »Und wenn ich sie schon bald hergeben muss, dann will ich sie wenigstens ausnützen, solange ich sie noch habe.«

Sein Wesen war überhaupt ganz anders, als Arren es bisher erlebt hatte. Eine gewisse Sorglosigkeit, eine kindliche Freude an seiner Geschicklichkeit, an seiner Kunst, hatte Besitz von ihm ergriffen, etwas, das Arren nie hinter seinem ernsten Wesen vermutet hätte. Arren wusste nicht, dass der wahre Magier mit Herz und Seele an seiner Kunst hängt und sich an seiner Geschicklichkeit erfreut. Sperbers Verwandlung in Hort, die Arren so erschreckt hatte, war ein Spiel für ihn gewesen. Und für einen, der nicht nur sein Gesicht und seine Stimme, sondern seine ganze Gestalt und sein Wesen in etwas anderes verwandeln konnte, wenn er wollte – einen Fisch, einen Falken, einen Delfin –, für den war diese Verwandlung eine Kinderei. Einmal sagte er: »Schau her, Arren! Ich zeig dir Gont.«

Und er deutete auf die Oberfläche des Wasserfasses, das er geöffnet hatte und das bis an den Rand voll war. Viele Zauberer konnten ein Bild auf einer Wasseroberfläche erscheinen lassen. Es war nichts Besonderes, was er da vollbrachte: Man sah einen hohen Gipfel, von Wolken umgeben, der sich aus dem grauen Meer erhob. Das Bild änderte sich, und Arren sah einen steilen Felsen, der auf der Berginsel in die Höhe ragte. Er sah ihn aus der Perspektive eines Vogels, einer Möwe oder eines Falken, der vom Wind der Küste getragen durch diesen Wind auf diesen Felsen blickte, der sich gut sechshundert Meter hoch über der Brandung erhob. Und ganz oben, auf einem kleinen Felsplateau, sah man ein kleines Haus. »Das ist Re Albi«, sagte Sperber, »dort wohnt mein Meister Ogion, der vor langer Zeit dem Erdbeben Einhalt geboten hat. Er hält ein paar Ziegen und sammelt Kräuter und schweigt. Ob er wohl noch in den Bergen wandert? Er ist jetzt schon sehr alt. Aber ich würde es wissen, gewiss würde ich es wissen, selbst jetzt, wenn Ogion gestorben wäre ...« Seine Stimme klang unsicher, und einen Augenblick lang wurde das Bild undeutlich und verschwamm, und es sah aus, als ob der Fels in sich zusammenfallen würde. Dann wurde das Bild wieder klar, seine Stimme hatte sich gefangen. »Im Spätsommer und im Herbst begibt er sich gewöhnlich ganz allein auf eine Wanderung in die Berge. Auf einer dieser Wanderungen kam er einmal zu mir, ich war damals noch ein dummer Junge und lebte in einem der Bergdörfer. Er hat mir meinen Namen und damit auch mein Leben gegeben.« Das Bild änderte sich, und der Betrachter sah jetzt – wie ein Vogel, der zwischen den Zweigen eines Baumes sitzend hinausspäht – eine sonnige, steile Bergwiese unterhalb eines schneebedeckten Felsgrates liegen und einen steilen Pfad, der hinunter in ein tiefgrünes, vom goldenen Sonnenlicht durchbrochenes Dunkel führte. »Nichts kommt dem Schweigen dieser Wälder gleich«, sagte Sperber, und in seiner Stimme lag Sehnsucht.

Das Bild wurde schwächer, bald war es verschwunden; nur die grelle Scheibe der Mittagssonne starrte ihnen aus dem Wasser entgegen.

»Ja, ja«, sagte Sperber, und sein Blick ruhte nachdenklich und ein wenig spöttisch auf Arren, »wenn ich jemals wieder zurückkehren soll, selbst du könntest mir dorthin nicht folgen.«

Vor ihnen lag Land. Flach und blau erhob es sich über dem Horizont. Im Dunst des Nachmittags glich es einer Nebelbank. »Ist das Selidor?«, fragte Arren, und sein Herz begann heftig zu schlagen, doch der Magier antwortete: »Ich vermute, es ist Obb oder Jessetsch. Wir haben noch nicht einmal die Hälfte des Weges zurückgelegt, mein Junge!«

Es war Nacht, als sie durch die Meeresstraßen zwischen den beiden Inseln segelten. Sie sahen keine Lichter, doch starker Brandgeruch lag in der Luft, und der Rauch war stellenweise so dick, dass ihre Lungen beim Atmen zu schmerzen begannen. Als es hell wurde und sie zurückblickten, sahen sie, dass die östliche Insel, Jessetsch, von der Küste landeinwärts, so weit der Blick reichte, schwarz und verbrannt aussah, ein blauer, schwerer Dunst lag darüber.

»Man hat die Ernte verbrannt«, sagte Arren.

»Stimmt. Und die Dörfer. Den Rauch habe ich schon einmal gerochen.«

»Sind das hier Barbaren im Westen?«

Sperber schüttelte verneinend seinen Kopf. »Bauern und Städter.«

Arren starrte auf das schwarze, zerstörte Land, auf die verkohlten Stümpfe der Obstbäume, die sich gegen den Himmel reckten, und sein Gesicht wurde hart. »Was haben ihnen denn die Bäume getan?«, sagte er. »Muss man seinen Hass am Gras auslassen? Menschen, die das Land verwüsten, weil sie sich untereinander streiten, sind Barbaren.«

»Es fehlt ihnen die Führung«, sagte Sperber, »es fehlt ihnen der König; und all die herrschenden und zauberkundigen Menschen haben sich abgesondert und in sich selbst zurückgezogen; sie suchen die Tür, die vom Tod zurückführt. So ist es im Süden, und so wird es vermutlich auch hier sein.«

»Und ein Mann kann das bewerkstelligen – der, von dem der Drache sprach? Das scheint doch kaum möglich.«

»Warum nicht? Wenn es einen König aller Inseln gäbe, wäre das ja auch nur ein Mann, und er würde regieren. Ein

Mann kann regieren, und genauso leicht kann ein Mann auch zerstören: sei er ein König oder ein Antikönig.«

In seiner Stimme lag wieder dieser leicht spöttische, herausfordernde Ton, der Arrens Blut aufwallen ließ.

»Ein König hat Diener – Soldaten, Beamte, Gesandte. Er regiert durch die, die in seinem Dienst stehen. Wo sind denn die Diener dieses … dieses Antikönigs?«

»In unserem Herzen, mein Junge, in unserem Herzen! Der Verräter, das ist das eigene Ich, das schreit: *Ich will leben, lasst die Welt verbrennen, wenn nur ich leben kann!* Das infame, kleine Stimmchen, das in uns nistet, im Dunkel unserer Seele wie der Wurm im Apfel. Und es spricht zu jedem von uns. Doch nur wenige können es verstehen: die Zauberer und die Hexenmeister, die Sänger, die Künstler und die Helden, diejenigen, die versuchen, sich selbst zu finden und zu bejahen, die versuchen, sich zu verwirklichen. Und das ist etwas ganz Großes und Seltenes. Und sich *in alle Ewigkeit* verwirklichen zu können, ist das denn nicht noch viel besser?«

Arren blickte Sperber direkt in die Augen. »Ihrer Ansicht nach ist es nicht besser. Aber sagen Sie mir, warum. Als ich diese Reise begann, war ich ein Kind, ein Kind, das nicht an den Tod glaubte. Sie glauben, dass ich noch immer ein Kind bin, aber ich habe inzwischen gelernt, nicht viel vielleicht, aber doch etwas. Ich habe gelernt, dass es einen Tod gibt und dass ich sterben muss. Aber ich habe nicht gelernt, dass ich dieses Wissen willkommen heißen muss, dass ich Ihren oder meinen Tod begrüßen soll.

Wenn ich das Leben liebe, ist es dann nicht natürlich, dass ich seinem Ende mit Widerwillen entgegensehe? Warum soll ich mir keine Unsterblichkeit wünschen?«

Arrens Fechtmeister in Berila war ungefähr sechzig Jahre alt gewesen, ein kleiner, glatzköpfiger und kalter Mann. Arren hatte ihn jahrelang nicht ausstehen können, obgleich er wusste, dass er ein ausgezeichneter Fechtmeister war. Doch eines Tages, während einer Übung, hatte er den Meister in einem unaufmerksamen Moment überrascht und fast entwaffnet, und der ungläubige, ungewohnte Ausdruck der Freude auf den strengen Zügen, die Überraschung, das Staunen, endlich einen Ebenbürtigen, endlich einen Partner gefunden zu haben – nie hatte er diesen Ausdruck vergessen können. Und von diesem Tag an hatte ihn der alte Mann erbarmungslos herangenommen und immer lag das gleiche Lächeln auf seinem Gesicht und hellte sich auf, je mehr Arren auf ihn eindrang. Und jetzt lag es auf Sperbers Gesicht, leuchtend wie Stahl im Licht der Sonne.

»Warum sollst du dir keine Unsterblichkeit wünschen? Wie kannst du es vermeiden? Jede Seele strebt danach, und ihre Größe liegt in der Stärke dieses Strebens. – Doch hab Acht, du gehörst zu denen, deren Wunsch in Erfüllung gehen kann.«

»Und dann?«

»Dann könnte es geschehen, dass ein falscher König an die Macht kommt, und die Kunst der Menschen ist vergessen, die Sänger sind stumm und die Augen blind. Und hier! Schau dich um! Sieh dir die Verheerung, das Elend des Landes, die Wunde, die wir heilen wollen, an. Zwei sind es, Arren, die ein Ganzes formen: die Welt und der Schatten, die Helligkeit und das Dunkle. Das sind die beiden Schalen der Waage. Leben trägt den Keim des Todes, der Tod den Keim des Lebens in sich. Die beiden Pole sind sich entgegengesetzt und ziehen sich daher an, sie bringen sich gegenseitig hervor und werden ewig wiedergeboren. Und alles folgt ihnen, die Blüte des Apfelbaums, das Licht der Sterne. Im Leben ist der Tod beschlossen und im Tod die Wiedergeburt. Ein Leben ohne Tod, wie sähe das aus? Ein sich nie veränderndes, ewig dauerndes Leben? – Ist das nicht ein schrecklicher Tod – ein Tod, dem keine Wiedergeburt folgt?«

»Wenn so viel davon abhängt, wenn eines Menschen Leben das Gleichgewicht des Ganzen stören kann, dann ist es doch sicherlich … Ich meine, dann würde doch nicht zugelassen werden …« Er stockte, verwirrt.

»Wer lässt zu? Wer verbietet?«

»Ich weiß nicht.«

»Ich auch nicht. Aber ich weiß, wie viel Böses ein Mensch anrichten kann. Ich weiß es nur zu gut, denn ich habe es selbst getan. Ich habe die gleiche böse Tat im Taumel meines Stolzes begangen. Ich habe die Tür zwischen den Welten geöffnet, nur einen Spalt weit, einen ganz winzigen Spalt, nur um zu zeigen, dass ich stärker als der Tod selbst sei … Ich war jung und war dem Tod – wie du – noch nie begegnet … Es bedurfte der ganzen Macht des

Erzmagiers Nemmerle, seiner ganzen Kunst und seines Lebens, um die Tür wieder zu schließen. Du siehst die Narben, die diese Nacht auf meinem Gesicht hinterlassen hat, doch sein Leben hat es gekostet. O ja, die Tür zwischen der Helligkeit und dem Dunkel kann geöffnet werden, Arren! Es bedarf der Stärke, doch es kann vollbracht werden. Doch sie wieder zu schließen, das, Arren, ist eine ganz andere Sache.«

»Aber das, von dem Sie sprechen, das ist doch gewisslich ganz verschieden von dem hier ...«

»Warum? Weil ich ein guter Mensch bin?« Die Stimme war wieder hart und kalt, die Augen des Sperbers blickten ihn durchdringend an. »Was heißt das, ein guter Mensch zu sein, Arren? Ist der gut, der nie etwas Böses tun würde, der nie die Tür zur Finsternis aufmachen würde, der kein Dunkel in sich trägt? Denk nach und schau etwas tiefer, Junge! Was du lernst, wirst du dort gebrauchen können, wohin wir gehen müssen. Schau in dich selbst! Hast du nicht eine Stimme vernommen, die *Komm!* gesagt hat? Bist du ihr nicht gefolgt?«

»Doch. Ich – ich habe es nicht vergessen. Aber ich dachte ... Ich dachte, dass es ... dass es seine Stimme war.«

»Gewiss, es war seine Stimme, aber es war auch deine Stimme. Wie anders hätte er über die Meere zu dir sprechen können als in deiner eigenen Stimme? Wie kommt es, dass er die, die gelernt haben zu hören – die Magier, die Künstler, die Suchenden –, ruft und dass die seiner

Stimme folgen? Wie kommt es, dass er mich nicht zu sich ruft? Weil er weiß, dass ich nicht hören will. Ich will diese Stimme nicht vernehmen. Du, Arren, du bist, wie ich, zur Macht geboren, zur Macht über andere Menschen, über andere Seelen. Ist das nicht das Gleiche wie Macht über Leben und Tod? Du bist noch jung, du stehst an der Schwelle der Möglichkeiten, und im Land der Schatten und Träume vernimmst du die Stimme, die zu dir spricht: *Komm!* Aber ich, ich bin alt, ich habe getan, was ich tun musste, ich steh im Licht des Tages und sehe meinem eigenen Tod entgegen, dem Ende aller Möglichkeiten. Ich weiß, dass es nur eine Macht gibt, die es wert ist zu besitzen: die Macht, nicht zu nehmen, sondern zu empfangen.«

Jessetsch lag schon weit hinter ihnen, ein blauer Strich am Horizont, ein Fleck.

»Dann bin ich sein Diener«, sagte Arren.

»Das bist du. Und ich bin deiner.«

»Aber wer ist es denn? Was ist es?«

»Ich glaube, es ist ein Mensch – so wie du und ich.«

»Dieser Mann, von dem Sie einst sprachen – der Zauberer von Havnor, der die Toten heraufbeschworen hat, ist es der?«

»Das kann gut sein. Er besaß große Macht, und sie war schließlich darauf gerichtet, dem Tod zu entgehen. Und er kannte die Großen Formeln, die in der Zauberkunde von Paln enthalten sind. Ich war jung und dumm, als ich in diesem Buch las und eine der Formeln benutzte. Ich habe mir selbst Unheil damit zugezogen. Sieh dir die Narben an. Doch wenn ein alter und mächtiger Mann sie benutzt und keine Rücksicht auf die Folgen nimmt, dann kann er uns alle ins Verderben stürzen.«

»Wurde Ihnen nicht gesagt, dass dieser Mann tot sei?«

»Doch«, sagte Sperber, »das wurde mir gesagt.«

Sie sprachen nicht weiter darüber.

In dieser Nacht war das Meer wie von Feuer überzogen. Die scharfen Wellen, vom Bug der *Weitblick* zurückgeworfen, und die Bewegungen jedes Fisches unter der Oberfläche des Wassers waren klar umrissen und lebendig im Licht. Arrens Arm lag auf der Ruderbank, und er ließ seinen Kopf darauf ruhen, während er die silbernen Wirbel und Strudel betrachtete. Er tauchte seine Hand in das Wasser, hob sie hoch und ein sanftes Licht glitt von seinen Fingern herab. »Schauen Sie her«, sagte er, »ich bin auch ein Zauberer!«

»Diese Gabe hast du nicht«, sagte sein Gefährte.

»Und ohne sie«, erwiderte Arren und blickte in das ruhelose Glitzern der Wellen, »bin ich ja wirklich keine große Hilfe, wenn wir auf unseren Feind treffen.«

Er hatte heimlich gehofft – schon von Anfang an –, dass der Grund, warum der Erzmagier ihn und keinen anderen auf diese Reise mitgenommen hatte, darin lag, dass eine Kraft in ihm schlummerte, die von seinem Vorfahren Morred auf ihn gekommen war und die sich in der äußersten Not, in der dunkelsten Stunde offenbaren würde: Dann würde er sich selbst und seinen Gebieter und die ganze

Welt von diesem Feind befreien. Aber in letzter Zeit, wenn er an diese Hoffnung dachte, so schien sie ihm in weiter Ferne zu liegen; und es stieg in ihm eine Erinnerung an die Tage seiner Kindheit auf, als er den brennenden Wunsch hatte, die Krone seines Vaters aufzuprobieren, und als es ihm untersagt wurde, hatte er geweint. Diese Hoffnung war genauso kindisch, genauso unreif. Er besaß keine Macht, taugte nicht zur Magie. Er würde diese Gabe auch nie besitzen.

Wahrscheinlich war freilich, dass irgendwann der Zeitpunkt kommen würde, da er die Krone seines Vaters aufsetzen und als Prinz von Enlad regieren musste. Doch das schien ihm jetzt nichts Besonderes mehr zu sein, seine Heimat kam ihm klein vor und lag in weiter Ferne. Das war keine Treulosigkeit. Seine Treue war sogar gewachsen, nur war sie jetzt auf etwas viel Größeres, auf eine viel umfassendere Hoffnung gerichtet. Er hatte seine eigene Schwäche erkannt und hatte gelernt, an ihr seine Stärke zu messen. Jetzt wusste er, dass er stark war. Doch was nützte ihm diese Stärke, wenn er keine magischen Gaben besaß, wenn er seinem Gebieter nichts anbieten konnte als seine Dienste und seine ungebrochene Zuneigung? Dort, wohin sie gehen mussten, würde das dort genügen?

Sperber hatte gesagt: »Um das Licht einer Kerze zu sehen, muss man sie an einen dunklen Ort tragen.« Damit versuchte sich Arren zu trösten, aber er fand den Gedanken nicht sehr trostreich.

Als sie am anderen Morgen erwachten, waren Luft und Wasser grau. Über dem Mast hellte sich der Himmel zu der sanften Bläue eines Opals auf, denn der Nebel hing tief. Den Männern aus dem Norden, zu denen Arren von Enlad und Sperber von Gont gehörten, war der Nebel vertraut; sie hießen ihn willkommen wie einen alten Freund. Sachte umhüllte er das Boot, sodass sie nicht weit blicken konnten, und es kam ihnen vor, als befänden sie sich in einem vertrauten Raum, nach Wochen in einer leeren, erbarmungslosen Helle in einem unablässig blasenden Wind. Sie kehrten in ihr gewohntes Klima zurück und befanden sich jetzt ungefähr auf der Höhe von Rok.

Etwa siebenhundert Meilen weit östlich von der nebligen See, auf der die *Weitblick* segelte, schien die Sonne auf die Blätter der Bäume im Inneren Hain, auf die grünen Gipfel des Hügels von Rok und auf das spitze Schieferdach des Großhauses.

In einem Zimmer im Südturm, dem Arbeitsraum eines Magiers, in dem sich Retorten und Destillierkolben und dickbauchige Flaschen, teils mit geradem, teils mit schiefem Hals befanden, in dem stabile Öfen und winzige Heizlämpchen, Zangen, Scheren, Blasebälge, Ständer, Rohre, eine Unzahl von Schachteln, Reagenzgläsern und verpfropften Flaschen, teils in Hardisch oder mit geheimnisvollen Runen markiert, herumlagen und -standen, in dem es alles gab, was zur Alchemie, Glasbläserei, Metallschmelze und zur Kunst des Heilens gehörte, in diesem

Raum, zwischen den mit allem Möglichen angehäuften Tischen und Bänken, standen der Meister der Verwandlung und der Meister des Gebietens von Rok.

Der Meister der Verwandlung hielt einen wie ein ungeschliffener Diamant aussehenden Edelstein in seinen Händen. Es war ein Bergkristall, der ganz tief im Innern amethystfarben und rosa schimmerte, doch sonst so klar wie Wasser war. Doch wenn der Blick sich in dieser klaren Tiefe verlor, so stieß er auf eine Trübung, die weder Widerspiegelung noch Bild der sie umgebenden Wirklichkeit war, sondern nur aus Flächen und Tiefen bestand, die immer weiter in eine Traumwelt hineinführten, die das Auge verbannt hielt. Dies war der Stein von Scheließ. Lange war er Teil des Schatzes der Prinzen von Weg gewesen, manchmal war ihm nicht mehr Bedeutung als jedem anderen Schmuckstück zugewiesen worden, manchmal hatte er als Schlafmittel gedient, doch manchmal erfüllte er einen grausamen Dienst: Der Unerfahrene, der zu lange in die Tiefe des Kristalls blickte, wurde wahnsinnig. Der Erzmagier Genscher von Weg hatte, als er nach Rok kam, den Kristall mitgebracht, denn in den Händen eines Magiers enthüllte der Stein die Wahrheit.

Doch die Wahrheit ist von Mensch zu Mensch verschieden.

Und so beschrieb der Meister der Verwandlung, der den Stein in seinen Händen hielt und durch die ungleichmäßige Oberfläche in die endlose, schimmernde, zart getönte Tiefe blickte, laut das Bild, das er sah: »Ich sehe die Erde vor mir liegen, so als ob ich auf dem Berge Onn im Mittelpunkt der Welt stünde, und mein Auge erblickt alles, was mir zu Füßen liegt, selbst die fernste Insel im fernsten Bereich und was jenseits liegt. Alles ist deutlich. Ich sehe Schiffe auf den Meeresstraßen von Ilien und die Herdfeuer auf Torheven und das Dach des Turmes, in dem wir uns befinden. Doch hinter Rok ist alles leer. Im Süden – nichts, im Westen – nichts, Wathort ist nicht dort, wo es sein soll, und auch die andern Inseln im Westen fehlen, selbst Pendor, die nächstliegende, ist nicht sichtbar. Und wo ist Osskil und Ebosskil? Enlad ist vom Nebel verdeckt, ein schmutziges Grau liegt wie Spinnweben auf der Insel. Immer mehr Inseln fehlen und nichts ist auf dem Meer, so muss es ausgesehen haben vor der Schöpfung ...«, seine Stimme brach, als er das letzte Wort aussprach, er musste sich zwingen, es über seine Lippen zu bringen.

Er legte den Stein vorsichtig auf den Ständer aus Elfenbein und trat zurück. Sein gütiges Gesicht sah erschöpft aus. Er sagte: »Sagen Sie mir, was Sie sehen!«

Der Meister des Gebietens hob den Stein auf und hielt ihn in seinen Händen. Er drehte ihn langsam herum, als suche er auf der unebenen Oberfläche den Eingang zu einer Vision. Lange drehte er ihn hin und her und sein Gesicht war angespannt. Endlich legte er ihn zurück und sagte: »Verwandler, ich sehe wenig. Bruchstücke, Fetzen, nichts, was sich zu einem Ganzen schließt.«

Der grauhaarige Meister ballte die Hände zu Fäusten: »Ist das nicht an sich schon beunruhigend?«

»Wieso?«

»Sind Ihre Augen oft blind?«, rief der Verwandler, und Zorn lag in seiner Stimme. »Sehen Sie nicht ein, dass sich ...«, und er stammelte ein paarmal, bevor er weiterreden konnte, »sehen Sie nicht, dass sich eine Hand über Ihre Augen gelegt hat, so wie sich eine Hand auf meinen Mund gelegt hat?«

Der Meister des Gebietens sagte: »Sie sind überarbeitet, Meister.«

»Gebieten Sie dem Wesen des Steines, zu erscheinen!«, sagte der Meister der Verwandlung, nachdem er sich gesammelt hatte, doch seine Stimme klang erstickt.

»Warum?«

»Warum? Weil ich Sie darum bitte.«

»Hören Sie auf, Meister! Wollen Sie mich etwa herausfordern – wie Knaben vor der Höhle des Bären? Sind wir denn Kinder?«

»Ja! Vor dem, was ich im Stein von Scheließ sehe, bin ich ein Kind – ein furchtsames Kind. Gebieten Sie dem Wesen des Steines. Muss ich Sie anflehen?«

»Nein«, sagte der große Meister, aber seine Stirn war gefurcht, und er wandte sich von dem älteren Mann ab. Dann streckte er die Arme weit aus in der großen Geste, mit der die Formeln seiner Kunst beginnen; er hob den Kopf und sprach die Worte der Anrufung. Während er sprach, begann ein Licht im Stein zu leuchten. Das Zimmer verdunkelte sich, Schatten drängten sich näher. Als die Schatten tief waren und der Stein ganz hell, legte er die

Hände zusammen, hob den Stein vor das Gesicht und blickte hinein in den leuchtenden Kristall.

Er schwieg eine Weile, dann begann er zu reden: »Ich sehe die Brunnen von Scheließ«, sagte er leise, »die Becken, die Schalen, die Wasserspiele, die silbernen Vorhänge vor den Spalten, wo Farne im Moos wachsen; ich sehe den gewellten Sand, über den die plätschernden Wasser sich ergießen, das Wasser, das aus der tiefen Erde dringt, das Geheimnis, die Unschuld des Ursprungs, die Quellen ...« Er verstummte und blieb lange stehen, ohne sich zu rühren; sein Gesicht war im Schein des Kristalls bleich, es sah silbern aus . Dann schrie er wortlos auf, und, den Kristall achtlos fallen lassend, stürzte er auf die Knie und barg das Gesicht in den Händen.

Die Schatten waren verschwunden. Das Sonnenlicht strömte in den mit Geräten angefüllten Raum. Der große Bergkristall, der zu Boden gepoltert war, lag unbeschädigt im Staub und Abfall unter einem Tisch.

Der Meister des Gebietens streckte die Hand suchend aus und griff, wie ein Kind, nach der Hand des andern. Er atmete schwer. Endlich stand er auf und lehnte sich ein wenig an den Meister der Verwandlung. Mit noch zitternden Lippen versuchte er zu lächeln: »Meister, vor Ihren Herausforderungen muss man sich hüten!«

»Was haben Sie gesehen, Thorion?«

»Ich habe die Brunnen gesehen. Ich habe gesehen, wie sie versunken sind und wie die Flüsse ausgetrocknet sind. Ich habe gesehen, wie sich das Wasser von den Rändern der Quellen zurückzog und darunter war alles schwarz und trocken. Sie haben das Meer vor der Schöpfung gesehen, ich habe gesehen, was danach – nach dem Ende kommt.« Seine Lippen waren trocken. »Ich wünschte, der Erzmagier wäre hier.«

»Ich wünschte, wir könnten jetzt bei ihm sein.«

»Wo? Niemand kann ihn jetzt finden.« Der Meister des Gebietens blickte auf und schaute durch das Fenster in einen blauen, heiteren Himmel. »Kein Senden, kein Gebieten kann ihn jetzt erreichen. Er ist dort, wo Sie das Meer gesehen haben, auf dem sich nichts befand. Er kommt an den Ort, wo die Quellen versiegen. Er ist dort, wo uns unsere Künste nichts helfen … Doch vielleicht gibt es selbst jetzt noch Formeln, die ihn erreichen könnten, vielleicht einige aus der Zauberkunde von Paln.«

»Das sind doch Formeln, die Tote wieder ins Leben rufen.«

»Und manche bringen die Lebenden ins Reich der Toten.«

»Sie glauben nicht, dass er tot ist?«

»Ich glaube, er geht dem Tod entgegen und wird von ihm angezogen. Wir alle werden davon angezogen. Unsere Macht verlässt uns, unsere Stärke, unsere Hoffnung, unser Glück flieht uns. Die Quellen versiegen.«

Der Meister der Verwandlung blickte ihn sorgenvoll an. »Versuchen Sie nicht, nach ihm zu senden, Thorion«, sagte er schließlich. »Er wusste, was er suchte, lange bevor wir es wussten. Ihm ist die Welt wie der Kristall von Scheließ: Er schaut und sieht, was getan werden muss … Wir können ihm nicht helfen. Die Großen Formeln sind alle gefährdet, und besonders die, die in der Kunde, die Sie erwähnt haben, enthalten sind. Wir müssen hier standhalten und uns um Rok kümmern. Wir müssen die Namen bewahren.«

»Gewiss«, sagte der Meister des Gebietens, »doch ich muss gehen und darüber nachdenken.« Er verließ das Turmzimmer, etwas steif ausschreitend, und trug seinen dunklen, edel geformten Kopf hoch.

Am nächsten Morgen suchte ihn der Meister der Verwandlung auf. Als er keine Antwort auf sein Klopfen vernahm, öffnete er die Tür und fand ihn ausgestreckt auf dem Steinboden liegend, so als wäre er von einem harten Schlag zurückgeschleudert worden. Seine Arme waren weit ausgestreckt, wie bei einer Anrufung, doch seine Hände waren kalt und seine Augen blicklos. Obwohl der Verwandler, neben ihm kniend, ihn mit der Macht des Magiers zurückrief, indem er seinen Namen Thorion dreimal wiederholte, bewegte er sich nicht. Er war nicht tot, aber nur noch ein bisschen Leben war in ihm, gerade genug, um sein Herz schlagen zu lassen und etwas Luft in seine Lungen zu bringen. Der Meister der Verwandlung griff nach seinen Händen und hielt sie fest, dann flüsterte er: »Oh, Thorion, ich habe dich gezwungen, in den Kristall zu blicken. Das ist meine Schuld!« Dann stand er hastig auf und ging hinaus in den Flur und sagte zu jedem, den er traf, Meister und Schüler: »Der Feind ist in unserer Mitte, in das gut geschützte Rok ist er gedrungen und hat unsere Macht an der Wurzel angegriffen.« Sonst ein sanfter Mann, sah er jetzt so kalt und fremd aus, dass diejenigen, die ihn sahen, Furcht vor ihm hatten. »Schaut euch den Meister des Gebietens an!«, sagte er. »Wer wird ihn zurückrufen können, wenn er, der Meister dieser Kunst, von uns gegangen ist?«

Er ging auf sein Zimmer, und alle traten zurück, um ihn vorbeizulassen.

Man ließ den Meister der Heilkunde kommen. Er ordnete an, dass Thorion zu Bett gelegt und warm zugedeckt werde, aber er braute keinen Kräutertee und sang keinen der Gesänge, die einem kranken Körper oder einem gestörten Geist halfen.

Einer seiner Schüler war bei ihm, ein junger Bursche, der noch nicht den Zaubergrad erworben hatte, aber in der Heilkunde hoch begabt war. Er fragte: »Meister, kann man denn nichts für ihn tun?«

»Nicht auf dieser Seite der Mauer«, sagte der Meister. Dann, sich besinnend, zu wem er sprach, fügte er hinzu: »Er ist nicht krank, mein Junge, doch selbst wenn er ein Fieber oder eine Krankheit hätte, ich weiß nicht, ob unsere Kunst ihm groß helfen könnte. Mir scheint, als ob unsere Kräuter in letzter Zeit an Würze verloren hätten, und obwohl ich die Worte unserer Formeln wie eh und je spreche, so kommt mir doch vor, als wirkten sie nicht mehr so stark.«

»So etwas Ähnliches hat der Meister der Lieder gestern gesagt. Er hat mitten in dem Lied, das er uns gerade beigebracht hat, aufgehört. ›Ich weiß nicht mehr, was das Lied bedeutet‹, hat er verstört gemurmelt und ist dann aus dem Zimmer gegangen. Einige der Jungen haben gelacht, aber mir war's nicht danach, mir war's, als würde der Boden unter mir versinken.«

Der Meister der Heilkunde schaute in das offene, kluge Gesicht des Jungen und dann hinunter auf das starre Gesicht des Gebieters. »Er wird zurückkommen«, sagte er. »Die Lieder werden nicht vergessen werden.«

In dieser Nacht verließ der Meister der Verwandlung Rok. Niemand hatte ihn fortgehen sehen. Das Fenster seines Zimmers, das auf den Garten hinausging, stand offen. Er blieb verschwunden. Sie nahmen an, dass er seine eigene Kunst dazu verwendet hatte, sich zu verwandeln, vielleicht in irgendeinen Vogel oder in ein anderes Tier, in Nebel oder in Wind, denn alle Formen, alle Substanzen lagen im Bereich seiner Verwandlungskunst. Und so war er entflohen, vielleicht um den Erzmagier zu suchen. Unter ihnen waren manche, die um die Gefahr wussten, die drohte, wenn jemand in seiner eigenen Verwandlung gefangen wird. Das kann geschehen, wenn die Macht nachlässt oder der Wille erlahmt. Sie fürchteten um ihn, doch sie sprachen nicht von ihrer Furcht.

So kam es, dass drei Meister im Konzil der Weisen fehlten. Als die Tage vergingen und keine Nachricht vom Erzmagier sie erreichte, als der Meister des Gebietens weiterhin wie tot auf seinem Bett lag und der Meister der Verwandlung verschwunden blieb, breitete sich Kälte und Bedrückung im Großhaus von Rok aus. Die Jungen flüsterten untereinander, und manche redeten davon, Rok zu verlassen, denn der Unterricht litt und sie lernten nicht viel.

»Vielleicht«, so meinte einer, »war alles, diese ganzen geheimen Künste und Mächte, von Anfang nichts als Lüge und Täuschung: Von den Meistern übt nur noch Meister Hand seine Künste, und das weiß ja jeder, dass das nichts weiter ist als Spielerei und Illusion! Und die anderen verstecken sich und weigern sich, irgendetwas zu tun, weil ihre Künste jetzt offenbart sind.« Und ein anderer, der das hörte, meinte: »Was ist Zauberei denn schon groß? Die ganze Magierkunst ist doch nichts weiter als Schein. Hat sie denn schon jemals einen Menschen vom Tod errettet oder ihm ein langes Leben verliehen? Wenn die Magier wirklich die Macht hätten, deren sie sich rühmen, dann würden sie doch alle ewig leben!« Und er und die anderen Jungen begannen, vom Sterben der großen Magier zu reden, wie Morred im Kampf gefallen war, wie Nereger vom Grauen Magier getötet wurde und Erreth-Akbe vom Drachen, und wie Genscher, der letzte Erzmagier, einfach krank wurde und im Bett starb wie ein ganz gewöhnlicher Mensch. Manche Jungen hörten zu und freuten sich, denn sie besaßen neidvolle Herzen, andere aber hörten zu und litten.

Und während der ganzen Zeit blieb der Meister der Formgebung im Inneren Hain, in den er niemanden hineinließ.

Doch der Türhüter, obgleich er selten gesehen wurde, hatte sich nicht verändert. Kein Schatten lag über seinen Augen. Er lächelte und hielt die Türen des Großhauses bereit zur Rückkehr seines Herrn.

Die Dracheninseln

Dieser Herr über die Insel der Weisen wachte gerade auf, in einem kleinen Boot weit draußen auf dem Meer im äußersten Westbereich, und streckte seine verkrampften, vom Liegen schmerzenden Glieder. Er gähnte. Der Morgen war klar und kalt. Ein paar Minuten später deutete er nach Norden und sagte zu seinem noch verschlafenen Gefährten: »Schau! Die zwei Inseln dort drüben! Kannst du sie sehen? Das sind die südlichsten der Dracheninseln.«

»Sie haben die Augen eines Raubvogels, mein Gebieter«, sagte Arren und spähte aus schlaftrunkenen Augen über das Meer. Er sah nichts.

»Deswegen bin ich ja auch der Sperber«, sagte der Magier; er war noch in bester Stimmung; was ihnen drohte, schien ihn nicht zu bedrücken.

»Ich sehe Möwen«, sagte Arren, nachdem er seine Augen wachgerieben und den blaugrauen Horizont, der sich vor dem Boot erstreckte, abgesucht hatte.

Der Magier lachte. »Selbst einem Falken dürfte es

schwer fallen, Möwen auf zwanzig Meilen Entfernung zu sehen, meinst du nicht auch?«

Als die Sonne hinter dem Morgennebel im Osten immer heller wurde, sah Arren, wie die winzigen, kreisenden Punkte in der Luft zu schillern begannen, wie Goldblättchen, die im Wasser geschüttelt, oder wie Staubkörnchen, die von einem Sonnenstrahl erfasst wurden. Und plötzlich wurde Arren bewusst, dass es Drachen waren.

Als sich die *Weitblick* den Inseln näherte, sah Arren, wie die Drachen, vom Morgenwind getragen, in die Höhe stiegen und ihre Kreise zogen, und sein Herz schlug höher, und ein Gefühl der Erfüllung durchströmte ihn, so heftig, dass es ihn schmerzte. Die ganze Glorie, die ganze Pracht des Lebens war in diesem Flug enthalten: Eine ungeheure Stärke, eine ungezügelte Wildheit, eine Geschmeidigkeit, wie sie nur der Vernunft eigen war, lagen in diesem Flug. Denn dies waren denkende Geschöpfe, die über eine Sprache verfügten und über uralte Weisheit. In den gemessenen Bahnen ihres Fluges offenbarte sich ein gemeinsamer, mächtiger Wille.

Arren sagte kein Wort, doch er dachte: Jetzt ist es mir gleichgültig, was folgt, denn ich habe die Drachen im Morgenwind fliegen sehen.

Manchmal wurden die gleichmäßigen Bahnen und Kreise unterbrochen, und dann und wann blies der eine oder der andere der Drachen eine lange Feuerflamme aus seinen Nüstern, die sich wand und einen Augenblick lang in der Luft schwebte und der Krümmung des langen Drachenkörpers folgte. Der Magier ließ seinen Blick prüfend auf ihm ruhen, dann sagte er: »Sie sind zornig. Sie drücken ihren Zorn im Tanz aus.«

Und nach einer Weile fügte er hinzu: »Jetzt sitzen wir im Hornissennest.« Denn die Drachen hatten das kleine Segel auf den Wellen erspäht, und einer nach dem anderen brach aus dem Reigen des Tanzes aus und kam, lang und gerade gestreckt, mit mächtigen Flügelschlägen die Luft zerteilend, auf das kleine Boot zugeschossen.

Der Magier blickte auf Arren, der an der Ruderpinne saß, denn die Wellen schlugen heftig und unregelmäßig gegen das Boot. Der Junge hielt das Boot mit fester Hand auf geradem Kurs, doch seine Augen waren auf die mächtigen Schwingen gerichtet. Der Magier schien befriedigt, er wandte sich wieder um und, neben dem Mast stehend, ließ er den magischen Wind erschlaffen. Er hob seinen Stab und sprach laut.

Beim Klang seiner Stimme und bei den Worten der Ursprache machten einige der Drachen in der Luft kehrt und flogen vereinzelt zu den Inseln zurück. Andere hielten inne und schwebten in der Luft, ihre langen Krallen zwar ausgestreckt, doch sie verharrten reglos. Einer kam herunter und flog langsam auf sie zu: Zwei mächtige Flügelschläge brachten ihn über das Boot. Der schuppige Unterleib berührte fast die Mastspitze. Arren sah die verrunzelte, ungeschützte Haut zwischen den Schultergelenken und der Brust, die, wie das Auge, verletzbar war; nur ein mit außerordentlichen Zauberkräften gerüsteter

Speer konnte dem Rest des Körpers Schaden zufügen. Der aus dem langen, mit Zähnen gespickten Rachen strömende Rauch erstickte ihn fast, und der Aasgestank seines Atems ließ Arren würgen. Er biss die Zähne zusammen und hielt die Luft an.

Der Schatten flog vorbei. Er kam wieder zurück, und dieses Mal spürte Arren die heiße Glut des Rachens, bevor er den Rauch roch. Er vernahm Sperbers klare, gebieterische Stimme. Der Drache flog weiter. Und dann zerstoben sie alle, wie feurige Funken vom Windstoß davongetragen.

Arren atmete tief aus und wischte sich über die schweißbedeckte Stirn. Er blickte seinen Gefährten an und sah, dass dessen Haar weiß war, der Atem des Drachen hatte die Haarspitzen zu Asche verbrannt. Und das schwere Segeltuch war auch auf der einen Seite braun verkohlt.

»Dein Kopf ist etwas angesengt, mein Junge.«

»Mein Gebieter, auch Ihrer ist nicht mehr so, wie er war.«

Sperber fuhr sich überrascht durchs Haar. »Du hast Recht! Das war eine Frechheit, doch ich gehe einem Streit mit diesen Geschöpfen aus dem Wege. Sie scheinen verrückt oder ganz verängstigt zu sein. Sie haben nicht gesprochen. Noch nie habe ich einen Drachen gesehen, der nicht, bevor er auf seine Beute herabstieß, etwas sagte, wenn es auch nur ein paar Worte waren, genug jedenfalls, um die Qual zu verlängern ... Jetzt müssen wir weiter. Schau ihnen nicht in die Augen, Arren! Wende dein Gesicht zur Seite, wenn es nötig ist. Wir segeln mit dem Wind der Welt weiter. Er bläst ja ganz frisch aus dem Süden. Es ist möglich, dass ich meine Kunst für andere Dinge brauche. Halte das Boot auf Kurs.«

Die *Weitblick* segelte weiter, und bald tauchte linker Hand in der Ferne eine Insel auf, und rechts lagen die Zwillingsinseln, die sie zuerst gesehen hatten. Sie bestanden aus flachen Felsen, die nackt emporragten, weißlich gesprenkelt vom Kot der Drachen, mit kleinen, dunklen Punkten übersät, wo die schwarzköpfigen Seeschwalben nisteten, die sich furchtlos unter den Drachen tummelten.

Die Drachen waren emporgestiegen und kreisten wie Aasgeier hoch in der Luft. Keiner kam mehr auf das Boot heruntergestoßen. Manchmal schrien sie sich etwas zu, hoch und krächzend, über den Abgrund hinweg, der zwischen ihnen lag. Arren konnte nicht verstehen, ob es Worte waren.

Das Boot umsegelte eine kleine Landenge, und Arren sah etwas am Strand liegen, das wie die Ruine einer Festung aussah. Es war ein Drache. Ein schwarzer Flügel lag unter ihm, der andere streckte sich riesig über den Sand ins Wasser, und das Auf und Ab der Wellen hob und senkte ihn, eine klägliche Nachahmung des Fluges. Der lange, schlangenartige Körper lag ausgestreckt über Sand und Gestein. Eine Vorderklaue fehlte, die Schuppen und das Fleisch hingen von den Rippen herunter, der Bauch war aufgerissen, und giftiges Drachenblut hatte eine weite Fläche des Sandes schwarz gefärbt. Doch der Drache lebte noch. Die Lebenskraft eines Drachen ist so groß, dass nur eine ihm ebenbürtige Zauberkraft ihn schnell töten kann. Die grüngoldenen Augen waren offen, und als das Boot vorbeiglitt, bewegte sich der schmale, riesige Kopf ein wenig, und ein dünner Strahl Blut schoss aus den Nüstern.

Der Strand zwischen dem sterbenden Drachen und dem Meer war platt gewalzt und zertrampelt von den Füßen und den schweren Körpern anderer Drachen, seine Eingeweide waren in den Sand hineingestampft worden.

Weder Arren noch Sperber redeten, bis sie ein gutes Stück von der Insel entfernt waren und sich mitten auf der breiten Meeresstraße befanden, die, gespickt mit Untiefen, Riffen und Klippen, die nördliche der Doppelinselkette von der südlichen trennte. Da erst sagte Sperber mit ausdrucksloser, harter Stimme: »Das war ein schrecklicher Anblick.«

»Fressen sie sich … gegenseitig auf?«

»Nein, genauso wenig wie wir es tun. Sie sind wahnsinnig geworden. Sie haben ihre Sprache verloren. Sie, die lange vor den Menschen über Sprache verfügten, die älter sind als jedes heute existierende Lebewesen, die Kinder von Segoy – sie sind nun nichts weiter als Tiere und von einer blinden, primitiven Furcht besessen. ›Oh, Kalessin! Wohin haben dich deine Flügel getragen? Hast du noch erlebt, wie deine Rasse es gelernt hat, sich zu schämen?‹« Seine Worte hallten wie Metallschläge über das Meer, und er blickte suchend in die Höhe. Doch die Drachen waren zurückgeblieben. Sie kreisten jetzt niedriger über der Felseninsel und dem mit Blut getränkten Strand. Über Arren und Sperber spannte sich ein blauer Himmel, in dem die Mittagssonne hoch stand.

Es lebte zu dieser Zeit kein Mensch, außer dem Erzmagier, der die Dracheninseln angesteuert oder auch nur gesehen hatte. Vor mehr als zwanzig Jahren hatte er sie mit seinem Boot von Osten nach Westen und wieder zurück durchmessen. Für einen Seemann waren sie beides: ein Wunder und ein Albtraum. Die Gewässer dort waren ein Labyrinth blauer Meerengen und türkisfarbener Untiefen, von Felsen und Riffen unterbrochen, und durch dieses Gewirr bahnten sie sich jetzt, mit allergrößter Vorsicht, Hand und Worte zu Hilfe nehmend, ihren Weg. Manche Felsen waren flach und verschwanden teils ganz, teils halb unter den sie umspülenden Wellen; sie waren mit Seeanemonen, Muscheln und sich schlängelnden Farnen bedeckt und sahen wie teils erstarrte, teils sich windende Wasserungeheuer aus. Manche ragten hoch aus den Wogen empor, spitze Türme, steile Felsen, wie Bögen und Halbbögen, wie gemeißelte Säulen, wie fantastische Tiere, wie Eberrücken oder Schlangenköpfe aussehend; alle waren riesig und unförmig, als stecke ein dumpfes, nur halb erwachtes Leben im Fels. Die See schlug dagegen, rhythmisch wie ein Atem, und sie waren nass und glänzten unter der hellen, harten Gischt. In einem dieser Felsen konnte man, von Süden kommend, die gebeugten Schultern und das schwere, edel geformte Haupt eines Mannes erkennen, der sich gedankenverloren nach vorne neigte. Nachdem das Boot vorbeigesegelt war und weiter gegen Norden steuerte, war er verschwunden, nur eine Höhle, die sich in den riesigen Felsen hineinerstreckte, war sichtbar, in der das Wasser sich regelmäßig mit hohlem Klatschen hob und senkte. Und in diesem Geräusch schien ein Wort, eine Silbe, enthalten zu sein. Als sie weitersegelten, verloren sich die verstümmelten Echos, und die Silbe wurde klar und vernehmbar, sodass Arren fragte: »Hat die Höhle eine Stimme?«

»Die Stimme des Meeres.«

»Aber sie spricht ein Wort.«

Sperber horchte; er warf einen Blick auf Arren, dann zurück zur Höhle: »Was hörst du?«

»Es klingt wie *Ahm*.«

»In der Ursprache heißt das ›Anfang‹ oder ›vor langer Zeit‹. Ich höre *Ohb*, und das kann heißen ›das Ende‹. – Pass auf!« Er unterbrach sich, gerade als Arren warnend rufen wollte: »Untiefe!« Obgleich die *Weitblick* sich geschickt wie eine Katze zwischen den gefährlichen Stellen hindurchwand, waren sie eine Weile vollauf mit dem Steuern beschäftigt. Die Höhle, in der gleichmäßig und unaufhörlich das rätselhafte Wort donnerte, blieb hinter ihnen zurück.

Das Wasser wurde tiefer, und sie verließen die Phantasmagorie der Felsen. Vor ihnen lag eine Insel, die wie ein Turm über das Wasser ragte. Ihre steilen Flanken waren schwarz und schienen aus zahlreichen, dicht beisammenstehenden Säulen oder Zylindern zu bestehen, die spiegelblank und oben glatt abgeschnitten waren. Sie ragten mehr als hundert Meter hoch aus dem Wasser. »Das ist Kalessins Hort«, sagte der Magier. »Das haben mir die Drachen erzählt, als ich vor vielen Jahren hier war.«

»Wer ist Kalessin?«

»Der Älteste ...«

»Hat er diese Insel so gebaut?«

»Das weiß ich nicht. Ich weiß nicht, ob sie überhaupt gebaut wurde, und auch nicht, wie alt er ist. Ich sage zwar ›er‹, aber selbst das weiß ich nicht ... In Kalessins Augen ist Orm Embar noch ein Säugling. Und du und ich, wir sind nichts als Eintagsfliegen.« Er blickte prüfend auf die drohenden Palisaden, doch Arren schaute beklommen hinauf. Er stellte sich vor, wie ein Drache so schnell wie ein Schatten von diesem hohen, schwarzen Rand herunter auf sie zustoßen konnte. Doch kein Drache zeigte sich. Sie bewegten sich langsam durch das stille Wasser im Windschutz des Felsens und hörten nur das leise Raunen und Klatschen der beschatteten Wellen gegen die Säulen aus Basalt. Arren steuerte das Boot, und Sperber stand im Bug und spähte die Felsen entlang hinauf in den hellen Himmel, der sich vor ihnen auftat.

Endlich glitten sie aus dem Schatten von Kalessins Hort hinaus in das helle Sonnenlicht des Spätnachmittags. Die Dracheninseln lagen hinter ihnen. Der Magier hob den Kopf wie ein Mensch, der endlich sieht, was er erwartet hat, und über die weite, lichtüberflutete Fläche, die sich vor ihnen erstreckte, kam auf goldenen Flügeln der Drache Orm Embar herangeschwebt.

Arren hörte, wie Sperber ihm zurief. *»Aro Kalessin?«* Es war nicht schwer zu erraten, was das bedeutete, doch die Antwort des Drachen verstand er nicht. Immer wenn er die Ursprache hörte, kam es ihm vor, als verstünde er sie fast, als läge sie ihm auf der Zunge, als wäre es eine Sprache, die er vergessen, und nicht eine Sprache, die er nie gekannt hatte. Wenn der Magier in ihr redete, so war seine Stimme viel klarer, als wenn er hardisch redete, und doch lag eine Stille darin, wie sie von einer großen, nur ganz leicht berührten Glocke hervorgebracht werden kann. Die Stimme des Drachen dagegen war wie ein Gong, tief und schrill zugleich, oder wie das Klimpern einer Schelle.

Arren sah seinen Gefährten in dem schmalen Bug stehen und zu der riesigen Kreatur sprechen, die über ihnen schwebte und den halben Himmel bedeckte. Er jauchzte innerlich auf und Stolz durchflutete ihn bei diesem Anblick; er sah, wie schwach, wie gering und wie schrecklich zugleich ein Mensch sein kann. Denn der Drache hätte mit einem Schlag seiner gekrümmten Klaue den Kopf des Mannes von den Schultern reißen können, er hätte das Boot zermalmen und versenken können, wie ein Stein ein schwimmendes Blatt versenkt – wenn es nur auf die Größe ankäme. Doch Sperber war so gefährlich wie Orm Embar, und der Drache wusste das.

Der Magier wandte den Kopf. »Lebannen«, sagte er,

und der Junge stand auf und kam nach vorne, obgleich er überhaupt kein Verlangen verspürte, sich diesem fünf Meter langen Rachen und den schmalen, gelbgrünen Augen mit den geschlitzten Pupillen zu nähern, die von oben auf ihn herabbrannten.

Sperber sagte kein Wort zu ihm, doch er legte seine Hand auf Arrens Schulter und sprach wieder kurz zu dem Drachen.

»Lebannen«, ließ sich die mächtige Stimme vernehmen, »*Agni* Lebannen!«

Er blickte nach oben, doch ein leichter Druck von Sperbers Hand erinnerte ihn daran, dem Blick des Drachen nicht zu begegnen.

Er konnte nicht in der Ursprache reden, aber er war nicht stumm und nicht dumm. »Ich begrüße Sie, Orm Embar, Fürst aller Drachen«, sagte er mit klarer Stimme wie ein Prinz, der einen Ebenbürtigen begrüßt.

Danach war alles still, nur Arrens Herz schlug laut und heftig. Doch Sperber, der neben ihm stand, lächelte.

Dann hob der Drache wieder an zu sprechen, und Sperber antwortete; Arren kam es wie eine Ewigkeit vor. Dann war es vorüber und der Drache schwang sich mit einem Schlag seiner Schwingen so kraftvoll in die Höhe, dass er das Boot fast zum Kentern brachte; dann flog er davon.

Arren sah, dass die Sonne dem Untergang nicht viel näher war als zuvor. Nur wenig Zeit war verstrichen, doch das Gesicht des Magiers war aschgrau und schweißbedeckt, und seine Augen glitzerten, als er sich Arren zuwandte. Er setzte sich auf die Ruderbank.

»Du hast dich gut gehalten, mein Junge«, sagte er heiser. »Es ist nicht leicht – mit einem Drachen zu reden.«

Arren holte etwas zu essen heraus, denn sie hatten den ganzen Tag noch keinen Bissen zu sich genommen, und der Magier redete nicht mehr, bis er gegessen und getrunken hatte. Als sie fertig waren, stand die Sonne schon tief am Himmel, obwohl in diesen nördlichen Breiten, wenn die Mittsommernacht noch nicht allzu lange vorbei ist, die Nächte spät und langsam kommen.

»Na«, sagte er endlich, »Orm Embar hat mir ja, wenn man in Betracht zieht, dass es von ihm kommt, ziemlich viel gesagt. Er sagte, dass der, den wir suchen, auf Selidor ist und doch nicht dort ist ... Einem Drachen fällt es schwer, sich klar auszudrücken. Ihre Gedankengänge sind komplex. Und selbst wenn einer von ihnen einem Menschen die Wahrheit sagen wollte, was selten vorkommt, dann weiß er immer noch nicht, was der Mensch als Wahrheit betrachtet. Deswegen habe ich ihn gefragt: ›So wie dein Vater Orm sich auf Selidor befindet?‹ Denn wie du ja weißt, Orm und Erreth-Akbe sind dort im Kampf gefallen. Und er antwortete: ›Ja und nein. Du wirst ihn nicht auf Selidor, aber auch auf Selidor finden!‹« Sperber hielt inne und grübelte eine Weile über die Worte nach, während er an einer Brotkruste kaute. »Vielleicht wollte er damit sagen, dass der Mensch, den ich suche, nicht auf Selidor ist, doch ich muss nach Selidor, um zu ihm zu gelangen. Vielleicht ...

Dann habe ich ihn über die anderen Drachen ausgefragt. Er sagte, dass dieser Mensch sich unter sie gewagt habe, denn er habe keine Furcht vor ihnen, denn wenn er getötet würde, dann kehrte er in seiner Gestalt lebendig wieder zurück. Daher fürchten sie ihn als ein Wesen, das außerhalb der Natur steht, das unnatürlich ist. Ihre Furcht verleiht seiner Magie mehr Kraft über sie, und er nahm ihnen die Ur-, die Schöpfungssprache und überließ sie ihren wilden Instinkten. Sie fressen sich gegenseitig auf, nehmen sich das Leben, indem sie sich ins Meer stürzen – ein abscheulicher Tod für die Feuerechsen, die Tiere des Windes und des Feuers. Dann habe ich gefragt: ›Und wo ist Kalessin, dein Herr?‹ Und darauf hat er nur gesagt: ›Im Westen‹, und das kann bedeuten, dass Kalessin in andere Länder geflogen ist, die weiter entfernt liegen, als je ein Schiff gesegelt ist, wenn man den Drachen glauben kann; es kann aber auch etwas anderes bedeuten.

Dann hörte ich auf, Fragen zu stellen, und er fragte mich: ›Ich flog über Kaltuel, als ich vom Norden zurückkehrte, und über die Tore Torins. Auf Kaltuel sah ich, wie Dorfbewohner ein Kind auf einem Altar opferten, und auf Ingat sah ich, wie ein Zauberer von den Bürgern der Stadt gesteinigt wurde. Werden sie das Kind verzehren, was meinst du, Ged? Wird der Zauberer vom Tode zurückkehren und Steine auf die Städter werfen?‹ Ich dachte zuerst, dass er mich verspotte, doch dann merkte ich, dass es ihm ernst war. Er fuhr fort: ›Alles ist sinnlos geworden. Die Welt hat einen Riss bekommen, die See rinnt davon, das Licht entflieht. Wir bleiben zurück im Trockenen Land. Es wird keine Sprache, keinen Tod mehr geben.‹ Und dann verstand ich endlich, was er mir zu sagen hatte.«

Arren verstand es nicht und war darüber hinaus tief beunruhigt. Denn Sperber, als er die Worte des Drachen wiederholte, hatte seinen wahren Namen genannt. Dies rief in Arren die unbehagliche Erinnerung an die Frau auf Lorbanery wach, die aufgeschrien hatte: »Mein Name ist Akaren!« Wenn die Zauberkräfte, wenn die Musik, die Sprache und das Vertrauen schwächer wurden und langsam abstarben, wenn diese irrationale Furcht sie überkam, die von den Drachen Besitz ergriffen hatte, und sie dazu trieb, sich gegenseitig zu vernichten, wenn das eintrat, konnte sein Gebieter dann noch widerstehen? War er stark genug dazu?

Er sah nicht stark aus, wie er so dasaß, vornübergebeugt über sein Mahl aus Brot und geräuchertem Fisch, mit ergrautem, von Feuer angesengtem Haar, mit seinen ausdrucksvollen, schmalen Händen und seinem müden Gesicht.

Doch der Drache hatte ihn gefürchtet.

»Was liegt dir auf dem Herzen, Junge?«

Es gab keinen Ausweg. Er *musste* die Wahrheit sagen.

»Mein Gebieter«, sagte er, »Sie haben Ihren wahren Namen ausgesprochen.«

»O ja, stimmt. Ich habe vergessen, dass ich das nicht

früher getan habe. Du musst meinen wahren Namen wissen, wenn wir dorthin kommen, wo wir hingehen müssen.« Er blickte, noch immer kauend, auf und sah Arren an. »Hast du geglaubt, dass ich senil geworden bin und herumlaufe und meinen Namen vor mich hin schwätze, wie es alte, tatterige Männer tun, die keine Scham und keine Vernunft mehr haben? Noch bin ich nicht so weit, mein Junge!«

»Nein«, antwortete Arren, so verwirrt, dass er nichts weiter hinzufügen konnte. Er war erschöpft, der Tag war lang gewesen und voll von Drachen. Und vor ihnen breitete sich die Dunkelheit aus.

»Arren«, sagte der Magier, »– nein, Lebannen: Dort, wo wir hingehen, gibt es kein Versteck. Dort trägt alles seinen wahren Namen.«

»Den Toten kann man nicht mehr wehtun«, sagte Arren besorgt.

»Nicht unter den Toten allein werden Menschen bei ihrem wahren Namen gerufen. Die, die am tiefsten getroffen werden können, die am verwundbarsten sind, die Liebe geben und sie nicht zurückgenommen haben, die nennen sich auch bei ihren wahren Namen; all die, die treue Herzen haben, die Liebe schenken ... Du bist ganz erschöpft, Junge. Leg dich hin und schlafe! Jetzt gibt es nichts mehr zu tun, nur der Kurs muss die ganze Nacht eingehalten werden. Und morgen früh werden wir die letzte Insel der Welt sehen.«

In seiner Stimme lag wohltuende Wärme. Arren rollte

sich im Bug zusammen, und der Schlaf überkam ihn sofort. Er hörte noch, wie der Magier einen leisen, fast flüsternden Gesang anstimmte, nicht in Hardisch, sondern in der Ursprache, und als er endlich verstand, was die Worte bedeuteten, gerade an der Schwelle des Verstehens, schlief er ein.

Der Magier verstaute das Brot und den Fisch, sah nach dem Segel, überprüfte das Boot. Dann nahm er die Segelleine in die Hand und setzte sich auf die hintere Ruderbank. Er rief einen kräftigen magischen Wind herbei, der das Segel prall füllte, und die *Weitblick* flog pfeilschnell über das Meer.

Er blickte auf Arren. Das Licht der Abendsonne lag rotgolden auf dem Gesicht des schlafenden Knaben. Das dichte Haar war vom Wind zerzaust. Der weiche, unbeschwerte, etwas hochmütige Ausdruck im Gesicht des Jungen, der vor ein paar Monaten im Brunnenhof des Großhauses vor dem Erzmagier gesessen hatte, war verschwunden; das Gesicht vor ihm war schmaler, härter und viel ausdrucksvoller geworden. Aber es war nicht minder schön.

»Ich habe keinen gefunden, der mir auf meinem Wege folgen wird«, sprach der Erzmagier Ged laut zu dem schlafenden Jungen oder in den leeren Wind hinein. »Keinen außer dir. Und du musst deinen eigenen Weg gehen, nicht den meinen. Doch dein Königtum, das wird man mir zum Teil verdanken. Denn ich erkannte dich als Erster, ich erkannte dich! Und man wird mich später für diese Tat mehr rühmen als für jede andere, die ich mit Hilfe meiner magischen Kräfte vollbracht habe – wenn es ein Später geben wird. Denn zuerst müssen wir dorthin gehen, wo sich das Gleichgewicht der Welt die Waage hält, auf dem Zünglein selbst müssen wir stehen. Und wenn ich stürze, so wirst auch du untergehen, und mit dir der Rest – eine Zeit lang, eine Zeit lang. Kein Dunkel dauert ewig. Und selbst dort, selbst dort scheinen Sterne … Doch, oh, wie gerne würde ich dich gekrönt in Havnor sehen, das Licht der Sonne hell auf dem Turm des Schwertes und auf dem Ring, den wir, Tenar und ich, aus den finsteren Gräbern von Atuan zurückgebracht haben, noch bevor du geboren wurdest.«

Er lachte kurz auf und wandte sein Gesicht nach Norden, und zu sich selbst im vertrauten Dialekt sprechend sagte er: »Ein Ziegenhirte will den Erben Morreds auf seinen Thron erheben! Werde ich es denn nie lernen?«

Nach einer Weile, während er mit dem Segeltau in der Hand dasaß und das pralle Segel, rötlich leuchtend im untergehenden Sonnenlicht, betrachtete, sprach er leise: »Weder nach Havnor noch nach Rok zieht es mich zurück. Es wird Zeit, dass ich mein Streben nach Macht aufgebe, dass ich die alten Spiele hinter mir lasse und weitergehe. Es wird Zeit, dass ich heimgehe. Ich würde Tenar wieder sehen, und Ogion, und noch mit ihm reden können, bevor er stirbt, dort in dem Haus auf dem Felsen von Re Albi. Ich sehne mich danach, wieder auf dem Berg zu wandern, in den Wäldern auf dem Berge Gont, im Herbst, wenn die Blätter bunt sind. Kein Königreich kommt diesen Wäldern gleich. Es wird Zeit, dass ich dorthin zurückkehre, schweigend und allein. Und vielleicht werde ich dort das lernen, was mich keine Tat, keine Kunst und keine Macht lehren konnte, das, was ich nie gelernt habe.«

Im Westen glühte es noch einmal auf in einer letzten, lodernden, wildschönen Pracht. Das Meer lag dunkelrot vor ihm, das Segel über ihm war so rot wie Blut. Dann kam auf leisen Sohlen die Nacht. Und die ganze Nacht hindurch schlief der Knabe, während der Mann wachte und aufmerksam nach vorne in das Dunkel spähte. Kein Stern schien am Himmel.

Selidor

Als Arren früh am Morgen aufwachte, erblickte er im Westen die blaue Küste Selidors, die lang und flach gestreckt in der Ferne vor ihnen lag.

Im großen Saal zu Berila hingen alte Karten, die von der Zeit herrührten, als es noch Könige gab und Handelsschiffe und Forschungsexpeditionen von den Innenländern hinaus in die äußersten Bereiche segelten. Ein großes Mosaik, das sich über zwei Wände erstreckte und eine Karte des Nordens und des Westens darstellte, zierte den Thronsaal. Die Insel Enlad, in Grau und Gold ausgelegt, befand sich direkt über dem Thron. Die Karte, die er so oft in seiner Jugend betrachtet hatte, breitete sich jetzt vor seinem geistigen Auge aus. Im Norden von Enlad lag Osskil und westlich davon Ebosskil; im Süden lagen Semel und Paln. Diese vier stellten die Grenzen der Innenländer dar, dahinter erstreckte sich das helle Blaugrün einer leeren See, in die ab und zu ein winziger springender Delfin oder ein größerer Walfisch eingelassen war. Die See war leer bis zu der Ecke, wo die Nord- und Westwand zusammentrafen. Auf der westlichen Wand, gleich neben der Ecke, lag Narveduen und dahinter drei kleinere Inseln. Dann sah man wieder nichts als leere See, die sich über die ganze Wand erstreckte, bis man auf diese letzte Insel, Selidor, stieß, und dahinter hörte alles auf.

Die Umrisse dieser letzten Insel lagen in allen Einzelheiten vor seinem geistigen Auge: Lang und leicht geschwungen umschloss sie eine große Bucht direkt in der Mitte, die eine schmale Ein- und Ausfahrt zu der offenen See im Osten hatte. Sie waren nicht weit genug nach Norden gesegelt, um diesen schmalen Eingang in die Bucht zu sehen. Sie näherten sich der Insel von Süden her und steuerten auf eine kleine, tiefe Bucht am südlichsten Vorgebirge zu, und hier, während die Sonne, vom Dunst des Morgens noch bedeckt, niedrig am Himmel stand, gingen sie an Land.

Sie hatten das Ende ihrer großen Fahrt von den Straßen von Balatran bis zu der westlichsten aller Inseln erreicht. Die Unbeweglichkeit des Landes war ihnen ungewohnt, als sie – nachdem die *Weitblick* hoch aufs Ufer gezogen worden war – nach so langer Zeit endlich wieder auf festem Boden standen.

Ged kletterte eine lang gestreckte Düne hinauf, die mit Gras bewachsen war und deren oberster Rand, von zähen Graswurzeln festgehalten, sich über einen steilen Abgrund wölbte. Als er oben angekommen war, ließ er seinen Blick weit über Norden und Westen schweifen. Arren war noch beim Boot und zog seine Schuhe an, die er so lange nicht getragen hatte. Er nahm auch sein Schwert aus der Gerätekiste und legte es an. Dieses Mal stiegen keine Zweifel in ihm auf, ob er das Rechte tat. Dann kletterte er hinauf zu Ged und blickte ebenfalls über das Land.

Die Dünen erstreckten sich ungefähr eine halbe Meile weit ins Landesinnere, dann folgten Lagunen, mit Schilfrohr und Binsen dicht bestanden, und dahinter erhoben sich niedrige Hügel, die sich gelbbraun und kahl in der Ferne verloren. Selidor besaß seine eigene wilde und einsame Schönheit. Nirgends sah man die Spuren menschlicher Existenz. Kein Tier ließ sich blicken, die mit Schilf bewachsenen Seen bargen keinen Vogel, keiner Wildente und keiner Möwe Schrei zerriss die Luft.

Sie gingen die Düne hinab. Der Sandhügel erstickte das Geräusch der Brandung und hielt den Wind ab. Plötzlich umgab sie Stille.

Zwischen der ersten und der nächsten Düne war ein kleines Tal, mit reinem Sand bedeckt und vom Wind geschützt; die Mittagssonne lag wärmend auf dem westlichen Hang. »Lebannen«, sagte der Magier, er nannte ihn jetzt bei seinem wahren Namen, »ich konnte heute Nacht nicht schlafen, doch jetzt muss ich es nachholen. Bleib hier und halte Wache!« Er legte sich in die Sonne, denn im Schatten war es zu kühl, hob seinen Arm schützend vor die Augen, seufzte tief und schlief ein.

Arren ließ sich neben ihm nieder. Er sah nur die weißen Hügel des kleinen Tales und auf den Rändern der Dünen das kurze Gras, das sich vor einem milchig blauen Morgenhimmel bewegte, in dem die gelbe Sonne stand. Kein Laut, nur das gedämpfte Murmeln der Brandung und ab und zu das schwache Raunen des vom Wind bewegten Grases ließ sich vernehmen.

Arren sah hoch oben etwas fliegen, das wie ein Adler aussah, doch kein Adler war. Der Vogel kreiste, dann stieß er herab und kam mit donnerndem Getöse und einem schrillen Pfeifen seiner ausgestreckten goldenen Flügel direkt auf ihn zu. Er ließ sich, mit gestreckten Klauen, auf dem Rand der Düne nieder. Der riesige Kopf hob sich schwarz und feurig glitzernd vor der Sonne ab.

Der Drache kroch ein Stück den Hang herunter und sprach: »*Agni* Lebannen!«

Zwischen ihm und Ged stehend, mit gezogenem, blankem Schwert, antwortete Arren: »Orm Embar!«

Jetzt fühlte sich das Schwert ganz leicht an. Der glatte, abgenutzte Griff schmiegte sich in seine Hand: Er passte genau hinein. Die Klinge war bereitwillig, leicht und mühelos aus der Scheide geschlüpft. Die im Schwert steckende Kraft und sein hohes Alter waren auf Arrens Seite, und jetzt wusste er, wie es zu gebrauchen war. Erst jetzt war es sein Schwert. Der Drache sprach wieder, doch Arren konnte ihn nicht verstehen. Er warf einen Blick auf seinen schlafenden Gefährten, der weder von dem Lärm noch von dem plötzlichen Wind geweckt worden war, und sagte zu dem Drachen: »Mein Gebieter ist müde, er schläft.«

Daraufhin begann Orm Embar näher zu kriechen und

steuerte auf den Fuß des Hügels zu. Auf der Erde bewegte er sich schwerfällig, nicht leicht und geschmeidig wie im Flug, doch lag eine gewisse Grazie in dem langsamen, schweren Tappen seiner großen Klauen, in der kraftvollen Krümmung seines gezackten Schwanzes. Am Fuß des Hügels angekommen, faltete er seine Beine unter sich und legte sich darauf, dann hob er den Kopf und rührte sich nicht mehr. Jetzt glich er den Drachen, die sich auf den Helmen alter Krieger kunstvoll erhoben. Arren spürte, wie das gelbe Auge, nicht mehr als drei Meter entfernt, auf ihm ruhte. Er roch den leichten Brandgeruch, der ihn umgab, doch er nahm keinen Aasgeruch wahr, trocken und leicht metallisch riechend erinnerte der Drache an die See, an Salz und Sand: Es war ein reiner, wilder Geruch.

Die immer höher steigende Sonne warf ihre Strahlen auf Orm Embar, und er leuchtete wie eine Statue aus Eisen und Gold.

Noch immer schlief Ged, entspannt, und nahm von dem Drachen genauso wenig Notiz wie ein Bauer von seinem Hofhund.

Eine Stunde verstrich. Arren schreckte auf. Der Magier saß neben ihm. »Bist du schon so an Drachen gewöhnt, dass du zwischen ihren Klauen einschläfst?«, lachte Ged und gähnte. Dann stand er auf und sprach zu Orm Embar in der Ursprache.

Bevor der Drache sprach, gähnte auch er, vielleicht aus Müdigkeit, vielleicht, um dem Magier nicht nachzustehen, aber es war ein Anblick, den nur ganz wenige gesehen und überlebt hatten: die Reihen gelbweißer Zähne, scharf und spitz wie Schwerter, die gespaltene, feurig rote Zunge, zweimal so lang wie ein Mensch; und der rauchende Schlund tat sich vor ihnen auf.

Orm Embar sprach, Ged machte gerade den Mund auf, um zu erwidern, als beide sich nach Arren umdrehten. Sie hatten in der Stille das hohle Flüstern einer stählernen Klinge in der Scheide gehört. Arren blickte hinauf zum Rand der Düne, die sich hinter dem Kopf des Magiers erhob, und hielt sein Schwert zum Kampf bereit in der Hand.

Dort oben, von der Sonne hell beleuchtet, stand ein Mann. Er stand bewegungslos, wie aus Stein gemeißelt, nur der Saum und die Kapuze seines leichten Umhangs bewegten sich leise im Wind. Sein schwarzes Haar war lang und fiel in dichten Locken auf seine Schultern; er war breitschultrig und groß, ein gut aussehender, kraftvoller Mann. Seine Augen blickten über sie hinweg, hinaus aufs Meer. Er lächelte.

»Orm Embar kenne ich«, sagte er, »und dich kenne ich auch, obwohl du gealtert bist, Sperber, seit ich dich zum letzten Mal gesehen habe. Man hat mir erzählt, dass du jetzt der Erzmagier bist. Nicht nur alt, auch berühmt bist du geworden. Und du hast einen Helfer dabei, einen Zauberlehrling zweifellos, einer von denen, die auf der Insel der Weisen weise werden wollen. Was führt euch beide hierher, so weit von Rok und seinen schützenden Wällen entfernt, die alles Dunkle von den Meistern fern halten?«

»Ein Riss geht durch mächtigere Wälle, als es jene sind«, sagte Ged, und seinen Stab mit beiden Händen fassend, blickte er zu dem Mann hoch. »Doch möchten Sie uns nicht als Mensch begegnen, damit wir Sie in unserer Mitte begrüßen können. Denn lange haben wir nach Ihnen gesucht.«

»Als Mensch?«, wiederholte der Mann, und wiederum lächelte er. »Ist ein Körper, ist Fleisch von Bedeutung, wenn zwei Magier aufeinander treffen? Gewiss nicht. Lassen wir Geist mit Geist sprechen, Erzmagier!«

»Ich glaube nicht, dass wir das tun können. Junge, steck dein Schwert ein. Das hier ist nur ein Abbild, eine Erscheinung, nicht der wahre Mensch. Gegen das hier zu kämpfen, kommt einem Kampf gegen den Wind gleich. In Havnor, als Ihr Haar noch weiß war, wurden Sie Cob genannt. Doch das war nur ein Umgangsname. Wie sollen wir Sie hier nennen, wenn wir auf Sie treffen?«

»Ihr werdet mich euren Fürsten heißen«, verkündigte die hohe Gestalt auf der Düne.

»Gut, und wie sonst noch?«

»König und Meister.«

Bei diesen Worten zischte Orm Embar laut auf, und messerscharf zerschnitt der Ton die Luft. Seine großen Augen funkelten, doch er wandte den Kopf von dem Mann ab und sank in sich zusammen, als ob ihn eine unsichtbare Macht niederdrücke.

»Und wann und wo wird die Zusammenkunft stattfinden?«

»In meinem Reich und wann es mir gefällt.«

»Gut«, sagte Ged und erhob seinen Stab in die Richtung des Mannes – und der Mann verschwand wie eine ausgelöschte Kerzenflamme.

Arren starrte. Der Drache erhob sich Ehrfurcht gebietend auf seine vier gekrümmten Beine, seine Schuppen klirrten und er fletschte die Zähne. Der Magier blieb unbeweglich stehen und lehnte sich auf seinen Stab. »Das war nur ein Senden, nur ein Gedankenbild des wirklichen Mannes, das zwar reden und hören kann, aber keine Macht hat, nur die, die ihm unsere eigene Furcht verleiht. Das Bild muss auch nicht unbedingt wahr sein, das hängt von dem ab, der es sendet. Ich nehme an, dass dieses Bild der Wahrheit nicht entspricht, dass er in Wirklichkeit nicht so aussieht.«

»Glauben Sie, dass er in der Nähe ist?«

»Ein Senden kann nicht über Wasser erfolgen, also ist er auf Selidor. Doch Selidor ist eine große Insel, breiter als Rok und Gont und fast so lang wie Enlad. Es kann lange dauern, bis wir ihn finden.«

Daraufhin hob der Drache zu reden an. Ged hörte ihm zu und wandte sich dann zu Arren: »Das sind die Worte des Herrschers von Selidor: ›Ich bin in mein Land zurückgekehrt und werde es nicht verlassen. Ich werde den, der nach dem Ende allen Schöpfens strebt, finden und euch dorthin bringen, damit wir ihn gemeinsam vernichten können.‹ Und habe ich dir nicht gesagt, dass ein Drache das, was er sucht, immer finden wird?«

Daraufhin ließ sich Ged wie ein Gefolgsmann, der den Treueeid leistet, auf einem Knie vor Orm Embar nieder und dankte ihm in seiner Sprache. Der Drache schnaubte, und sein Atem lag heiß auf Geds gesenktem Haupt.

Orm Embar schleppte seinen schweren, schuppigen Körper die Düne hinauf und schlug kraftvoll mit seinen Flügeln. Dann schoss er wie ein Pfeil davon.

Ged klopfte den Sand von seiner Kleidung und sagte zu Arren: »Jetzt hast du mich knien sehen. Und vielleicht wirst du mich noch einmal knien sehen, bevor alles vorüber ist.«

Arren fragte nicht, was er damit meinte. Während ihres langen Beisammenseins hatte er gelernt, dass der Magier immer einen guten Grund hatte, wenn er sich zurückhielt. Doch war es ihm, als läge ein böses Omen in den Worten.

Noch einmal kletterten sie über die Düne zurück zum Strand, um nachzuschauen, ob das Boot hoch genug am Ufer lag, außerhalb des Sturmes und der Flut Reichweite. Sie nahmen ihre warmen Umhänge für die kalten Nächte und allen Proviant, der ihnen verblieben war. Ged blieb neben dem schmalen Bug stehen, der ihn so lange und so weit über fremde Meere getragen hatte; er legte seine Hand darauf, doch sagte er kein Wort, sprach keine magische Formel, um es zu schützen. Dann schlugen sie einen Weg ins Landesinnere ein, auf die Hügel in der Ferne zu.

Sie wanderten den ganzen Tag hindurch, und gegen Abend schlugen sie ihr Lager in der Nähe eines Baches auf, der hinunter zu den mit Schilfrohr dicht bestandenen Seen und Sümpfen floss. Obwohl es Hochsommer war, blies ein scharfer, kalter Wind von Westen, von den endlosen Weiten des Ozeans her. Ein Nebel verdeckte den Himmel, und keine Sterne gingen hinter den Hügeln auf, die nie ein Herdfeuer oder das Licht von Fenstern gesehen hatten.

Arren wachte in der Dunkelheit auf. Ihr kleines Feuer war erloschen, doch im Westen stand der Mond und warf ein graues, trübes Licht übers Land. Auf den Hügeln jenseits des Baches stand eine Menschenmenge, still, unbeweglich, ihre Gesichter gegen Ged und Arren gewandt. Kein Licht des Mondes spiegelte sich in ihren Augen.

Arren wagte nicht zu sprechen, doch er legte seine Hand auf Geds Arm. Der Magier bewegte sich und setzte sich auf. »Was ist los?«, fragte er. Er folgte Arrens Blick und sah die stummen Gestalten.

Sie trugen, ob Mann oder Frau, die gleichen dunklen Gewänder. Ihre Gesichter waren in dem ungewissen Licht nur undeutlich und verschwommen zu erkennen, doch kam es Arren vor, als seien unter denen, die ihm am nächsten standen, einige, die er kannte. Doch er konnte sich ihrer Namen nicht erinnern.

Ged stand auf. Der Umhang fiel von seinen Schultern. Sein Gesicht, sein Haar und sein Hemd schienen silberweiß, als ob das Licht des Mondes sich auf ihm gesammelt hätte. Er breitete die Arme zu einer weit ausholenden Geste aus und sprach laut: »O ihr alle, die ihr gelebt habt, geht und seid frei! Ich breche die Bande, die euch halten: *Anvassa mane harw pennodathe!*«

Die Menschenmenge blieb noch einen Augenblick lang unbeweglich stehen. Dann wandte sie sich langsam um, ging in das graue Dunkel hinein und war verschwunden.

Ged ließ sich nieder. Er atmete auf. Er blickte Arren an und legte die Hand auf die Schulter des Knaben; sie fühlte sich warm und fest an. »Da gibt es nichts zu fürchten, Lebannen«, sagte er, und leicht die Achseln zuckend fügte er hinzu: »Das waren ja nur Tote.«

Arren nickte, aber seine Zähne klapperten, die Kälte war ihm bis ins Mark gedrungen. »Wie ...«, begann er, aber Lippen und Kinn gehorchten seinem Willen nicht.

Ged verstand ihn. »Sie kamen auf seinen Befehl. Das ist es, was er ihnen verspricht: Leben. Und es mag sein, dass sie, seinem Befehl gehorchend, wieder erscheinen werden. Wenn er gebietet, müssen sie auf den Hügeln des Lebens wandern, obgleich sie nicht vermögen, auch nur den geringsten Grashalm unter ihren Füßen zu bewegen.«

»Ist er ... Ist er denn auch tot?«

Ged schüttelte nachdrücklich den Kopf. »Die Toten können den Toten nicht gebieten, ins Leben zurückzukehren. Nein, er besitzt die Macht eines lebendigen Menschen, noch mehr ... Doch wer geglaubt hat, ihm folgen zu können, der hat den Kürzeren gezogen. Er behält seine Macht für sich allein. Er spielt den König unter den Toten, und nicht nur unter den Toten ... Doch das hier waren nur Schatten.«

»Ich weiß nicht, warum ich mich so vor ihnen gefürchtet habe«, sagte Arren beschämt.

»Du fürchtest sie, weil du den Tod fürchtest, und das tust du mit Recht: Denn der Tod ist furchtbar und muss gefürchtet werden«, sagte der Magier. Er legte neues Holz auf und blies auf die Kohlen, die unter der Asche verborgen lagen. Eine kleine Flamme sprang aus den Zweigen des Reisigs empor, und Arren war dankbar für das Licht. »Und das Leben ist auch furchtbar«, sagte Ged, »und es muss gefürchtet und gepriesen werden.«

Beide lehnten sich zurück und zogen ihre Umhänge enger um sich. Sie schwiegen beide. Dann sprach Ged, und seine Stimme war ernst: »Lebannen, ich weiß nicht, wie lange er uns hier mit seiner Erscheinung und mit den Schatten narren wird. Doch du weißt, wohin er letzten Endes gehen wird.«

»In das Land des ewigen Dunkels.«

»Ja, zu ihnen.«

»Ich habe sie jetzt gesehen. Ich werde mit Ihnen gehen.«

»Ist es der Glaube an mich, der dich bewegt? Du kannst meiner Zuneigung gewiss sein, doch verlass dich nicht auf meine Stärke. Ich glaube, mein Gegner ist mir ebenbürtig.«

»Ich werde mit Ihnen gehen.«

Darauf erwiderte Ged: »Du wirst zum Mann an den Toren des Todes.« Und danach wiederholte er das Wort oder den Namen, mit dem der Drache ihn zweimal angeredet hatte; er sagte ihn ganz leise: »*Agni – Agni* Lebannen.«

Sie sprachen nicht weiter miteinander, und nach einer Weile kehrte der Schlaf zurück und sie legten sich neben das kleine, schnell niederbrennende Feuer.

Am nächsten Morgen marschierten sie in nordwestlicher Richtung weiter landeinwärts. Dies war Arrens Entschluss gewesen, nicht der Geds, der gesagt hatte: »Wähle du den Weg, Junge, jeder Weg ist mir recht.« Sie beeilten sich nicht, denn sie hatten kein Ziel, sie warteten auf ein Lebenszeichen von Orm Embar. Sie folgten der niedrigsten, am weitesten vorgelagerten Hügelkette, in Sichtweite des Ozeans. Das Gras war trocken und kurzhalmig und bewegte sich unaufhörlich im Wind. Die Hügel reckten sich goldfarben rechts von ihnen empor. Links lagen die sumpfigen, salzigen Marschen der Küste und dahinter das Meer des Westens. Einmal erspähten sie, ganz weit im Süden, Schwäne. Doch sonst sahen sie keine lebendige Kreatur. Das Warten, das ziellose Wandern, das Bevorstehende, Schwere, nagte an Arren. Ungeduld und stumpfe Wut stieg in ihm auf, und nach stundenlangem Schweigen rief er aus: »Das Land hier ist so tot wie der Tod selbst!«

»Sag das nicht!«, unterbrach ihn der Magier erschrocken. Er schritt weiter voran, dann fügte er, mit veränderter Stimme, hinzu: »Schau dir das Land an! Schau dich um! Das ist dein Königreich, das Königreich des Lebens. Das hier ist deine Unsterblichkeit. Schau auf die Hügel, die sterblichen Hügel! Sie bestehen nicht in alle Ewigkeit. Die Hügel sind bedeckt mit Gras, das wächst und Nahrung zu sich nimmt, der Bach ist gefüllt mit sprudelndem

Wasser … Auf der ganzen Welt, in all den Welten, in all den Zeiten gibt es keinen Bach, der einem dieser Bäche hier gleicht, die kalt aus dem verborgenen Schoß der Erde quellen, die im Licht der Sonne und in der Dunkelheit dem Meer zueilen. Tief sind die Quellen des Seins, tiefer als das Leben, tiefer als der Tod …«

Er hielt inne, doch in seinen Augen, die auf Arren und auf den sonnigen Hügeln ruhten, lag eine tiefe, wortlose, schmerzvolle Zuneigung. Und Arren erkannte dies, und als er es wahrnahm, sah er Ged zum ersten Mal ganz so, wie er wirklich war.

»Ich finde nicht die Worte, um das auszudrücken, was ich meine«, sagte Ged unglücklich.

Doch Arren erinnerte sich an die erste Stunde im Brunnenhof, an den Mann, der am plätschernden Brunnen gekniet hatte, und eine Freude, so klar wie das Wasser damals, wallte in ihm auf. Er schaute seinem Gefährten in die Augen und sagte: »Ich habe meine Zuneigung dem gegeben, der wert ist, sie zu besitzen. Ist das nicht das Königreich und die nie versiegende Quelle?«

»Doch, mein Junge«, sagte Ged voll Zuneigung und voll Schmerz.

Sie schritten schweigend weiter ihres Weges. Doch Arren sah die Welt jetzt mit den Augen seines Gefährten an, er sah die Pracht des Lebens, die sich um sie herum in diesem schweigenden, öden Land mit einer Zaubermacht, größer als jeder anderen, in jedem Halm windbewegten Grases, in jedem Schatten, jedem Stein offenbarte. Wie einer, der, auf Nimmerwiedersehen verreisend, zum letzten Mal einen geliebten Ort erschaut, ihn voll und ganz und deutlich vor sich liegen sieht, wie er ihn nie zuvor geschaut hat und nie mehr schauen wird.

Zur Abendzeit erhoben sich dicht gedrängte Wolkenbänke im Westen, von den mächtigen Winden des Meeres getragen, feurig im Licht der Sonne, die rot unter dem Horizont versank. Als Arren in einem Flusstal Reisig für ihr abendliches Feuer sammelte, sah er, aufblickend, nur einige Meter weit entfernt, einen Mann in diesem roten Licht stehen. Das Gesicht des Mannes war seltsam fremd, doch Arren erkannte ihn: Es war Sopli, der Färber von Lorbanery, der tot war.

Hinter ihm erschienen andere, alle mit traurigen, starrenden Gesichtern. Sie schienen zu reden, doch Arren konnte ihre Worte nicht verstehen, er hörte nur ein Wimmern, das vom Westwind fortgetragen wurde. Manche näherten sich ihm langsam.

Arren stand ohne sich zu rühren und schaute sie an. Sein Blick ruhte auf Sopli. Dann wandte er ihnen den Rücken zu und beugte sich, um mehr Reisig aufzuheben, obgleich seine Hände zitterten. Er legte das Reisig zu seinem Bündel und hob noch einen und noch einen Zweig auf. Dann erst richtete er sich auf und blickte zurück. Niemand war im Tal mehr zu sehen, nur das rote Licht lag noch auf dem Gras. Er kehrte zu Ged zurück und legte sein Bündel Reisig nieder, doch er erwähnte nicht, was er gesehen hatte.

Die ganze Nacht hindurch im nebligen Dunkel dieses Landes, das keine lebendige Seele barg, hörte er, aus unruhigem Schlaf erwachend, das Wimmern der toten Seelen. Er nahm seine ganze Willenskraft zusammen, um es nicht zu hören, und schlief wieder ein.

Beide, Ged und er, erwachten spät, als die Sonne sich schon eine Handbreit über die Hügel erhoben hatte und durch den Nebel dringend das kalte Land mit ihrem Licht übergoss. Als sie ihr karges Morgenmahl zu sich nahmen, kam der Drache. Er kreiste über ihnen in der Luft, Feuer züngelte aus seinem Rachen, und Rauch und Funken flogen aus seinen Nüstern, seine Zähne schimmerten wie Halme aus Elfenbein in dem frühen Licht. Doch er sprach nicht, obgleich Ged ihm in seiner Sprache zurief: »Hast du ihn gefunden, Orm Embar?«

Der Drache warf den Kopf zurück und krümmte seltsam seinen Rücken, während seine messerscharfen Klauen die Luft zerfetzten. Dann flog er eilends nach Westen davon und blickte dabei zu ihnen.

Ged packte seinen Stab und stampfte damit heftig auf den Boden. »Er kann nicht mehr sprechen!«, sagte er. »Er kann nicht mehr sprechen! Die Worte des Schöpfens sind ihm genommen worden, er ist wie eine Schlange, wie ein zungenloser Wurm, seine Weisheit ist stumm. Doch er kann führen, und wir können folgen.« Sie schwangen ihre leichten Bündel auf die Schultern und schritten eilends über die Hügel gen Westen davon, der Richtung folgend, die Orm Embar eingeschlagen hatte.

Ohne die Geschwindigkeit ihrer Schritte verlangsamt zu haben, waren sie acht oder mehr Meilen gegangen. Jetzt lag das Meer zu beiden Seiten, und sie gingen einen Bergrücken hinunter, der sie schließlich durch trockenes Schilfrohr, an einem gewundenen Flussbett entlang an einen Strand führte, der die Farbe von Elfenbein hatte. Dies war die westlichste Landzunge und das Ende aller Länder.

Orm Embar kauerte auf diesem elfenbeinernen Sand, den Kopf gesenkt wie eine wütende Katze, sein Atem ging in feurigen Stößen. Zwischen ihm und den langsamen, lang gezogenen Brandungswellen stand etwas, das wie eine Hütte, wie eine Unterkunft aus weiß gebleichtem Treibholz aussah. Doch an dieser Küste, der kein anderes Land gegenüberlag, gab es kein Treibholz. Als sie näher kamen, sah Arren, dass die primitiven Wände aus großen Knochen bestanden: aus Walknochen, dachte er zuerst, doch dann sah er die weißen messerscharfen Dreiecke und wusste, dass es die Gebeine eines Drachen waren.

Sie kamen an den Ort. Das Sonnenlicht, das auf dem Meer lag, glitzerte durch die Fugen der Gebeine. Über dem Eingang lag ein gewaltiger Schenkelknochen, länger als ein ausgewachsener Mann, und auf ihm stand der Schädel eines Menschen und starrte aus hohlen Augen: auf die Hügel Selidors.

Hier hielten sie an, und während sie zum Schädel hinaufblickten, trat ein Mann aus der Tür. Er trug eine Rüstung aus vergoldeter Bronze, wie man sie früher getragen hatte; sie war verbeult von den Schlägen der Streitaxt, und die mit Edelsteinen besetzte Schwertscheide war leer. Sein Gesicht war streng, mit geschwungenen schwarzen Brauen und einer schmalen Nase; seine Augen waren dunkel, aufmerksam und tieftraurig. An seinen Armen, seiner Kehle und an seiner Seite trug er tödliche Wunden, doch sie bluteten nicht mehr. Er stand aufrecht und schweigend und blickte sie unverwandt an.

Ged machte einen Schritt auf ihn zu. Eine gewisse Ähnlichkeit zwischen den beiden wurde offenbar, als sie sich gegenüberstanden.

»Du bist Erreth-Akbe«, sagte Ged. Der andere blickte ihn unverwandt an, dann nickte er einmal, doch er sprach kein Wort.

»Selbst du, selbst du musst seinem Willen folgen.« Wut lag in Geds Stimme. »Du, unser Herr, der Beste, der Kühnste von uns allen, ruhe in Ehren und im Tode!« Und er hob seine Arme hoch, und sie mit einer ausladenden Geste wieder zusammenführend, wiederholte er die Worte, die er zu der Totenschar gesprochen hatte. Seine Hände hinterließen, ganz kurz, eine breite, helle Bahn in der Luft. Als sie verblasste, war auch der Mann in seiner Rüstung verschwunden, und nur die Sonne lag schimmernd auf dem Sand, auf dem er gestanden hatte.

Ged schlug mit seinem Stab gegen das Haus aus Knochen und es verschwand. Nichts blieb zurück außer einer mächtigen Rippe, die aus dem Sand emporragte. Er wandte sich zu Orm Embar: »Ist es hier, Orm Embar? Ist das der Ort?«

Der Drache öffnete seinen Rachen weit und zischte einmal laut und scharf.

»Hier, am fernsten Ufer dieser Welt. Das ist gut!« Dann, seinen Stab aus schwarzem Eibenholz in der linken Hand haltend, öffnete er seine Arme weit zur Geste der Beschwörung. Er hob an zu sprechen. Und obwohl er in der Ursprache redete, verstand ihn Arren endlich, wie es alle, die diese Beschwörung hören, tun, denn sie hat über alle Macht. »Ich gebiete dir jetzt, mein Feind, hier vor meinen Augen als Mensch zu erscheinen, und ich binde dich mit dem Wort, das nicht gesprochen wird, bis das Ende aller Zeiten nahe ist!«

Doch dort, wo der Name des Gerufenen hätte erscheinen sollen, dort sagte Ged nur *mein Feind*.

Stille trat ein. Selbst das Meer verstummte. Es kam Arren vor, als ob die Sonne schwächer und trüber schiene, obwohl sie hoch am klaren Himmel stand. Dunkle Schatten sammelten sich am Strand, der aussah, als ob ein rauchfarbenes Glas darauf läge. Direkt vor Ged war es am schwärzesten, und es war schwierig, dort etwas zu erkennen. Ein Etwas war dort erschienen, das von keinem Licht beschienen werden konnte, das keine Form und Farbe hatte.

Dann trat ein Mann daraus hervor. Es war der gleiche Mann, den sie auf der Düne gesehen hatten, schwarzhaarig und langarmig, geschmeidig und groß. In seiner Hand hielt er jetzt eine lange Klinge aus Stahl, die bis zum Griff mit Runen bedeckt war. Er neigte sie gegen Ged, während er ihm gegenübertrat. Doch der Blick seiner Augen war merkwürdig, so als sei er von der Sonne geblendet und könnte nichts sehen.

»Ich komme«, sagte er, »weil ich es will, und ich komme, wie es mir gefällt. Du, Erzmagier, kannst mir nicht gebieten. Ich bin kein Schatten. Ich lebe. *Nur ich* lebe! Du glaubst, du lebst, doch du stirbst, du stirbst. Weißt du, was ich in der Hand halte? Das ist der Stab des Grauen Magiers, des Magiers, der Nereger zum Schweigen gebracht hat, des Meisters meiner Kunst. Doch jetzt bin ich der Meister. Und ich habe es satt, Spiele mit dir zu spielen.« Bei diesen Worten streckte er die stählerne Klinge gegen Ged, der wie angewurzelt stand, als ob er sich nicht rühren und nicht reden könne. Arren stand einen Schritt hinter ihm, und sein ganzer Wille war darauf gerichtet, sich zu bewegen, doch er konnte nicht, er konnte nicht einmal mit der Hand nach seiner Klinge greifen, und die Worte blieben ihm in der Kehle stecken.

Doch über Ged und Arren, über ihre Köpfe hinweg, riesig und feurig, sprang der gewaltige Drache mit einem mächtigen Satz auf den Mann, die magische Klinge bohrte sich in ihrer vollen Länge in die schuppige Brust; der Mann wurde unter dem Gewicht des gewaltigen Leibes begraben und verbrannte.

Vom Sande sich erhebend stand der Drache wieder auf und schrie. Sein Rücken war gekrümmt, seine Flügel schlugen laut und Feuer flog aus seinen Nüstern. Er versuchte zu fliegen, doch er konnte nicht. Giftig und eiskalt lag das Metall in seiner Brust. Er krümmte sich zusammen, und das Blut rann schwarz und dampfend aus seinem Rachen; das Feuer erlosch in seinen Nüstern, bis sie zu aschegefüllten Gruben wurden. Er legte sein mächtiges Haupt auf den Sand.

Und so verschied Orm Embar, am selben Ort, an dem sein Vorfahre Orm gefallen war, auf dem Sand, unter dem die Gebeine Orms begraben lagen.

Doch an der Stelle, wo Orm Embar seinen Feind niedergestreckt hatte, lag ein Scheusal, klein, ausgedörrt, wie eine Riesenspinne, die in ihrem Netz vertrocknet war. Das Ding, das da im Sande lag, war vom Atem des Drachen verbrannt, von der Wucht seiner Krallen zerschmettert worden. Doch Arren sah, wie es sich bewegte: Langsam kroch es weg von dem toten Drachen.

Ein Gesicht erhob sich vom Sande und wandte sich ihnen zu. Keine Spur der männlichen Schönheit war verblieben, zerstört, zerfallen, ein Alter zeigend, das alles Altsein überlebt hatte. Der Mund war verschwunden, die Augenhöhlen waren schon lange leer. Ged und Arren blickten endlich in das wahre Gesicht ihres Feindes.

Es wandte sich um. Die verbrannten schwarzen Arme streckten sich weit und zwischen ihnen sammelte sich Dunkelheit, die sich immer weiter ausbreitete und das Sonnenlicht trübte. Zwischen den Armen dieses Wesens, des Urfeinds allen Schöpfens, allen Erschaffens, tat sich so etwas wie ein Tor auf, doch war auch dieses formlos und undeutlich. Dahinter lag weder der bleiche Sand noch das

Meer, sondern ein langer, sich neigender Hang, der hinunter in ein bodenloses Dunkel führte.

Dorthin schlich sich die zerschundene, mühsam kriechende Kreatur, doch als sie das Dunkel betrat, schien sie plötzlich zu schwellen und zu wachsen, sie bewegte sich schneller und verschwand.

»Komm, Lebannen!«, sagte Ged, ergriff mit seiner rechten Hand den Arm des Knaben und sie betraten das Trockene Land.

Das Trockene Land

Ein silberweißes Licht ging von dem Eibenstab in des Magiers Hand aus, als sie die dumpfe, immer dichter werdende Düsternis betraten. Ein schwach schimmerndes weißes Licht zog Arrens Blick auf sich; entlang der entblößten Schwertklinge, die er in der Hand trug, zog sich ein schmaler Lichtstreif. Als der Drache am Strand von Selidor durch seine Tat und seinen Tod den Bann brach, mit dem das Schwert belegt gewesen war, hatte es Arren sofort aus seiner Scheide gezogen. Und jetzt, obwohl er hier nur als ein Schatten wanderte, trug er den Schatten seines Schwertes in der Hand.

Kein anderes Licht war sonst zu sehen. Alles war trüb, wie eine späte Dämmerung im November, unter einem mit Wolken verhangenen Himmel. Eine bedrückende, kalte, unbewegliche Luft, in der man zwar sehen konnte, doch nur begrenzt und undeutlich, umgab sie. Arren kannte den Ort: Es war das Moor, die öde Landschaft seiner hoffnungslosen Träume, doch kam es ihm jetzt vor, als befände er sich viel weiter darin, als er je in seinen Träumen gewesen war. Er konnte nichts klar erkennen, außer dass er und sein Gefährte am Abhang eines Hügels standen und dass sich vor ihnen eine niedere, aus Stein erbaute Mauer hinzog.

Geds Hand lag noch auf Arrens Arm. Er schritt immer noch voran und Arren ging mit ihm. Sie überstiegen die Steinmauer.

Vor ihnen lag der Hang; seine Umrisse waren verschwommen; er neigte sich gegen ein ungewisses Dunkel.

Doch über ihnen, wo Arren eine dichte Wolkendecke vermutet hatte, erstreckte sich nun ein tiefschwarzer Himmel mit Sternen. Er blickte auf, und es war ihm, als zöge sich sein Herz ganz kalt und klein in seiner Brust zusammen. Solche Sterne hatte er noch nie gesehen. Sie standen zwar an einem Himmel, doch kein Glanz ging von ihnen aus; sie standen unbeweglich, sie kannten weder Auf- noch Untergang, und keine Morgenröte ließ sie je verblassen. Starr und stumm blickten sie herab auf das Trockene Land.

Ged begann, auf der Seite jenseits des Lebens hinabzusteigen, Arren folgte ihm. Entsetzen war in ihm, doch sein Herz war entschlossen und sein Wille so fest, dass die Furcht keine Macht über ihn gewinnen konnte, er war sich ihrer gar nicht klar bewusst. Er fühlte nur, wie etwas tief in seinem Innern litt, wie ein Tier, das in einem verschlossenen Raum angekettet war.

Es kam ihm vor, als wären sie schon ein großes Stück den Abhang hinuntergegangen, doch vielleicht war es nur ein kurzes Stück, die Zeit stand still hier; kein Wind blies und die Sterne rührten sich nicht. Sie betraten jetzt eine der Städte, die es dort gibt, und Arren sah die Häuser, deren Fenster nie erleuchtet waren, und unter manchen Türen standen, mit ruhigen Gesichtern und mit leeren Händen, tote Menschen.

Die Marktplätze waren alle leer. Hier wurde nichts gekauft oder verkauft, nichts gewonnen und nichts verloren. Nichts wurde benötigt und nichts wurde gemacht. Ged und Arren waren die Einzigen, die durch die schmalen Gassen schritten, obgleich sie ab und zu eine Gestalt um eine Ecke huschen sahen, weit vorne und kaum sichtbar in der Düsternis. Als Arren zum ersten Mal die Gestalt wahrnahm, schreckte er auf und deutete mit seinem Schwert darauf, doch Ged schüttelte den Kopf und ging weiter. Arren sah schließlich, dass es die Gestalt einer Frau war, die sich langsam bewegte und die nicht vor ihnen floh.

All diejenigen, die sie sahen – es waren nicht viele, denn obgleich es viele Tote gibt, so ist das Land so riesig, dass sie sich darin verlieren –, standen still oder bewegten sich langsam, gleichmütig, ohne Ziel. Keiner trug Wunden wie die Erscheinung von Erreth-Akbe, der gezwungen worden war, am Ort seines Todes ins Tageslicht hinauszutreten. Keiner trug die Zeichen einer Krankheit. Sie waren alle geheilt vom Schmerz und von dem Leben. Sie waren nicht abstoßend, wie Arren es befürchtet, nicht Furcht erregend, wie er es erwartet hatte. Ihre Gesichter waren ruhig, sie waren frei von den Beschwerlichkeiten und Sehnsüchten des Lebens, ihre umschatteten Augen bargen keine Hoffnung mehr.

Und so kam es, dass Arren anstelle der Furcht nur großes Mitleid für sie empfand, und wenn das Mitleid auch der Furcht entsprungen sein mochte, so fürchtete er nicht um sich selbst, sondern um alle Menschen. Denn er sah die Mutter und das Kind, die zur gleichen Zeit gestorben und im dunklen Land beisammen waren, doch das Kind rannte nicht herum und weinte nicht, und die Mutter hielt es nicht in ihren Armen und schaute es nicht an. Und die, die um der gemeinsamen Liebe willen gestorben waren, begegneten sich still auf der Straße und setzten gleichgültig ihren Weg fort.

Die Scheibe des Töpfers stand still, der Webrahmen war leer, der Herd kalt. Keine Stimmen erhoben sich zum Gesang.

Die dunklen Straßen zwischen den dunklen Häusern schienen kein Ende zu nehmen, sie schritten immer weiter. Der Tritt ihrer Füße war das einzige Geräusch. Und es war kalt. Am Anfang hatte Arren die Kälte nicht wahrgenommen, doch jetzt spürte er, wie sie in seinen Geist, der ihm hier Körper war, eindrang. Er fühlte, wie große Müdigkeit ihn überfiel. Der Weg, den sie zurückgelegt hatten, musste lang gewesen sein. Warum noch weitergehen?, fragte er sich, und seine Schritte wurden langsamer.

Ged blieb plötzlich stehen und wandte sich einem Mann zu, der an einer Kreuzung stand. Er war schlank und groß, und es kam Arren vor, als hätte er das Gesicht schon einmal gesehen, doch er konnte sich nicht mehr erinnern, wo das gewesen war. Ged sprach ihn an. Keine Stimme hatte – seit sie die Steinmauer überquerten – die Stille dieses Landes unterbrochen. »O Thorion, mein Freund, dich finde ich hier?«

Und er streckte dem Meister des Gebietens von Rok seine Hände entgegen.

Thorion erwiderte die Geste nicht. Er stand still und stumm, und sein Gesicht war unbeweglich, doch das silberne Licht von Geds Stab fand einen zaghaften Widerschein in den umschatteten Augen. Ged ergriff die Hand, die ihm nicht entgegengestreckt wurde, und sprach: »Was suchst du hier, Thorion? Du gehörst noch nicht in dieses Königreich. Kehre um!«

»Ich folgte dem Unsterblichen. Ich habe meinen Weg verloren.« Die Stimme des Gebieters war leise und teilnahmslos wie die Stimme eines Menschen, der im Schlaf redet.

»Hinauf, auf die Mauer zu«, sagte Ged und deutete zurück auf die Straße, auf der sie heruntergekommen waren.

Diese Worte lösten ein Zucken auf Thorions Gesicht aus, als ob die Hoffnung, scharf wie ein Schwert, in ihn zurückgekehrt sei.

»Ich kann den Weg nicht finden«, sagte er. »Mein Meister, ich kann den Weg nicht finden!«

»Vielleicht wirst du ihn jetzt finden«, sagte Ged und umarmte den Meister des Gebietens, dann ging er weiter seines Weges. Thorion blieb regungslos an der Kreuzung hinter ihnen stehen.

Als sie weitergingen, kam es Arren vor, als gäbe es in dieser außerhalb jeder Zeit liegenden Düsternis kein Vorwärts und kein Rückwärts, keinen Osten und keinen Westen, als gäbe es überhaupt keinen Weg. Würden sie hier je wieder herausfinden? Ihm fiel auf, dass sie, gleichgültig, welche Straße sie wählten, immer abwärts gingen und dass sie, um die Steinmauer wiederzufinden, nur umkehren und immer bergauf gehen müssten. Doch sie wandten sich nicht um. Nebeneinander schritten sie weiter. Folgte er Ged? Oder führte er ihn?

Sie ließen die Stadt hinter sich. Das Land der unzähligen Toten war leer. Weder Baum noch Dornenstrauch noch Grashalm wuchs auf dem steinigen Boden unter den unbeweglichen Sternen.

Vor ihnen lag kein Horizont, denn das Auge konnte in diesem Schattenreich nicht weit blicken, doch weiter vorne, über eine große Strecke hinweg, spannte sich ein leerer Himmel, an dem keine kleinen reglosen Sterne hingen, und der von keinen Sternen beleuchtete Boden schien gezackt und gefurcht wie eine Bergkette zu sein. Als sie näher kamen, wurden die Umrisse deutlicher: Hohe, schroffe Gipfel, von Wind und Wetter unberührt, ragten in die Höhe. Kein Schnee glitzerte im Sternenlicht, die Berge waren kahl und tiefschwarz. Ihr Anblick rief neues Entsetzen in Arrens Herzen wach. Er wandte den Blick von ihnen ab. Doch er kannte sie, sie waren ihm vertraut, seine Augen wurden unwiderstehlich von ihnen angezogen. Und jedes Mal, wenn sein Blick auf sie fiel, fühlte er eine kalte Last auf seiner Brust, und seine Nerven versagten ihm fast. Doch immer weiter führte sie ihr Weg, abwärts, zum Fuße dieser Berge. Endlich sagte er: »Mein Gebieter, was sind …« Er deutete auf die Berge, denn er konnte nicht mehr weiterreden, seine Kehle war wie zugeschnürt.

»Sie stehen, wie die Steinmauer, an der Grenze zwischen Licht und Dunkel«, antwortete Ged. »Sie haben keinen Namen. Man nennt sie nur die Berge des Schmerzes. Es gibt einen Weg, der darüber führt. Ihn zu beschreiten ist den Toten untersagt. Er ist nicht lang, doch es ist ein harter Weg.«

»Ich habe Durst«, sagte Arren, und sein Gefährte erwiderte: »Hier trinkt man Staub.«

Sie schritten weiter ihres Weges.

Es kam Arren vor, als ob sein Gefährte seine Schritte verlangsamte und manchmal zögerte. Er selbst fühlte kein Zögern, obgleich die Müdigkeit nicht verschwunden war, sondern sich merklich verschlimmert hatte. Sie mussten hinunter, sie mussten weitergehen. Und sie setzten ihren Weg fort.

Manchmal durchquerten sie andere Städte, deren dunkle Dächer sich schräg vom Himmel und von den unbeweglichen Sternen abhoben. Hinter den Städten lag wieder leeres Land, wo nichts wuchs. Sobald sie durch eine Stadt geschritten waren, verschwand sie hinter ihnen in der Dunkelheit. Nichts war vor oder hinter ihnen sichtbar, nur die

Berge, die immer näher rückten, immer höher ragten. Rechts vor ihnen verlor sich der Hang, der keine Umrisse hatte, in der Tiefe, wie er es getan hatte, seit sie – wie lange war es schon her? – die Steinmauer überschritten hatten. »Was liegt vor uns?«, murmelte Arren, zu Ged gewandt. Es verlangte ihn, einen menschlichen Laut zu vernehmen, doch der Magier schüttelte nur den Kopf. »Ich weiß es nicht, vielleicht ein Weg ohne Ende.«

Als sie weitergingen, wurde der Weg merklich flacher. Der Boden unter ihren Füßen knirschte laut, wie Lava, das zu grobkörnigem Schutt zerfallen war. Doch immer weiter führte sie der Weg. Jetzt dachte Arren an keine Umkehr mehr, auch nicht, wie sie zurückkehren würden. Auch an ein Anhalten dachte er nicht mehr, obwohl er todmüde war. Einmal versuchte er, die betäubende Dunkelheit, die Erschöpfung und die Furcht, die sein Herz umfangen hielten, zu erleichtern, und er dachte an seine Heimat, doch er konnte sich nicht mehr erinnern, wie das Sonnenlicht oder das Gesicht seiner Mutter ausgesehen hatten. Es blieb ihm nichts übrig, er musste weitergehen. Und er ging weiter.

Er fühlte, wie der Boden unter seinen Füßen eben wurde. Ged, neben ihm, zögerte. Da hielt auch er an. Der lange Abstieg war vorüber: Hier war das Ende. Es gab keinen Weg, der weiterführte, es war nicht nötig weiterzugehen.

Sie befanden sich in einem Tal am Fuß der Berge des Schmerzes. Der Boden war mit Felsbrocken übersät, neben ihnen ragten Felsblöcke wie Schlacken so rau in die Höhe. Es schien, als ob dieses schmale Tal einst ein Flussbett gewesen wäre, vielleicht hatte es einst Wasser geführt, vielleicht einen Feuerstrom, der längst erkaltet war und der von den Vulkanen, die ihre schwarzen, unerbittlichen Häupter emporreckten, ausgespien worden war.

Hier, in diesem schmalen Tal im tiefen Dunkel hielten sie an. Sie standen wie die Toten und starrten schweigend, ziellos, ins Nichts. Arren dachte, und es schreckte ihn wenig: »Wir sind zu weit gegangen.«

Es war bedeutungslos geworden.

Ged sprach seine Gedanken aus. »Wir sind zu weit gegangen, um umkehren zu können.« Geds Stimme war leise, doch ihr Schall wurde von der großen schwarzen Leere, die sie umgab, nicht völlig erstickt, und als Arren die Laute vernahm, verlor er etwas von der Gleichgültigkeit, die von ihm Besitz ergriffen hatte. Waren sie nicht hierher gekommen, um den zu finden, dem ihre Suche galt?

Eine Stimme aus der Dunkelheit sprach: »Ihr seid zu weit gegangen.«

Arren antwortete: »Nur zu weit ist weit genug.«

»Ihr befindet euch am Trockenen Fluss«, ließ die Stimme sich wieder vernehmen. »Ihr könnt nicht mehr zur Steinmauer zurück. Ihr könnt nicht mehr ins Leben zurück.«

»Nicht auf diesem Weg«, sagte Ged in die Dunkelheit hinein. Arren konnte ihn kaum erkennen, obgleich sie nebeneinander standen, denn die Berge, unter denen sie sich befanden, hielten das schwache Sternenlicht ab, und die Strömung des Trockenen Flusses schien aus der Dunkelheit selbst zu bestehen. »Doch wir könnten von dir lernen und den Weg erfahren.«

Sie erhielten keine Antwort.

»Hier treffen wir als Ebenbürtige aufeinander. Wenn du blind bist, Cob, so denke daran, dass auch wir uns im Dunkeln befinden.«

Sie erhielten keine Antwort.

»Wir können dir hier nichts antun. Wir können dich nicht töten. Wovor also fürchtest du dich?«

»Ich kenne keine Furcht«, ließ die Stimme in der Dunkelheit sich vernehmen. Dann, ganz allmählich, begann es zu schimmern, wie das Licht, das manchmal an Geds Stab erschien, und der Mann wurde sichtbar. Er stand etwas stromaufwärts, nicht weit von Ged und Arren entfernt, zwischen den riesigen, undeutlichen Felsblöcken. Er sah wieder groß, breitschultrig und langarmig aus, wie die Gestalt, die auf der Düne am Strand von Selidor gestanden hatte, doch nun viel älter; sein Haar war weiß und hing in schütteren Strähnen über die hohe Stirn. So erschien er vor ihnen im Geist, im Königreich des Todes, unverbrannt und unverletzt vom Feuer des Drachen, aber doch nicht vollkommen: Die Höhlen seiner Augen waren leer.

»Ich kenne keine Furcht«, wiederholte er. »Wovor sollte sich ein Toter fürchten?« Er lachte. Das Lachen hallte so widerlich, so unheimlich durch das schmale, steinige Tal unter den Bergen, dass Arrens Herz einen Augenblick stehen blieb. Doch er umfasste sein Schwert fester und hörte zu.

»Ich weiß auch nicht, wovor sich ein Toter fürchten sollte«, antwortete Ged, »bestimmt nicht vor dem Tod. Doch mir scheint, dass du ihn fürchtest, obgleich du einen Weg gefunden hast, ihm zu entgehen.«

»Das habe ich. Ich lebe. Mein Körper lebt.«

»Nicht so besonders gut«, erwiderte der Magier trocken. »Die Illusion kann zwar das Alter verbergen, doch Orm Embar ging nicht eben sorgfältig mit diesem Körper um.«

»Ich kann ihn heilen. Ich kenne die Geheimnisse des Heilens und der Jugend, und das ist keine Illusion. Wofür hältst du mich denn? Weil man dich zum Erzmagier gemacht hat, glaubst du vielleicht, dass ich nur ein Dorfzauberer bin? Ich allein unter all den Magiern habe den Weg zur Unsterblichkeit gefunden, keinem anderen ist das geglückt.«

»Vielleicht haben wir es nicht versucht«, sagte Ged.

»Ihr habt es versucht. Ihr alle. Ihr habt es versucht, und keinem ist es gelungen. Dann habt ihr weise Worte geredet vom Hinnehmen und vom Gleichgewicht der Dinge, vom Gleichgewicht des Lebens und des Todes. Worte, nichts als leere Worte – um euer Unvermögen zu vertuschen, um eure Angst vor dem Tode zu verbergen! Zeig mir den Menschen, der nicht ewig leben wollte, wenn er könnte! Ich kann es. Ich sterbe nicht. Ich tat, was du nicht tun konntest, und deswegen bin ich dein Meister, und das weißt du. Willst du wissen, wie ich es geschafft habe, Erzmagier?«

»Ja, ich würde es gerne wissen.«

Cob trat einen Schritt näher. Arren bemerkte, dass der Mann, obwohl er keine Augen hatte, sich doch nicht wie ein Blinder bewegte; er schien genau zu wissen, wo Arren und Ged standen, er wusste auch, dass sie beide da waren, obgleich er kein einziges Mal den Kopf in Arrens Richtung wandte. Er musste eine magische Kraft besitzen, die ihn sehen und erkennen ließ, wie es Erscheinungen eigen ist, die ja auch sehen und hören können. Auf irgendeine Weise nahm er seine Umgebung wahr, auch wenn es sich nicht um richtiges Sehen handelte.

»Ich war in Paln«, sagte er zu Ged, »als du in deinem Stolz annahmst, dass du mich beschämt und mir eine Lektion erteilt hättest. Oh, du hast mir eine Lektion erteilt, ganz gewiss, aber nicht die, die du im Sinne gehabt hast! Damals habe ich mir gesagt: ›Jetzt hast du den Tod erlebt, und das genügt. Setz alles dran, um ihn nicht erleiden zu müssen. Lass der dummen Natur ihren Lauf, du stehst über der Natur, du bist besser als sie.‹ Ich wollte diesen Weg nicht beschreiten, ich wollte mein Selbst nicht aufgeben. Und so entschlossen war ich, dass ich die palnischen Zauberbücher wieder zur Hand nahm, doch ich fand darin nur Andeutungen und unzusammenhängende Hinweise. Da setzte ich mich hin und schuf und wirkte meine eigene Zauberformel – die größte Formel, die je gewirkt wurde, die größte und die letzte!«

»Und durch diese Formel fandest du den Tod.«

»Jawohl! Ich starb. Ich hatte den Mut zu sterben, um

das zu finden, was ihr Feiglinge nie gewagt habt zu suchen: den Weg zurück vom Tode. Ich öffnete die Tür, die seit dem Beginn aller Zeiten geschlossen war. Und jetzt kann ich mich frei bewegen, kann hier bleiben und die Welt der Lebenden betreten, wann es mir gefällt. Unter allen Menschen bin ich der einzige, der Herr über beide Welten ist. Und die Tür, die ich geöffnet habe, steht nicht nur hier offen, sondern im Innern jedes lebenden Menschen, in der Tiefe und den unbekannten Gründen seines Seins, dort, wo wir alle eins sind im Urgrund. Die Menschen wissen das und kommen zu mir. Und die Toten, die müssen zu mir kommen, alle müssen zu mir kommen, denn ich habe die Magie eines Lebenden behalten: Sie müssen über die Steinmauer klettern, wenn ich es ihnen gebiete, all die Seelen, die Fürsten, die Magier und die stolzen Frauen, hin und her, vom Leben in den Tod und wieder zurück, wie es mir gefällt. Alle sind mir untertan, die Lebenden und die Toten, denn ich bin gestorben und wieder auferstanden!«

»Und wo treffen sie dich, Cob? Wo bist du?«

»Zwischen den Welten.«

»Aber dort ist weder Leben noch der Tod. Was ist Leben, Cob?«

»Macht.«

»Was ist Liebe?«

»Macht«, wiederholte der Blinde schwer und zog seine Schultern in die Höhe.

»Was ist Licht?«

»Dunkelheit!«

»Wie lautet dein wahrer Name?«

»Ich habe keinen.«

»Alle, die hier sind, tragen ihren wahren Namen.«

»Dann sag mir deinen!«

»Ich heiße Ged. Und du?«

Der Blinde zögerte, dann sagte er: »Cob.«

»Das war dein Umgangsname, nicht dein wahrer Name. Wo ist dein Name? Wo ist dein wahres Selbst? Hast du es in Paln gelassen, wo du gestorben bist? Viel hast du vergessen, o Herr über beide Welten! Das Licht, die Liebe und deinen wahren Namen hast du vergessen!«

»Jetzt habe ich aber deinen Namen und Macht über dich, Ged, den Erzmagier, der Erzmagier gewesen war, als er noch lebte.«

»Mein Name nützt dir nichts«, sagte Ged. »Du hast keine Macht über mich. Ich lebe. Mein Körper liegt am Strand von Selidor unter der Sonne, auf der sich drehenden Erde. Und wenn der Körper stirbt, dann komme ich hierher, doch nur dem Namen nach, nur als Schatten. Verstehst du das? Hast du das nie begriffen, du, der die Scharen der Toten, die Schatten aus der Unterwelt zu dir heraufbefohlen hat, selbst meinem Herrn Erreth-Akbe, dem Weisesten von allen, hast du befohlen zu erscheinen? Hast du nie begriffen, dass er, selbst er, nur ein Schatten, nur ein Name ist? Sein Tod hat das Leben nicht vermindert, er selbst wurde nicht vermindert durch seinen Tod. Und dort, im Leben – dort ist er! Nicht hier, wo es nur Schatten und nur Staub gibt. Dort ist er, er ist Erde und Sonnenlicht, Blätter an den Bäumen, der Flug des Adlers! Er lebt. Und alle, die sterben, leben, sie werden wiedergeboren, ihr Leben hört nicht auf noch wird es je aufhören. Das gilt für alle, doch nicht für dich. Denn du wolltest nicht sterben. Du hast den Tod verloren und damit auch das Leben. Du wolltest dein Selbst retten. Dein Selbst! Dein unsterbliches Selbst! Wer bist du denn nun wirklich?«

»Ich bin! Mein Körper wird nicht verfaulen und sterben ...«

»Ein lebender Körper leidet Schmerzen, Cob. Ein lebender Körper wird alt und stirbt. Der Tod ist der Preis, den wir für unser Leben, den jedes Leben zahlen muss.«

»Ich zahle diesen Preis nicht! Ich kann sterben und im gleichen Moment wieder leben! Ich kann nicht getötet werden, ich bin nicht sterblich. Ich allein behalte mein Selbst auf alle Ewigkeit.«

»Wer bist du denn?«

»Der Unsterbliche.«

»Sag deinen Namen!«

»Der König.«

»Nenne mich bei meinem Namen. Ich habe ihn dir gerade gesagt. Nenne mich bei meinem Namen!«

»Du bist nicht wirklich. Du hast keinen Namen. Nur ich existiere.«

»Du existierst: ohne Namen, ohne Gestalt! Du, Augenloser, du kannst das Licht des Tages nicht erblicken, du siehst das Dunkel nicht. Die Sonne, die Sterne, die grüne Erde hast du verkauft, um dein armseliges Selbst zu retten. Doch du hast kein Selbst. Du hast alles hergegeben und nichts dafür bekommen. Und jetzt versuchst du, die Welt an dich zu ziehen, das Licht und das Leben, das du verloren hast, damit du deine Leere füllen kannst. Doch sie wird leer bleiben. Alle Laute dieser Erde, alle Sterne des Himmels können diese Leere nicht füllen!«

Geds Stimme hallte ehern in dem kalten Tal am Fuß der Berge, und der Blinde schreckte vor ihm zurück. Er hob das Gesicht in die Höhe, und das trübe Sternenlicht fiel darauf. Er sah aus, als ob er weinte, doch er hatte keine Tränen, denn er hatte keine Augen. Sein Mund öffnete und schloss sich wieder, die Dunkelheit füllte ihn, doch keine Worte kamen heraus, nur ein Stöhnen. Endlich sagte er, mühsam und mit verzogenen Lippen, das eine, einzige Wort: »Leben.«

»Wenn ich könnte, würde ich dir dein Leben zurückgeben, Cob. Doch das kann ich nicht. Du bist tot. Doch kann ich dir den Tod geben.«

»Nein!« Der Blinde schrie auf: »Nein, nein!« Er krümmte sich zusammen, schluchzend, obgleich seine Augenhöhlen so trocken wie das steinige Flussbett blieben, das nur Nacht, doch kein Wasser barg. »Das kannst du nicht. Niemand kann mich befreien. Ich habe die Tür zwischen den Welten geöffnet, und ich kann sie nicht mehr schließen. Niemand kann sie schließen. Sie wird nie mehr geschlossen werden. Dorthin zieht es mich, immer zieht es mich dorthin. Ich muss durch die Tür gehen und dann wieder zurückkommen. Hierher in die Kälte, in das Schweigen und in den Staub muss ich zurückkehren. Es saugt an mir, es saugt an mir. Ich komme nicht davon los. Ich kann sie nicht zuschließen. Und am Ende wird alles Licht aus der Welt gesogen sein, und alle Flüsse werden wie der Trockene Fluss sein. Es gibt keine Macht, die stark genug ist, die Tür, die ich geöffnet habe, wieder zu schließen.«

Die Mischung von Verzweiflung und Triumph, von Furcht und Eitelkeit, die in seiner Stimme lag, hörte sich unheimlich an.

Ged fragte nur: »Wo ist sie?«

»Dort. Nicht weit. Du kannst hingehen. Aber du kannst dort nichts tun. Du kannst sie nicht schließen. Selbst wenn du deine ganze Macht und Kraft in dieser einen Tat verbrauchen würdest, wäre es nicht genug. Nichts ist dafür genug.«

»Vielleicht«, antwortete Ged. »Du hast es aufgegeben, doch wir, wir haben es noch nicht aufgegeben. Führ uns dorthin!«

Der Augenlose hob sein Gesicht, in dem Angst und Hass miteinander kämpften. Der Hass trug den Sieg davon. »Nein, ich führe euch nicht dorthin.«

Da trat Arren hervor und befahl: »Du wirst uns dorthin führen!«

Der Blinde rührte sich nicht. Die eisige Kälte und die Dunkelheit des Totenreiches umhüllten sie und umhüllten ihre Worte.

»Wer bist du?«

»Ich heiße Lebannen.«

Ged sprach: »Du, der sich König nennt, du weißt nicht, wer das ist?«

Wiederum stand Cob ohne sich zu rühren. Dann sprach er stammelnd: »Aber er ist tot – du bist tot. Du kannst nicht zurück. Kein Weg führt hinaus. Du bist hier gefangen.« Noch während er sprach, erlosch der schwache Lichtflimmer, und sie hörten, wie er sich von ihnen wandte und sich hastig in die Dunkelheit davonstahl. »Geben Sie mir Licht, mein Gebieter!«, rief Arren, und Ged hielt seinen Stab hoch über seinen Kopf, damit das weiße Licht die uralte Dunkelheit zerbreche, und sie sahen, wie die gekrümmte Gestalt des Blinden, ohne zu zögern, sicher und hurtig, doch mit merkwürdigem Gang das Flussbett hinaufeilte, die Felsen vermeidend und die Schatten suchend. Hinter ihm rannte Arren mit dem Schwert in der Hand.

Bald war Arren seinem Gefährten weit voraus. Das Licht wurde schwächer und war oft ganz verdeckt von den Felsen und den Windungen des Flussbettes. Doch Arren spürte Cobs Gegenwart, er hörte das Geräusch, das seine Füße verursachten, und der Abstand zwischen Arren und Cob verringerte sich, besonders, als der Weg steiler wurde. Sie kletterten eine enge Schlucht hinauf, die mit Steingeröll angefüllt war. Der Trockene Fluss wurde schmaler, je näher sie seinem Ursprung kamen, und die Ufer zu beiden Seiten wurden steiler. Felsgestein bröckelte unter ihren Füßen und Händen, denn sie mussten oft auf allen vieren kriechen. Arren spürte, wie das Flussbett sich zu einer letzten Enge verschmälerte, er machte einen Satz, packte Cob beim Arm und hielt ihn fest. Sie waren an einem Becken angelangt, das ein bis zwei Meter breit war und wohl ein kleiner Teich gewesen wäre, wenn es Wasser gegeben hätte. Hinter dem Becken ragte eine steile, raue Wand aus Fels und Schiefer empor. Und in der Wand war eine schwarze Öffnung, der Ursprung des Trockenen Flusses.

Cob versuchte nicht, sich seinem Griff zu entwinden. Er stand ohne sich zu bewegen, während das Licht von Geds Stab immer heller auf sein Gesicht mit den leeren Augenhöhlen fiel. Das Gesicht war Arren zugewandt: »Hier ist der Ort, den du suchst. Siehst du ihn? Hier kannst du wiedergeboren werden. Du musst mir nur folgen. Du wirst ewig leben. Und wir können beide zusammen Könige sein.«

Arren schaute auf die schwarze, unheimliche Öffnung, auf den Ursprung des Trockenen Flusses, auf dieses Maul aus Staub, in das die tote Seele hineinkriecht und wieder herauskommt, doch nicht um zu leben, sondern um ein Schattendasein zu führen: Abscheulich schien es ihm und seine Stimme klang erstickt, er würgte, denn Übelkeit hatte ihn überkommen: »Es soll geschlossen werden!«

»Es wird geschlossen«, sagte Ged, der zu ihm getreten war. Und von seinen Händen und von seinem Gesicht ging ein Licht aus, als ob ein Stern in dieser endlosen Nacht auf die Erde gefallen wäre. Vor ihm gähnte die ausgetrocknete Quelle, die weit offene Tür, und hinter ihr war es hohl; wie weit und tief es ging, war nicht zu sehen. Nichts befand sich dahinter, worauf ein Licht hätte fallen können. Es war eine absolute Leere. Licht und Dunkel, Leben und Tod gab es dort nicht. Es war zwar ein Weg, doch er führte ins Nichts.

Ged erhob die Hände und begann zu sprechen.

Arren hielt noch immer Cobs Arm fest. Der Blinde hatte seine freie Hand auf die Felswand gelegt. Beide rührten sich nicht, die Macht der Zauberformel hielt sie in ihrem Bann.

Die Kunst, um die sich Ged sein ganzes Leben lang bemüht hatte, die Kraft seines wilden Herzens, jetzt halfen sie ihm in seinem Ringen mit der Tür, in seinem Bemühen, sie zu schließen und die Welt zu heilen. Und dem Befehl seiner Stimme und dem Wirken seiner Hände gehorchend, schoben sich die Felsen mühsam, schmerzlich zusammen, versuchten knirschend, wieder eins zu werden. Doch zur gleichen Zeit wurde das Licht, das von seinen Händen und von seinem Gesicht ausging, immer schwächer, es starb ab, und sein Stab aus Eibenholz begann zu erlöschen, bis nur noch ein ganz geringes Lichtlein verblieb, doch in diesem schwachen Licht sah Arren, dass die Tür fast geschlossen war.

Auch der Augenlose fühlte, wie die Felsen sich bewegten, fühlte, wie sie sich berührten: Doch er fühlte gleichzeitig, wie Kunst und Macht geopfert wurden, wie sie gegeben wurden und erlöschen, und er schrie plötzlich auf: »Nein!«, und riss sich von Arren los. Er sprang nach vorne und umfing Ged mit blindem, eisernem Griff. Unter seinem Anprall wurde Ged zu Boden gerissen, und der Augenlose umschloss seine Kehle, um ihn zu erwürgen.

Arren riss Serriadhs Schwert in die Höhe, die Klinge zerschnitt pfeifend die Luft und traf den gebeugten Nacken unter dem verfilzten Haar.

Der Geist eines Lebenden hat Gewicht im Lande der Toten, und der Schatten seines Schwertes hatte eine scharfe Klinge. Das Schwert ging tief und durchschnitt Cobs Genick. Beim Licht des Schwertes spritzte schwarzes Blut in die Höhe.

Doch es hat wenig Zweck, einen Toten töten zu wollen, und Cob war ein Toter, schon seit vielen Jahren. Die Wunde schloss sich, ihr eigenes Blut aufsaugend. Der Blinde erhob sich zu seiner vollen Größe und tastete mit langen Armen nach Arren, sein Gesicht war von Wut und Hass verzerrt; es schien, als hätte er erst jetzt gemerkt, wer sein wahrer Rivale und Feind war.

So schrecklich war der Anblick dieses Mannes mit den leeren Augenhöhlen, der sich von seiner tödlichen Wunde erholte, der unfähig war zu sterben, viel schrecklicher, als es der Anblick jedes Sterbens sein konnte, dass Arren von einem unsäglichen Hass ergriffen wurde und wie ein Berserker auf Cob losging. Er hieb auf ihn ein, und Cob fiel mit gespaltenem Schädel auf die Erde, sein Gesicht von Blut überströmt, doch Arren hieb schon wieder auf ihn ein, bevor sich die Wunde schließen konnte, denn er wollte ihn erschlagen, bis er endgültig tot war …

Ged, der sich neben ihm mühsam auf seinen Knien aufgerichtet hatte, sprach nur ein einziges Wort.

Beim Klang seiner Stimme hielt Arren inne, als hätte jemand seinen Schwertarm gepackt. Auch der Blinde, der wieder dabei war, sich zu erheben, war erstarrt. Ged versuchte mühsam, auf die Füße zu kommen, bis er schwankend stand. Als er sich ganz aufgerichtet hatte, wandte er sich der Felswand zu.

»Damit seist du geschlossen!«, sprach er mit klarer Stimme und zeichnete mit seinem Stab in feurigen Linien ein Bild auf das Felsentor: die Rune Agnen, die Rune des Endens, die Straßen schließt und in Sargdeckel geritzt wird. Zwischen den Felsen gab es keine Leere, keine Kluft mehr. Die Tür war geschlossen.

Der Boden des Trockenen Landes zu ihren Füßen erbebte, über den unbeweglichen, leblosen Himmel rollte der Donner und verhallte.

»Beim Wort, das am Ende aller Zeiten gesprochen werden wird, habe ich dir geboten zu erscheinen, beim Wort, das am Beginn der Schöpfung gesprochen worden ist, löse ich deine Bande: Geh und sei frei!« Und er beugte sich zu dem Augenlosen, der auf Knien vor ihm kauerte, und flüsterte ihm durch die weißen verfilzten Haare etwas ins Ohr.

Cob erhob sich. Er blickte sehenden Auges um sich, langsam und erstaunt. Er schaute Arren an, dann Ged. Er redete kein Wort, sondern blickte sie nur aus dunklen Augen an. In seinem Gesicht lag weder Wut noch Hass noch Schmerz. Langsam wandte er sich von ihnen ab, ging das Flussbett des Trockenen Flusses entlang und war bald verschwunden.

Doch das Licht in Geds Gesicht und an seinem Stab war erloschen. Er stand im Dunkeln. Als Arren zu ihm trat, hielt er sich am Arm des jungen Mannes fest. Ein trockenes Schluchzen schüttelte seinen Körper. »Es ist vollbracht«, sagte er, »es ist vollbracht.«

»Es ist vollbracht, mein Gebieter, mein geliebter Herr. Wir müssen gehen.«

»Ja. Wir müssen heimgehen.«

Ged war erschöpft. Er folgte Arren das Flussbett hinunter, stolperte und kam nur mühsam zwischen den Felsbrocken und dem Geröll vorwärts. Arren hielt sich dicht bei ihm. Als die Ufer des Trockenen Flusses weniger steil wurden und der Boden flacher, wandte sich Arren dem Weg zu, den sie gekommen waren: dem langen Hang ohne feste Umrisse, der hinauf ins Dunkel führte. Dann wandte er sich um.

Ged redete nicht. Er war auf einem Brocken erstarrter Lava zusammengesunken, völlig erschöpft, mit gesenktem Haupt.

Arren wusste, dass sie auf dem Weg, den sie gekommen waren, nicht mehr zurückkehren konnten. Es blieb ihnen nichts anderes übrig, sie mussten weiter vorangehen. Sie mussten den ganzen Weg zurücklegen. Selbst zu weit ist noch nicht weit genug, dachte er. Er blickte auf die schwarzen, schweigenden Gipfel, die sich gegen die unbeweglichen Sterne abhoben, schrecklich in ihrer Kälte und drohend. Doch wieder vernahm er die spöttische, ironische Stimme in seinem Innern, die ihn herausforderte: »Willst du auf halbem Weg umkehren, Lebannen?«

Er ging zu Ged und sagte: »Wir müssen weitergehen, mein Gebieter.«

Ged erwiderte nichts, aber er stand auf.

»Ich glaube, wir müssen über die Berge gehen.«

»Es ist dein Weg, mein Junge«, Geds Stimme war heiser, flüsternd. »Hilf mir!«

Und so begannen sie ihren Weg in die Berge, die Hänge aus Staub und Schlacken hinauf. Arren half seinem Gefährten, so gut er es vermochte. Es war stockfinster in den Schluchten und Klüften, und er musste den Weg ertasten. Es war schwierig, Ged gleichzeitig zu stützen. Das Gehen war mühsam, es war ein fortwährendes Stolpern, doch als die Hänge steiler wurden und sie klettern mussten, wurde es noch viel schlimmer. Die Felsen waren rau, und ihre Hände brannten, als fassten sie geschmolzenes Eisen an. Doch gleichzeitig war es kalt und wurde immer kälter, je höher sie stiegen. Es war eine Qual, diese Erde zu berühren, sie brannte wie feurige Kohlen; im Berg drinnen loderte ein Feuer. Doch die Luft, die sie umgab, war eiskalt und dunkel. Kein Laut war zu vernehmen. Kein Wind rührte sich.

Die scharfen Steine zerbröckelten unter ihren Händen.

Ihre Füße sanken ein. Schwarz und steil erhoben sich die Felsrücken und Felszacken vor ihnen und fielen an ihren Seiten jäh ins Dunkel ab. Hinter und unter ihnen versank das Reich der Toten. Vor und über ihnen hoben sich die Gipfel und Felsen gegen die Sterne ab. Und nichts rührte sich in dieser schwarzen Welt aus Fels und Stein, nur die zwei menschlichen Seelen.

Ged stolperte und strauchelte oft. Er war völlig erschöpft. Er atmete immer mühsamer, und wenn seine Hände die Felsen berührten, stöhnte er auf vor Schmerz. Es brach Arrens Herz, ihn leiden zu sehen. Er versuchte, ihn vor dem Hinfallen zu bewahren, doch der Weg war oft zu schmal, um nebeneinander gehen zu können, und Arren musste vorangehen, um zu ertasten, wohin sie ihre Füße setzen konnten. Als sie endlich einen Steilhang erreichten, der hinauf zu den Sternen zu führen schien, glitt Ged aus und fiel vornüber. Er stand nicht mehr auf.

»Mein Gebieter«, sagte Arren und kniete bei ihm nieder; dann sprach er seinen Namen: »Ged!«

Er rührte sich nicht und gab keine Antwort.

Arren nahm ihn in seine Arme und trug ihn den Hang hinauf. Oben ging es ein Stück eben weiter. Arren legte seine Bürde nieder und ließ sich selbst erschöpft und ohne Hoffnung auf den Boden sinken. Dies war der höchste Punkt des Passes, der zwischen den beiden schwarzen Gipfeln lag, auf den er sich zugeschleppt hatte. Der Weg führte nicht weiter. Am Ende des ebenen Stück Weges war ein Abgrund: Jenseits davon erstreckte sich endlose Dunkelheit, und die kleinen Sterne hingen unbeweglich an einem schwarzen Himmel.

Beharrlichkeit kann stärker als Hoffnung sein und sie überdauern. Arren kroch vorwärts, als er dazu in der Lage war. Er kroch langsam, ganz langsam. Er blickte über den Rand der Dunkelheit und dort, unter ihm, ganz nahe, sah er den elfenbeinernen Strand, die hellen, bernsteinfarbenen Wellen, die heranrollten und sich am Strand in weißer Gischt brachen. Über dem Meer, hinter einem Schleier aus Gold, neigte sich die Sonne gegen den Horizont.

Arren drehte sich gegen das Dunkle. Er ging zurück. Er hob Ged hoch, so gut er es vermochte, und ging vorwärts, bis er nicht mehr weiterkonnte. Hier fanden alle Dinge ihr Ende: Durst, Schmerz und Dunkel, das Licht der Sonne und die Stimme des ewig ruhelosen Meeres.

Der Stein des Schmerzes

Ein dichter Nebel lag über dem Meer und über den Dünen und Hügeln von Selidor, als Arren erwachte. Die Brandungswellen rollten leise grollend aus dem Nebel hervor und verschwanden murmelnd wieder darin. Die Flut musste inzwischen gekommen sein, denn der Strand war jetzt viel schmaler als zuvor, die letzte, kleinste Schaumwelle leckte an Geds ausgestreckter linker Hand. Er lag mit dem Gesicht nach unten auf dem Sand. Seine Kleidung und sein Haar waren nass, auch Arrens Kleider waren nass und umgaben ihn eisig kalt. Die Wellen mussten sie zumindest einmal überspült haben. Cobs Leichnam war spurlos verschwunden, vielleicht war er vom Meer fortgeschwemmt worden. Doch hinter Arren ragte, vom Nebel leicht verschleiert, riesig und starr, Orm Embars gewaltiger Leichnam wie eine Turmruine in die Höhe.

Arren erhob sich. Er zitterte vor Kälte. Er konnte sich kaum auf den Beinen halten. Seine Glieder waren eiskalt und steif, und eine Schwäche, die von dem langen, unbeweglichen Liegen herrührte, überfiel ihn. Er taumelte wie ein Betrunkener. Sobald er seine Glieder wieder unter Kontrolle hatte, ging er zu Ged und zog ihn, so gut er konnte, etwas weiter aufs Trockene, wo die Wellen ihn nicht mehr erreichen konnten; mehr vermochte er im Moment nicht zu tun. Ged war eiskalt und schwer. Arren hatte ihn über die Grenze des Todes zurück ins Leben getragen, aber vielleicht war es vergeblich gewesen. Er legte sein Ohr auf Geds Brust, doch er vernahm nichts. Sein eigener Körper gehorchte ihm nicht, er zitterte und seine Zähne klapperten. Er stand auf und stampfte mit den Füßen, um sein Blut in Bewegung zu bringen. Schließlich machte er sich wie ein alter Mann mit zitternden Beinen und unsicherem Schritt auf, ihr Gepäck zu suchen. Sie hatten es an einem klaren Bach, der munter zu Tal eilte, fallen lassen, als sie – vor so langer Zeit – hinunter zu dem Haus aus Gebein gelaufen waren. Diesen Bach, den suchte er jetzt, denn der Gedanke an frisches Wasser ließ ihn nicht mehr los.

Schneller als er es erwartet hatte, stieß er auf den klaren Bach, der in tausend silberglänzenden Rinnsalen hinunter zum Meer floss. Er ließ sich niederfallen und trank gierig; er tauchte sein Gesicht und seine Hände ins Wasser; er sog das Wasser ein, durch den Mund in die Seele.

Endlich hatte er genug. Er blickte auf und sah am anderen Ufer des Baches einen riesigen Drachen.

Sein großer Kopf war eisengrau, nur an den Nüstern, um die Augen und am Rachen war er rostrot gefärbt. Er war ihm zugewandt, ja er hing fast über ihm. Die Krallen waren tief in den nassen, weichen Sand des Ufers eingesunken. Die Flügel, so groß wie Segel, waren zurückgelegt; sie waren, wie der Schwanz der Echse, nur teilweise sichtbar. Der Rest verlor sich im Nebel.

Der Drache rührte sich nicht. Vielleicht kauerte er schon stunden-, tage-, jahre- oder jahrhundertelang hier – wie aus Eisen gegossen, wie aus Stein gemeißelt –, doch die Augen, in die Arren nicht zu blicken wagte, die Augen waren wie Öl, das sich auf Wasser zusammengefunden hat, wie gelber Rauch hinter Glas. Und diese gelb verschleierten Augen ruhten auf Arren.

Arren hatte keine Wahl, er musste aufstehen. Wenn der Drache beabsichtigte, ihn zu töten, so konnte er ihn nicht daran hindern. Und wenn er ihn verschonte, so wollte er wenigstens Ged helfen, wenn ihm noch geholfen werden konnte. Er begann, sich den Bach aufwärts zu bewegen, wo ihr Gepäck liegen musste.

Der Drache rührte sich immer noch nicht. Er kauerte regungslos am Ufer und beobachtete Arren. Der fand die beiden Gepäckstücke, füllte die Ledertaschen mit frischem Wasser und ging zurück zu Ged. Nach wenigen Schritten schon war der Drache hinter ihm im dichten Nebel verschwunden.

Er gab Ged Wasser zu trinken, doch es gelang ihm nicht, ihn aufzuwecken. Sein Kopf lag schlaff und kalt auf Arrens Arm. Sein dunkles Gesicht sah grau aus, die Nase, die Backenknochen und die alten Narben traten scharf hervor. Selbst sein Körper sah dünn aus, wie von einem inneren Brand verzehrt.

Arren saß auf dem feuchten Sand, das Haupt seines Gefährten auf seinen Knien. Der Nebel umgab sie wie ein graues, unbestimmtes Etwas, das sich nach oben hin erhellte. Irgendwo hinter ihnen lag der tote Orm Embar und weiter oben wartete der lebende Drache. Und irgendwo auf der anderen Seite von Selidor lag ihr Boot, die *Weitblick*, ohne Proviant. Und hinter dem Boot lag das Meer, dreihundert Meilen weit bis zur nächsten Insel des Westbereiches und weit über tausend Meilen bis zum Innenmeer. *Im fernen, fernen Selidor,* hieß es in den alten Märchen und Legenden, die man in Enlad den Kindern erzählte. *Vor langer, langer Zeit, im fernen, fernen Selidor, lebte einst ein Prinz …*

Er war der Prinz. Damit begannen die alten Märchen, doch dies hier schien das Ende zu sein.

Er war nicht niedergeschlagen. Obgleich er müde war und der Kummer um seinen Gefährten schwer auf ihm lastete, blickte er ohne das geringste Bedauern, ohne die geringste Bitterkeit zurück. Doch jetzt war nichts mehr zu tun. Alles war vollbracht.

Er fühlte, wie die Kräfte langsam in seine Glieder zurückkehrten, und ihm fiel ein, dass er in seinem Beutel eine Angelschnur hatte, mit der er vom Ufer aus versuchen konnte, Fische zu fangen. Nachdem er nämlich seinen Durst gestillt hatte, begann der Hunger heftig an ihm zu nagen. Außer ein paar Scheiben Brot war nichts von ihrem

Proviant verblieben, und er hatte beschlossen, das Brot aufzuheben und es später aufgeweicht seinem Gefährten zu geben.

Mehr war nicht zu tun. Weiter konnte er nicht blicken. Der Nebel umgab ihn von allen Seiten.

Zusammengekauert saß er bei Ged und kramte in seinen Taschen herum. Vielleicht befand sich etwas Brauchbares darin. In der Tasche seiner Weste stießen seine Finger auf etwas Hartes, Scharfes. Er zog es heraus und schaute es verwundert an. Es war ein kleiner Stein, schwarz, porös und hart. Er hob den Arm, um ihn wegzuwerfen. Doch plötzlich hielt er inne. Er fühlte die scharfen Kanten, die in seiner Hand brannten, er fühlte sein Gewicht, und er wusste, was er in der Hand hielt, ein winziges Stück Fels, das von dem Berg des Schmerzes abgebrochen war. Es musste an seiner Tasche hängen geblieben und hineingefallen sein, vielleicht als er hinaufkletterte, vielleicht als er Ged über den Pass trug. Er schaute es an, dieses ewig unveränderliche Ding, den Stein des Schmerzes. Seine Hand schloss sich darum und hielt ihn fest. Und er lächelte, ernst und doch tief beglückt, denn er hatte, zum ersten Mal in seinem Leben, ganz allein und ganz ungepriesen, am Ende der Welt verspürt, was es heißt, den Sieg davonzutragen.

Der Nebel wurde lichter und begann sich aufzulösen. Weit draußen sah Arren das Sonnenlicht auf dem Wasser glänzen. Die Dünen wurden sichtbar und verschwanden wieder, waren farblos und schienen größer zu sein in den wogenden, wallenden Nebelfetzen. Sonnenstrahlen fielen auf Orm Embars Leichnam und ließen ihn hell erstrahlen, kolossal und überwältigend selbst im Tod.

Der riesige Drache lag regungslos, wie aus Eisen gegossen, am anderen Ufer des Baches.

Gegen Mittag brach die Sonne endgültig durch den Nebel und schien warm und hell am wolkenlosen Himmel. Arren legte seine nassen Kleider ab, um sie zu trocknen. Er war nackt bis auf sein Schwert und seinen Schwertgürtel. Behutsam zog er Ged aus, um auch seine Kleidung zu trocknen und um die heilende, wärmende Lichtflut auf ihn herabströmen zu lassen; doch er blieb weiterhin regungslos liegen.

Ein leises Kratzen ließ ihn aufhorchen. Es klang wie Metall, das gegen Metall reibt, wie das leise Klirren von gekreuzten Schwertern. Der eisengepanzerte Drache hatte sich auf seine krummen Beine erhoben. Er bewegte sich schwerfällig und überquerte den Bach. Knirschend schleppte er seinen langen Körper durch den Sand. Arren sah die Falten an den Schultergelenken, sah die langen, gelben, stumpfen Zähne und sah die Flanken, die verbeult und eingedrückt waren wie die Rüstung von Erreth-Akbe. An den langsamen, bedächtigen Bewegungen, an der Ruhe, die unergründlich und fast erschreckend war, erkannte Arren das Alter des Drachen: ein Alter, größer als es Jahre messen können, größer als die Erinnerung reicht. Und als der Drache einige Schritte von Ged entfernt stehen blieb, stellte sich Arren zwischen beide und fragte auf Hardisch, denn er war der Ursprache nicht mächtig: »Bist du Kalessin?«

Der Drache antwortete nicht, doch schien es fast, als lächle er. Dann senkte er sein Haupt und streckte seinen langen Hals nach vorne gegen Ged und sprach seinen Namen.

Seine Stimme war mächtig und sanft zugleich, und als er den Rachen öffnete, roch es wie aus einer Schmiedeesse.

Noch einmal wiederholte er Geds Namen. Beim dritten Mal öffnete dieser seine Augen. Nach einer Weile versuchte er sich aufzurichten, doch die Kräfte fehlten ihm. Arren kniete bei ihm nieder und stützte ihn. Dann sprach Ged. »Kalessin«, sagte er, *»Senvanissai'n ar Roke!«* Seine Kräfte verließen ihn. Er lehnte den Kopf an Arrens Schulter und schloss die Augen.

Der Drache antwortete nicht. Er kauerte wie zuvor unbeweglich im Sand. Der Nebel kam zurück, legte sich wie ein Schleier vor die Sonne und senkte sich langsam auf die See.

Arren zog sich und Ged an und hüllte ihn in seinen Umhang. Die Ebbe war vorüber, der Strand, der sich weit hinaus erstreckt hatte, wurde von den zurückkehrenden Wellen immer weiter überspült. Arren überlegte, wie er Ged die Dünen hinaufbringen konnte, dorthin wo es trockener war. Obwohl er sich viel kräftiger fühlte als zuvor, so war es doch keine leichte Aufgabe.

Als er sich zu Ged hinunterbeugte, um ihn hochzuziehen, streckte der Drache seinen Fuß aus. Vier Riesenkrallen, ähnlich geformt wie ein Hahnenfuß, mit einem stählernen, sensenähnlichen Sporn, streckten sich ihm entgegen.

»*Sobriost*«, sagte der Drache, und die Laute kamen pfeifend und so eiskalt wie der Wind des Januars, der durch gefrorenes Schilfrohr streicht.

»Rühre meinen Gebieter nicht an! Er hat uns alle gerettet, und seine Tat hat ihn seine ganze Kraft, vielleicht sogar sein Leben gekostet. Rühre ihn nicht an!«

Arrens Augen flammten und seine Stimme klang gebieterisch. Was zu viel war, war zu viel. Er war zu eingeschüchtert gewesen, er hatte Angst gehabt, doch nun mochte kommen, was da wolle, der Zorn wurde übermächtig in ihm, Zorn gegen die Ungerechtigkeit, die er in der physischen Übermacht des Drachen sah. Er, Arren, hatte den Tod gesehen, er hatte ihn am eigenen Leib verspürt, und keine Drohung, selbst die eines Drachen, konnte ihn mehr schrecken.

Kalessin, der alte Drache, blickte ihn aus schmalen, goldenen, schrecklichen Augen an. Unzählige Menschenalter blickten aus diesen Augen, weit reichten sie zurück, und in der letzten Tiefe lag der Morgen dieser Welt. Obgleich Arren das Auge vermied, so spürte er doch, dass es auf ihm ruhte, dass es ihn durchschaute und etwas lächerlich fand.

»*Arw sobriost*«, sagte der Drache, und seine rötlichen Nüstern weiteten sich. Tief drinnen funkelte das unterdrückte Feuer.

Arrens Arm war unter Geds Schulter. Er war gerade im Begriff gewesen, Ged hochzuheben, als Kalessins Bewegung ihn unterbrochen hatte; jetzt spürte er, wie Geds Kopf sich ihm leicht zuwandte, und er vernahm seine Stimme.

»Er sagt, steigt auf!«

Arren erstarrte. Das war reiner Wahnsinn. Doch vor ihm lag die Riesenkralle, wie eine Treppe ging es hinauf, über den Fuß, den Ellenbogen, die mächtige Schulter und die Muskulatur der Schwingen, die sich am Schulterblatt abzeichnete: Vier Stufen waren es, wie eine Treppe. Und dort, zwischen den Flügeln und der ersten großen Zacke des Rückgrates, war eine Vertiefung, gerade groß genug für einen oder für zwei Menschen, die verrückt genug waren, die alle Hoffnung aufgegeben, die nichts mehr zu verlieren hatten.

»Steigt auf!«, befahl Kalessin in der Ursprache.

Und Arren stand auf und half seinem Gefährten auf die Füße. Ged hielt den Kopf hoch und mit Arrens Hilfe, der seinen Arm um ihn geschlungen hatte, stieg er die seltsamen Stufen empor. Beide ließen sie sich rittlings auf dem rauen Panzer in der Vertiefung des Drachenhalses nieder. Arren saß hinter Ged, bereit, ihn, falls es nötig sein sollte, zu halten. Beide fühlten, wie dort, wo sie den Körper des Drachen berührten, eine Wärme in sie zurückströmte, willkommen wie das wärmende Sonnenlicht: Das Leben loderte feurig unter dem eisernen Panzer.

Arren fiel ein, dass sie den Eibenstab des Magiers, der

halb versteckt im Sand lag, vergessen hatten; die Wellen krochen immer höher und versuchten ihn hinauszuspülen. Er war schon im Begriff, hinunterzuklettern, um ihn zu holen, doch Ged hielt ihn zurück. »Lass ihn liegen. Ich habe meine ganze Kunst an der Trockenen Quelle verausgabt, Lebannen. Jetzt bin ich kein Magier mehr.«

Kalessin wandte den Kopf und blickte sie von der Seite her an: In seinen Augen lag ein uraltes, weises Lachen. Es war ungewiss, ob Kalessin weiblich oder männlich war, man konnte auch nicht sagen, was er dachte. Langsam hob er seine Schwingen und streckte sie aus. Sie waren nicht golden, wie Orm Embars Flügel, sondern rot, dunkelrot, so rot wie Rost oder Blut, so rot wie die purpurne Seide von Lorbanery. Vorsichtig hob er sie in die Höhe, um seine winzigen Reiter nicht abzuwerfen. Vorsichtig setzte er seine mächtigen Hinterbeine zum Sprung, und dann sprang er mit einem Satz, federnd wie eine Katze, in die Luft, seine Flügel schlugen abwärts, und sie erhoben sich über den Nebel, der Selidor bedeckte.

Mit seinen roten Schwingen in mächtigen Schlägen die Luft zerteilend, flog Kalessin in den Abend hinein, kreiste, wandte sich gen Osten und flog davon.

Hochsommer lag über der Insel Ully. Ein Drache flog niedrig darüber hin. Später wurde er in Usidero und im nördlichen Ontuego gesichtet. Obgleich Drachen im Westbereich nur allzu gut bekannt waren und mit Recht gefürchtet wurden, so sagten die Dorfbewohner, die ihn gesehen hatten, nachdem alle aus ihren Verstecken herausgekrochen waren: »Vielleicht sind die Drachen doch nicht alle tot, wie man angenommen hat. Vielleicht sind die Zauberer auch nicht alle tot. Es war doch ein herrlicher Anblick, wie er so über die Insel flog. Vielleicht war er der älteste.«

Niemand sah, wo Kalessin landete. Auf diesen weitab gelegenen Inseln gibt es Wälder und unbekannte Hügel, wo nur selten Menschen hinkommen und wo selbst Drachen ungesehen landen können.

Doch auf den Neunzig Inseln gab es ein großes Geschrei und viel Aufregung. Viele Leute ruderten zwischen den kleinen Inseln nach Westen und schrien: »Versteckt euch! Versteckt euch! Der Drache von Pendor hält sein Versprechen nicht mehr ein! Der Erzmagier ist verschwunden, und jetzt kommt der Drache, um uns zu verschlingen!«

Doch der große eisenfarbene Wurm flog majestätisch seine Bahn, ohne zu landen, ja ohne einen Blick auf sie zu werfen. Er flog über die kleinen Inseln, Städte und Bauernhäuser, und das Volk dort unten war ihm viel zu nichtig, nicht einmal bedeutend genug, um einen feurigen Atemzug über ihnen auszustoßen. So flog er über Geath und über Serd, überquerte die Meeresstraßen des Innenmeeres und näherte sich Rok.

Seit Menschengedenken und auch nicht in den Legenden hatte je ein Drache versucht, es mit den sichtbaren und unsichtbaren Mauern dieser wohl am besten geschützten Insel aufzunehmen. Dieser Drache flog sicher und ohne zu zögern auf seinen Riesenschwingen über das westliche Ufer von Rok, flog über Dörfer und Felder zu dem grünen Hügel, der sich hinter der Stadt Thwil erhebt. Dort, auf der stumpfen Spitze des Hügels von Rok, setzte er behutsam zur Landung an, hob seine roten Schwingen einmal kurz hoch, und sie zurückfaltend, ließ er sich mit eingeknickten Beinen auf die Erde nieder.

Die Knaben kamen, so schnell sie konnten, aus dem Großhaus gerannt. Niemand hätte sie halten können. Doch trotz ihrer Jugend waren sie langsamer als ihre Meister, die vor ihnen zum Hügel von Rok kamen. Als sie den Hügel erreichten, war der Meister der Formgebung schon da, sein helles Haar leuchtete in der Sonne. Mit ihm kam der Meister der Verwandlung, der erst vor zwei Nächten als großer Fischadler, müde und mit lahmen Flügeln, zurückgekehrt war; er war lange Zeit in seiner eigenen Verwandlung gefangen gewesen, und erst als er den Hain in der Nacht erreichte, als die Balance wiederhergestellt wurde, erst dann, als alles, was zerbrochen war, wieder heil wurde, konnte er in seine eigene Gestalt zurückkehren. Der Meister des Gebietens, der erst seit einem Tag wieder auf den Beinen war, befand sich, abgezehrt und blass, unter ihnen. Neben ihm standen der Türhüter und die anderen Meister der Insel der Weisen.

Sie sahen, wie die Reiter abstiegen, wie einer die Hand ausstreckte, um dem anderen zu helfen. Sie sahen, wie die beiden um sich blickten, erstaunt, verwundert und zufrieden. Der Drache kauerte auf der Erde wie aus Stein gemeißelt, während sie von ihm herunterkletterten und neben ihm standen. Er wandte den Kopf ein wenig, während der Erzmagier zu ihm sprach. Dann antwortete er. Die Beobachter sahen den Seitenblick des Drachen, seine kalten, gelben Augen, sahen das tiefe Lachen, das darin lag. Und die, die hören konnten und die Ursprache verstanden, vernahmen seine Worte: »Ich habe den jungen König in sein Königreich gebracht und den alten Mann in seine Heimat.«

»Noch ein kleines Stück weiter, Kalessin«, antwortete Ged. »Ich bin noch nicht dort, wo ich hingehen muss.« Er blickte hinunter auf die sonnenbeschienenen Dächer und Türme des Großhauses; er schien zu lächeln. Dann wandte er sich Arren zu, der groß und schmal, in seinen abgetragenen Kleidern, auf unsicheren Beinen, neben ihm stand, denn lang und anstrengend war ihre Reise gewesen und überwältigend all das Neue, das auf ihn eingestürmt war. Im Anblick aller ließ Ged sich auf beide Knie vor ihm nieder und beugte sein graues Haupt.

Dann erhob er sich, küsste den jungen Mann auf die Wange und sprach: »Mögest du lange und weise herrschen, wenn du deinen Thron in Havnor besteigst, mein Herr und mein liebster Gefährte!«

Sein Blick kehrte zu den Meistern, den jungen Zauberern, den Knaben und den Stadtbewohnern zurück, die sich an den Hängen und am Fuße des Hügels versammelt hatten. Sein Gesicht war ruhig, und in seinen Augen lag so etwas wie das Lachen in den Augen von Kalessin. Er wandte sich von ihnen ab und stieg über den Fuß und die Schulter hinauf auf den Sitz am Hals des Drachen, zwischen den hohen Gipfeln der beiden Flügel, wo er keiner Zügel bedurfte. Die roten Schwingen öffneten sich mit lautem Rauschen, und Kalessin, der älteste der Drachen, sprang in die Luft. Feuer und Rauch strömten aus dem Rachen, das Geräusch des Donners und des Sturms lag in den mächtigen Schlägen seiner Schwingen. Er kreiste einmal langsam über den Hügel, dann flog er gegen Nordosten davon, in den Teil der Erdsee, der die Berginsel Gont birgt.

Der Türhüter lächelte und sprach: »Er hat genug getan. Er geht nach Hause.«

Und sie sahen dem Drachen nach, der zwischen dem Sonnenlicht und dem Meer davonflog, bis er außer Sicht war.

Epilog

Das *Gedlied* berichtet, wie der einstige Erzmagier zur Krönung des Königs aller Inseln im Schwertturm zu Havnor ins Herz der Welt kam. Das Lied erzählt auch, wie er, als die Krönungszeremonie vorbei war und das Fest begann, hinunter zum Hafen von Havnor ging. Dort auf dem Wasser lag ein Boot, dem man ansah, dass es vielen Winden und Wettern getrotzt hatte; es hatte keine Segel und war leer. Ged rief es bei seinem Namen, *Weitblick*, und es kam auf ihn zu. Er wandte dem Land den Rücken zu, und das Boot bewegte sich auf der windstillen See, ohne Segel und ohne Ruder, und trug ihn aus dem Hafen und aus der Bucht hinaus aufs Meer, an den Inseln des Westens vorbei auf die hohe See des Westens; und es ward nie wieder Kunde von ihm.

Auf der Insel Gont dagegen wird erzählt, dass der junge König Lebannen gekommen sei, um Ged zur Krönung zu holen. Doch fand er ihn weder in der Stadt Gont noch auf Re Albi. Niemand wusste, wo er geblieben, nur dass er zu Fuß hinauf in die Wälder des Berges gestiegen war. Das tue er oft, so erzählte man dem jungen König, und niemand kannte die einsamen Pfade, die er beschritt. Einige erboten sich, ihn zu suchen, doch der König verbot es ihnen. »Er herrscht über ein größeres Königreich als ich«, sprach er. Und er verließ den Berg, bestieg sein Schiff und fuhr nach Havnor, um dort die Krone zu empfangen.

1 2 3 05 04 03
Genehmigte Lizenzausgabe für den Carlsen Verlag GmbH, Hamburg 2003

Originaltitel: The Farthest Shore

Redaktionelle Bearbeitung der Übersetzung: Florian F. Marzin
Umschlag: Dieter Wiesmüller
Gesetzt aus der Berkeley Book von KCS GmbH, Buchholz/Hamburg
Druck und Bindung: GGP Media, Pößneck
ISBN 3-551-58091-X
Printed in Germany